聖母の共犯者

警視庁53《ゴーサン》教場

吉川英梨

角川文庫
21284

目次

主な登場人物

五味京介（ごみ・きょうすけ）
警察学校1293期長田教場の補助教官。警部補。担当教科は刑事捜査。
妻・百合と死別し、その連れ子である結衣をひとりで育てている。

高杉哲也（たかすぎ・てつや）
警察学校1293期長田教場の助教官。巡査部長。担当教科は逮捕術。
五味の亡き妻・百合の元恋人。結衣の実父。

五味結衣（ごみ・ゆい）
五味の娘。高校一年生。

瀬山綾乃（せやま・あやの）
府中警察署刑事課強行犯係。巡査部長。
昨夏に五味と事件捜査を共にして以来、恋愛感情を抱いている。

長田 実（おさだ・みのる）
警察学校1293期長田教場の教官。警部補。担当教科は刑事訴訟法。

1293期――

中沢 尊（なかざわ・たける）
長田教場の場長。有名私立大学卒の優等生。

久保田雄輝（くぼた・ゆうき）
長田教場の保健係。成績はいまいちだが仲間想い。

松島幹太（まつしま・かんた）
長田教場の新聞図書係。家庭の事情で、退職危機にある。

1289期――

塩見圭介（しおみ・けいすけ）
丸の内署地域課、巡査。1289期長田教場の場長だった。

堤 竜斗（つつみ・りゅうと）
赤羽警察署地域課、巡査。1289期五味教場の場長だった。

相川幸一（あいかわ・こういち）
荒川警察署地域課、巡査。1289期五味教場の学生だった。元プロ野球選手。

江口怜央（えぐち・れお）
南大沢署地域課、巡査。1289期五味教場の学生だった。

プロローグ

瀬山綾乃《せやまあやの》はがちがちに緊張していた。

今日これから初デートなのだ。

西新宿《にししんじゅく》ビル群の最上階にある老舗《しにせ》イタリアンレストランで、相手を待っている。だが眼下に広がる夜景の美しさが目に入らないほどに、気持ちは張りつめていた。

ペーパーランチョンマットにはこの時期らしく、ハロウィンのイラストが描かれていた。かぼちゃのお化けがギザギザの口を開けて、「髪ははねていないか」「口紅がはみ出していないか」「脇汗がシャツに滲《にじ》んでいないか」と突っ込んできているようだ。

ふと、彼は今日どんなジャケットとネクタイで来るのかな、と考える。考えて、またわっと脇汗が噴出してくる。

――ダメだ、好きすぎてまともな精神状態を保っていられない。

綾乃は繊細なグラスに注がれたミネラルウォーターをいっきに飲み干した。こんなこともあろうかと、アレを入念に準備してきたのだ。綾乃は黒のトートバッグの中から、書類の入ったクリアファイルを取り出した。

『警視庁府中《ふちゅう》警察署管内に於ける事件捜査シミュレーション』

綾乃は府中警察署刑事課強行犯係の刑事で、巡査部長。そして今日、綾乃をデートに誘ったのは同業の五味京介《ごみきょうすけ》という警部補だ。

三十一歳の綾乃より十歳年上で、府中署管内にある警視庁警察学校で教官をやっている。去年までは、警視庁本部の刑事部捜査一課で主任刑事をやっていた。

綾乃は五味と出会ったその日からずっと、彼に片思いしている。

もともと、五味は綾乃なんて全く眼中にないと言った様子だったが、いくつかの事件捜査を共にするうち、距離が縮まってきた。五味はやり手だが、自分を振り回すくらい天真爛漫《らんまん》な女性が好みらしい。恋愛偏差値がゼロに近い綾乃は、恋焦がれる相手をほどよく振り回すなんて芸当は到底できない。だが、これが事件捜査の過程となったら別だ。

事件捜査を前にしたら相手が誰であろうが絶対に妥協しない。

すると不思議なことに、五味と対等にやり合える。五味との間に捜査資料があれば、彼の目を見て堂々と話をし、自分の意見を言える。少しぐらいは、振り回すことができる。だから、大真面目にこんな資料を作ってきた。

綾乃が所属する府中署は東京都西部の府中市を管轄する。

府中市は二十三区と隣接しておらず、かといって多摩《たま》市や八王子《はちおうじ》市ほど西側にあるわけでもなく、東京都多摩地区の中で存在感の薄い中堅都市だ。だが管内にはバラエティ豊かな施設を内包している。

五味が所属する警視庁警察学校もそうだし、全国都道府県警の警部以上の役職者が学ぶ警察大学校もある。一方で、警察組織とは対極にあると言ってもいい、府中刑務所が市の中央にでんとある。

スポーツ振興にも力を入れていて、来年の二〇一九年のワールドカップを見据えて、東京特にラグビー発展に取り組んでもいる。だがスポーツ振興という健全さの一方で、東京競馬場やボートレース場を抱える、博打《ばくち》の市でもある。

そんなにぎやかさを横目に、市の北東部の一部をしめているのは広大な多磨《たま》霊園。その内外は閑散としており、防犯・監視カメラの類《たぐい》が殆《ほとん》どない地域であり、この冬には射殺事件が起きた。

そして、これらの施設を市の東西南北に配置しながらその隙間を縫うようにびっしりと住宅が埋め尽くしている。それが、綾乃が守る府中市という街だ。

テーブルの上に置いたスマホがメッセージを受信した。五味からだ。

『教場でトラブル発生だ。すまない。また改めて誘うよ』

綾乃の目に、『警視庁府中警察署管内に於ける事件捜査シミュレーション』という文字が入る。その下で、ハロウィンのかぼちゃのお化けが綾乃を嘲笑《ちょうしょう》している。

綾乃はソムリエを呼びつけた。

「すいません！　この店でいっちばん強いお酒、持ってきて！」

高杉哲也《たかすぎてつや》はがちがちに緊張していた。

今日これから初デートなのだ。

今年で四十五歳になる高杉は既婚で、女とのデートなど星の数ほどこなしてきた。だが、今日のデートは意味が違った。

娘の結衣《ゆい》と、初めてのデートなのだ。

新宿東口のアルタ前が、待ち合わせ場所だった。昔は待ち合わせの若者でごった返していた場所だが、いまはこの先の伊勢丹《いせたん》やビックカメラ、ユニクロ目当ての外国人観光客の姿ばかりが目に入る。

時代が変わったのだな、と思う。それなのに、いまにも信号の向こうで「高杉くーん！」とかつての恋人が大きく手を振ってこちらに飛び込んできそうな気がする。もう十七年前のこと、高杉がまだ警察学校に在学中の恋人で、同期の女警だった神崎百合《かんざきゆり》だ。

あの頃警察学校は中野《なかの》にあったから、週末は「実家に帰る」と嘘の届け出をして、しょっちゅう百合とこの街で会っていた。二人で遅くまで飲み歩いて、新大久保《しんおおくぼ》の方の安いラブホテルに泊まる。日曜日の昼まで惰眠をむさぼり、夕方にはリクルートスーツに着替えてバラバラに警察学校に戻る――。

だが、なんの因果か百合の父親は高杉の教場の小倉隆信《おぐらたかのぶ》教官だった。百合との週末の逢瀬《おうせ》がバレて週末外出禁止を言い渡されてしまったが、それでも二人は校内の人気のない場所で、教官や同期の警察官たちの目を盗んで愛し合った。

そんな日々が続いたある日、百合はあるトラブルに見舞われて、高杉に何も告げず警察学校を辞めた。

再会することもなく、百合は五年前に病気で他界した。享年三十九。高杉は十六年間ずっと、自分は百合に振られたのだと思っていた。もともとルーズな性格で女性関係もだらしなかった。警察官になる前は海上自衛隊にいたが、そこを追われたのも女性幹部との不倫トラブルがあったからだ。

時計を見る。午後七時四十分。

信号待ちの人込みの中に結衣の姿を探すが、気が付けばショートカットの髪型の女ばかりに目がいってしまう。娘の結衣はおかっぱ頭だが、元恋人の百合は警察学校在学中でベリーショートだった。だが、そんな探し方でも絶対に見つけられる自信があった。

結衣は、高杉と百合の間にできた娘だ。

そして高杉がその存在を知らされたのが、つい四か月前のことだった。

十六年間、百合が自分の娘を産んで育てていたことを、知らされてこなかった。

「高杉さーん！」

百合に呼ばれた気がして、はたと顔を上げた。信号の向こうで、制服姿の結衣が右肩のバッグの取っ手をぎゅっと握りしめながら、反対側の手を大きく振っていた。漆黒のおかっぱの髪がさらさらと揺れる。

百合とあまり似ていない。だが声は同じだった。もうその姿を認めただけで勝手に口の周りが緩む。結衣が「こっちこっち!」と手招きしていた。青信号が点滅する。高杉は慌てて信号を渡り、彼女の前に立った。

「遅れちゃった」と結衣は高杉を見上げ両手を合わせる。「学校の送迎バスに乗る時間、一本間違えちゃってさー。ていうか六時過ぎると一時間に一本しかないとかありえなくない？　しょうがないから駅まで歩いたんだけど、住宅街だから迷っちゃってさ。ていうか、お店決めてる？」

いきなりよくしゃべる……百合にそっくりだと思いながら、高杉は答えた。

「いや。結衣が決めていいよ。俺が決めてもいいけど」

結衣はもう目的地を決めているのか、ＪＲ線高架下の角筈《つのはず》ガードへ向かって歩き始めている。新宿駅西口へ通じる狭いトンネルだ。

「なら、西新宿の方いかない？　おいしいイタリアンがあるんだ。夜景もきれいだし」

「夜景？　高層ビルの方か」

イマドキの東京の女子高生はファミレスじゃダメらしい。結衣の横に並んだ。去年まで中学生だったのに、結衣は一六五センチと背が高かった。百合は小柄だった。大柄なところは、自分に似たのだろう。

地味な髪型ながら、二重瞼《ふたえまぶた》の大きな瞳《ひとみ》ときりっとした眉毛《まゆげ》は高杉にそっくりで、目立つ顔立ちだ。けれど女性らしい卵形の輪郭と唇の柔らかそうな感じは百合に似ている。我ながら、両親のいいとこ取りの完璧《かんぺき》な娘じゃないかと思う。

「そうそう、最上階だけど、大丈夫。そんなに値段高くないから」

「お。俺の財布の心配してくれてんのか」

「そりゃーね。奥さんにバレたら大変じゃん」

なんだか愛人みたいな言い草だが――高杉はまだ妻の沙織《さおり》に、実子の存在について話せていなかった。

姉さん女房の沙織はもう五十歳だ。夫婦で十年近く不妊治療を行ったが、結局実を結ばなかった。沙織は罪悪感に苛《さいな》まれているから、実子がいたと知れば罪の意識から解放してやれるかもしれない。一方で――あれほど母親になりたがっていたから、なりふり構わず結衣の親権を欲しがるのではという心配があった。

結衣の親権を持つ男――つまりは、生前の百合の夫と親権争いをしたくはなかった。

「京介君とよく行く店なんだ。タリアテッレがもっちもちで激ウマなの！」

結衣は、九歳の時突然父親になった男のことを、いまだに下の名前で呼ぶ。五味京介。高杉の同僚の警察官で、警察学校で教官をやっている。そして――警察学校時代、百合をめぐって三角関係になっていた同期同教場の仲間でもある。

少し先を歩く結衣は重心が右に偏っていた。右肩にかけた通学バッグの肩紐《かたひも》が食い込んでいる。

「今日も持ってきてくれたんだな。重いだろ。持ってやる」

結衣は素直に、学校指定のバッグを高杉に預けた。ずしりと重い。

「勿論《もちろん》。教科書ほとんど学校に置いてきちゃった」

べ、と舌を出しておどけて見せる。変な顔なのに、娘のそれはなんと神々《こうごう》しいのか。

結衣の通学バッグの中に入っているのは、小学校時代のアルバムだろう。○歳児から保育園時代の写真は、これまでの交流で見てきた。結衣は写真と時々動画を見せながら、丁寧に自分の生い立ちを話して十六年の溝を埋めようとしてくれた。

新宿駅の西口に出て、小田急《おだきゅう》百貨店やコクーンタワーを過ぎて高層ビル群の一帯に出る。駅へ向かって帰宅するサラリーマンの流れと逆行するように歩いた。ぴったり横に並んでいた結衣と、たびたび離れ離れになる。「ねえ」と結衣が高杉の腕をつかんだ。

「手、繋《つな》ぐ？」

「え！」

心臓が口から出そうだ。娘と、手を繋ぐ――。

「そっ、いや、そうしたいけど……もう高校生になったら、父親と娘は手を繋がないんじゃないの」

「そうなの？　京介君とはいつも繋いでいるよ」

五味の奴、俺の娘に――。

結衣はうふっと肩を揺らして笑って、嫉妬《しっと》で顔を赤くした高杉の顔を覗《のぞ》き込んだ。娘にデレデレの高杉を眺めて、優越感に浸っているようにも見える。

――全く、さすが百合と俺の子で、五味が育てただけの玉だ。

それきり、やっぱり繫ごうと言い出せないまま、件《くだん》のイタリアンレストランに着いてしまった。出迎えた店員に人数を伝えようとして――荒れた女の声が耳に入る。

「っていうか、焼酎《しょうちゅう》か日本酒くらい置いといてっ」

客の女が、ソムリエから赤ワインを奪い、手酌でグラスにどぼどぼ注ぎながら文句をつけている。

「申し訳ありません、ここはイタリアンレストランで日本食は出しておりませんので」

「そういう問題じゃないでしょ！　ワインなんかじゃ酔えないのよ、もう……！」

瀬山綾乃だ。


警視庁警察学校の教場棟、五階中央の教場はかつて「53《ゴーサン》教場」と呼ばれ、一二八九期五味教場が入っていた。

午後八時――教場棟は人の気配がなく、廊下も各教場も暗闇が支配する。五味京介は非常灯の明かりを頼りに廊下を進み、かつての53教場に入った。蛍光灯の明かりをつける。四十個ある机と椅子、そして教卓。きれいに水拭《みずぶ》きされた黒板の上には、警視総監、警視副総監、そして警察学校長の名を記した額縁が飾られている。

その右脇には、教場旗。教場ごとに学生たちの考案で作られる教場旗には教場のモチーフとなる絵とスローガン、そして期と教場名、並びに教官・助教名が記されている。目の前に貼り出された教場旗は黄色と赤を基調とした派手なもので、中央にはアニメ・ドラゴンボール に出てくるのとそっくりな竜の絵が描かれていた。『一二九三期長田《おさだ》教場』と上部に大きく書かれ、下の方に『長田教官・高杉助教』と添えられている。

いま、この教場を使用しているのが一二九三期長田教場で、五味はこの教場の補助教官を務めている。

十月初旬といえどもまだまだ暑い。

衣替えがあったばかりで、警察制服の紺色のジャケットを羽織っていたが、五味はそれを脱いで備え付けのハンガーにかけた。ポケットに突っ込んだスマホをもう一度見るが、綾乃から返信はなかった。

――怒ってるかな。

なにかフォローのメールをすべきかと迷っているうちに、扉が開いた。教官の長田実《みのる》が中に入ってきて、そそくさと前後二つのデスクをくっつける。これから面談だ。

「いま、戻ったとよ。あと十分ほどで来る」

長田が痩《や》せて尖《とが》った顎《あご》を窓の外に向けた。ガラスの向こうは、警視庁の祖・川路《かわじ》利良《としよし》大警視の銅像が立つ川路広場となっており、その川路広場を挟んで向かい合うのが学生棟だ。警察学校は全寮制なので、学生たちは夜を学生棟の中にある大心寮《たいしんりょう》で過ごす。

長田はどこか大儀そうにため息をつきながら、どっかりと椅子に腰かけた。

「でお前、デートすっぽかして大丈夫だったのか」

長田の隣に座ろうとした五味は驚いて腰を浮かした。

「なんで知ってるの」

と聞くそばから、高杉の奴め、と思う。彼はちょっと口が軽い。五味はあまりプライバシーを同僚に話さないが、周囲がやたら五味のことを知っているとき、たいていは「高杉助教から聞いた」という枕詞《まくらことば》がついてくる。高杉に今日綾乃と食事に行くと話をした覚えはないが、娘の結衣には話した。昨晩の親子の会話は、こんなだった。

「明日、瀬山と飯食いに行くから、夕飯いらないよ」

「あらまあ。やっとだね、京介君」

「やっと？　なにが」

「もう早く付き合っちゃいなよ。京介君から言わないと動かないよ、綾乃ちゃん。すっごい恋愛下手そうだもん。美人なのにね～」

「――とにかく、そういうことだけど、なるべく早めに帰るよ」

「帰ってこなくていいよ、私ひとりで平気だし」

「そういうわけには」

「あ、そうだ。なら私、高杉さんと一緒にご飯食べに行こうかな～」

と、早速高杉とやり取りを始めた。こうして綾乃とのことが漏れたのだろう。長田が肩を揺らして笑いながら言う。

「瀬山の奴、大酒飲みだからな～。いまごろひとり、焼酎ラッパ飲みしてんじゃないの」

五味が何も言わないうちに、強烈に肘鉄《ひじてつ》を食らった。

「お前、ちゃんとフォローしておけよ。瀬山を弄《もてあそ》んだらこの俺が許さんからな」

綾乃は一二〇九期長田教場の出身だ。真面目な頑張り屋で、いつも睡魔と戦う綾乃は『教場の眠り姫』とあだ名されていたらしい。女警定番の交通課に行かず、地域課で体を張り刑事になった。そんなかつての教え子を、長田はいまでもかわいがっている。

長田は教官歴十年近い大ベテランだ。もとは自《じ》ら隊で名を馳《は》せた警察官だった。だが肝硬変を患ってから現場を離れている。いまでも健康不安があるため、補助教官として五味が長田教場に入っているのだ。

長田とは一二八九期で互いに教場を持っていた今年上半期、激しく対立した。

警察官の卵たちを徹底的なパワハラで追い詰め、警察官不適格者としてあぶりだし退職させることを第一にしていた長田。一方の五味は、警察官という職務に高いモチベーションを保ち続けられるように指導し、ひとりの漏れもなく卒配先に送り出すスタイルで教場を率いていた。

教官室で怒鳴り合いの喧嘩《けんか》をしたこともあるし、長田教場の学生が五味教場を羨《うらや》むばかりにボイコット騒動を起こしたこともある。一二八九期はトラブルの多い期だった。

簡単に言えばスポ根の長田は昭和スタイル、長所を伸ばしのびのびと、という五味のスタンスは平成スタイルなのだろうが、警察学校という特殊な職業訓練校では、必ずしも現代で肯定される平成スタイルがよいとは限らない。

事実、五味の甘さが招いた大きな事件があり、五味教場から逮捕者が出る事態になった。いまでは長田も五味も互いの指導スタイルのメリット・デメリットを理解し、和解して共に精進しているが、五味は逮捕者を出してしまった責任もあり、今期は教場を持つことができなかった。それで、長田教場の補助教官という立場に甘んじている。

一二九三期の教官として刑事捜査の授業を担当しているが、教場を持っていないので前期ほどの多忙さはない。一方で、教場を持っておらず、ただ学生に授業を教えるだけの毎日に物足りなさも覚えていた。

「クールな見た目に似合わず、お前も結構熱い男だからな～。教場持ってねぇと若い奴らと青春できないし」

かつて五味教場の助教官を務めていた高杉はそう五味の心境を言い当てた。高杉はいま、長田教場の助教官をやっているのだが、結衣との約束は死んでもすっぽかさないとさっさと帰宅してしまったので――こうして、五味が長田教場のとある話し合いのため学校に残ることになった。

「失礼します」

教場の扉が開き、一二九三期長田教場の松島幹太《まつしまかんた》が申し訳なさそうな顔で中に入ってきた。松島は、外出先から戻ったばかりでリクルートスーツ姿だ。この時間帯、学生たちはジャージで過ごすが、彼は昨晩、脳梗塞《のうこうそく》で父親が倒れたという一報を受け、実家のある神奈川県川崎《かわさき》市に帰省していた。ついさっき学校に戻ってきたところで、戻る際の電話口で長田にこう伝えたのだ。

「家庭の事情で、今日付けで退職させてもらえないでしょうか」

一二九三期長田教場のスローガンは、「四十人全員卒業」だ。警察官不適格者を篩《ふる》い落とす場でもある警察学校で、このスローガンは他の教官から失笑を買うものだ。かつての五味教場のスローガンでもあったが、長田は学生からボイコットされたことを反省し、この目標を新しい教場で取り入れた。

だが、七月の入校から三か月。とうとう自主退学者が出る危機が訪れた。

大卒で新卒の二十三歳の松島は、教場の中で誰よりも警察官になることに熱意を持っていた。幼いころ近所で警視庁による凶悪犯の捕り物を見たことがきっかけらしい。その凶悪犯は近隣では乱暴者として有名で、再三神奈川県警の近隣交番に苦情が申し立てられていたらしいのだが、何も対処されぬまま、ある日、あっさり警視庁が逮捕。松島は警察官というより、警視庁という首都を守る巨大組織に憧《あこが》れて入ってきた学生だった。

座学も術科も成績優秀、教場では新聞図書係として、教場新聞を月に一回発行し、好評を得ていた。体力的、精神的に苦しんでいる様子もない。突然退職の意向を示されてこちらは目を白黒させるしかない。

警視庁は二年後の東京オリンピック開催に向けて採用人数を増やしてはいるが、激務故に公務員の中でも敬遠されており、応募者は年々減少している。せっかく熱意あって警察学校の門をくぐった若者を、ひとりでも多く現場に送り込みたい——特に松島は優秀な学生だったから、五味も長田もなんとか慰留したかった。

松島は伏し目がちのまま、長田と五味の前に座った。目は真っ赤で、微かにお線香の匂いがした。おそらく、昨晩倒れた父はそのまま帰らぬ人となったのだろう。そうと気づかない様子の長田が切り出した。

「で、突然退職したいとは、いったいどういうことだ。七月の入校の際、長田教場でみなと誓い合ったスローガンを忘れたか」

言って長田は、顎で教場旗の掲げられた掲示板を指す。

「申し訳ありません、あの、父が亡くなりまして」

長田ははっとした様子で、きまり悪そうに両手で太ももをこすった。

「そうだったか——。いや、済まない。先に、お父さんの容態を尋ねるべきだったな。そうか。そうだったのか……」

五味は哀悼の意を述べた後、涙を一筋流した松島に尋ねた。

「とりあえず、退職の件は通夜やお葬式が終わって落ち着いてからでどうだ。日程は決まったのか」

「はい。通夜は明日で、告別式は今週末です」

「なら、今日無理に戻ってこなくても……」

「いえ、あの。退職願を出さねばならないと思って」

松島はリクルートスーツの内側から、実家で書いてきたらしい白い封筒を出し、デスクの上に置いた。教官二人の前に滑らせる。退職願、とずいぶん力んだ字で綴《つづ》られている。

「明日の午前中には荷物をまとめて、みなに挨拶《あいさつ》をして自宅に戻ろうかと。そうすれば通夜に間に合いますので――」

「待て、待て。そう結論を急ぐな。そもそもなんで急に退職となるんだ。お父さんが亡くなったのは確かに大変なことだが、それなら一旦《いったん》休職とかでもいいんだぞ」

長田がぎょろ目を血走らせ、優しい声を絞り出す。普段はがなり声で学生を怒鳴り散らすだけに、妙な猫撫《ねこな》で声は却《かえ》って気色悪い。

「――確か実家は、造船会社だったか」

五味は察して、言った。長田が「造船!?　なんだ御曹司だったのかお前」と目を丸くする。造船所というと巨大設備と重機で大規模会社であるイメージしかないらしい。松島は謙遜《けんそん》した。

「いえ、そんなたいそうな会社じゃないです。年に小型艇を数隻作るのが精いっぱいの小さな小さな造船所です。でも歴史は古くて、江戸時代の末期から代々、川崎で船を作ってきた会社なんです」

「――なるほど。お父さんが亡くなって、跡を継げと？」

松島は重々しく、頷《うなず》いた。

「そもそも、父は警察官になるのは大反対で、造船所を継げないなら勘当だ、みたいな感じだったんです。入校式にも来てくれませんでした。わかり合えないまま、逝《い》ってしまって……」

説明しながら、松島はぼろぼろと涙を流す。警察官の道をあきらめ、造船所を継ぐことは、父親に対する贖罪《しょくざい》なのだろう。だが、松島には松島の一生がある。警察官になるには年齢制限があるし、「やはり警察官になればよかった」と後悔する人生だけは歩んでほしくない。

長田が必死に説得する。

「松島。家庭の事情もわかるが、この三か月、厳しい学校生活を耐えてきた時間を無駄にするのか。幼いころから警視庁に憧れてきたんだろ。その感情を簡単に捨てるな」

「でも、家を簡単に捨てることだってできないんです」

松島は目を真っ赤にして、長田に訴えた。

「自宅は造船所のある運河沿いの敷地内にあって——僕は物心ついたときから、潮の匂いとぴかぴかの船、それから職人さんたちのにぎやかな声に囲まれて育ってきたんです。僕が継がないと、母は造船所を畳むと言っていて——あの場所がなくなるなんて、考えられません。僕が守らないと……」

そこでまたこみあげるものがあったのか、松島の瞳《ひとみ》からとめどなく涙があふれる。ハンカチで目頭を押さえたきり、俯《うつむ》いてしまった。長田もふいに黙り込む。額に脂汗を噴出させ、苦しそうに歯を食いしばっている。

今日はこれ以上話しても松島を追い込むだけだろう。五味は提案した。

「明日の通夜は、何時からだ？　何時までに川崎に戻ればいい」

「午後七時からです。そのころに戻ればいいと、母からは言われています」

「それなら五時にここを出れば間に合う。荷物はそんなにたくさんはないだろうから、荷造りもすぐ終わる。明日は通常通り、朝から授業に出ろ」

松島が眉《まゆ》を寄せて、困ったように五味を見た。いまさら何の授業を受けても決意は変わらないと、言いたげな顔だ。五味は悟すように続ける。

「明日は一二九一期の卒業式だ」

五味らが持つ期より二つ前の一二九一期は、四月入校の大卒期で卒業式は明日だ。午前中に講堂で行われる卒業式には出ないが、昼から川路広場で行われる歓送行事には、在校生全員が参加する。

形式的な卒業式よりも、川路広場での歓送行事の方が感動的だ。警察歌を思いきり歌い、そして最後の教練で教官・助教ひとりひとりと握手をしていく。毎年、家族席からは多くの嗚咽《おえつ》が漏れ、在校生らも、学生と指導官との熱い絆《きずな》に感涙する。そして残りの学校生活へのモチベーションを高める。

「お前たちはまだ警察学校の卒業行事を体験したことがないだろう。所轄署へ巣立っていく先輩期の背中を見てから、判断したらどうだ」

あれを見れば松島の退職の決意も揺らぐかもしれない。もしそれでも松島の家業への思いが勝るのなら――今度はその背中を押してやらねばならない。五味はデスクの上の退職願を取った。

「これは俺が一旦預かっておく。それでいいか」

松島は一瞬の沈黙を挟んだのち、小さく頷いた。もう、涙は止まっていた。五味は退職願を警察制服の胸ポケットに押し込んだ。俺が持っているぞ、と確認すべく横に座る長田の顔を見る。何かを堪《こら》えるように黙り込んだままだった長田の顔は、さっきまで真っ赤だったのに、いまでは血の気を失ったように真っ青になっていた。脂汗がこめかみから頬を伝う。目の焦点が定まっていない。

「――長田教官。どうした」

五味がその肩を叩《たた》いた拍子に、長田はそのまま椅子から教場の床に滑り落ちてしまった。

午後十一時、五味はやっと自宅最寄り駅の小田急線新百合ヶ丘《しんゆりがおか》駅に到着した。

住所的には川崎市麻生区《あさおく》ではあるが、松島の実家のある運河沿いの川崎市川崎区の京浜《けいひん》工業地帯からは十五キロ近く内陸で、磯の香など一切しない多摩丘陵に位置する。この街に、五味は六年前、三十五年ローンで一軒家を購入し、百合と結衣の三人で仲睦《なかむつ》まじく暮らしていた。百合が末期の胃がんであることが判明したのは、新居を買ってすぐのことだった。

駅の改札を抜け、西口の階段を下りながら、今日はやけにあの日のことを思い出すと、ため息をつく。奥さんは胃がんです、末期です、余命……と医者から宣告を受け、入院措置が取られた百合を病院に置いてひとり、この改札をくぐった日のことは忘れない。

悲しんでいる余裕もなく、まだ小学生だった結衣になんと母親の病気のことを伝えたらいいのか、困惑している方が強かった。

ついさっき、五味は長田の家族に代わり、がんの告知を受けたところだった。

教場で倒れ、救急搬送された長田は調布《ちょうふ》市内の総合病院に運ばれた。意識を取り戻した長田に頼まれ、五味は病院で長田の家族と連絡を取った。しかし、高校生の息子がひとり、ふらりとやってきただけだった。長田はこの息子が三歳の時に離婚しており、親子の交流はあまりなかったようだ。息子の方は、母親に言われて渋々やってきた様子で、医者の話も聞かずにさっさと帰ってしまった。

仕事人間で家庭を壊し、なおかつ大酒飲みで体を壊す――典型的な警察官の人生だ。五味は、また明日見舞いに来ると告げて、長田の病室を出た。長田のあんな心細そうな顔を見たのは、初めてだった。

「ただいま」

玄関を開けた途端、どでかい革靴と、地味な黒いパンプスが並んでいるのを見て、閉口する。その横に、結衣のローファーが並んでいる。でかい革靴は足のサイズが二十九・五センチもある高杉のものだ。パンプスは綾乃のものか。なんで二人そろって自宅に――と思いながら靴を脱いでダイニングに入る。

「よー！　五味チャンお帰りぃ、遅かったじゃないの～」

高杉がノーネクタイにワイシャツというすっかりくつろいだ様子で、お茶漬けを掻《か》き込んでいる。結衣は風呂《ふろ》上がりの格好で、ホットパンツの部屋着姿で洗い物をしていた。お帰り、となんだか冷やかすような顔で五味を見てくる。

「なんだよ、ここで飲んでたのか」

「いやいや、もう大荒れの酔っぱらいがいてさ、仕方ないから俺は結衣とのデートをあきらめてここに連れて来たんだよ。いやぁ～でも娘が作る茶漬け……うまい！　なんでこんなにうまいんだ」

結衣が「ただのインスタントだよ」とお茶漬けの袋を振って言う。

「それなのにうまいんだ。不思議だねぇ、うちの嫁なんか手間暇かけて出汁《だし》取って茶漬け作るけど、味しねぇんだよ～。いやぁ、娘の茶漬けはほんとうまい‼」

「なんでもいいけどお前、何度も電話したんだぞ」

「松島の退職問題だろ？　明日でいいじゃん、今日明日で決めることじゃなしに」

「そうじゃない。長田が倒れたんだ」

え、とお茶漬けを掻き込んでいた高杉が目を丸くして五味を見る。

「えー長田さんって、前に泥酔して自宅に押し掛けてきた人でしょ？」

一体どうしたの、という顔で結衣が五味を覗《のぞ》き込んでくる。病状を高杉に話したいが、がんで母親を亡くした結衣の前で「がん」という言葉を使いたくなかった。

「ていうか、京介君、夕飯食べた？」

結衣が心配そうに尋ねてくる。そういえば、何も食べていなかった。

「軽くなにか食べる？　お蕎麦《そば》でも茹《ゆ》でるよ」

「うん、じゃあ頼む」

結衣は早速、湯を沸かし始めた。二人のやり取りを、うらやまし気に高杉が見ている。察した結衣が「高杉さんのも茹でるよ」と言うと高杉は大きな顔をくしゃくしゃに破顔させ、子供のように喜んだ。

全くあのはしゃぎよう――相当酔っ払っている。五味は二階への階段を上がりながらジャケットを脱ぎ、ネクタイを取った。階段のすぐ目の前の部屋が、五味と百合の寝室で、百合亡き後は五味がひとりで使用している。

部屋着に着替えようとベルトを外す。そういえば綾乃はどこにいるのかと寝室の明かりをつけた五味は、スラックスを下ろそうとして、そのままひっくり返ってしまった。

綾乃が両手を投げ出し、五味のベッドですやすやと眠っている。

『教場の眠り姫』が――。

五味は慌ててスラックスを上げてベルトをきっちり締め、寝室を出た。階段を不器用に下りながら、俺は今日どこで寝ればいいんだと五味は頭を抱えた。

ダイニングに戻る。結衣と高杉がにやにやと五味の反応を見ている。親子だけに、揶《や》揄《ゆ》する表情がほぼ同じだ。

「教えてくれよ、上で瀬山が寝てるって」

「もう終電ないだろ？　悪いけど俺も泊まらせてもらうぜ。和室使っていいか」

「いいけど——ていうか終電までまだあと二時間近くあるぞ」

「いやー娘の蕎麦がうますぎてすぐには食べ終わりたくないから絶対終電逃しちゃうもん、俺」

　なに意味不明なことを言っているんだ。

「京介君は上で寝たらいーじゃん。デートすっぽかした罪滅ぼしにさ」

結衣が、べ、と舌を出しながら、沸騰した大鍋《おおなべ》に扇子を広げるように蕎麦を投入する。

「なかなか綾乃チャン、かわいいじゃないの。普段はきりっとした美人だけど、あの無防備な寝顔——少女みたいな愛らしさだったぜ。なあ？」

　ここで飲み潰《つぶ》れた綾乃を二階の寝室へ運んだのは高杉なのだろう。驚いたのもあって一瞬しか見なかったが——投げ出した両手や、いつもは後ろで一つにまとめているロングヘアが枕に流れ、無邪気ながらも色っぽい雰囲気があった。

　男としてそそられるものがかなりあるのは確かだが、今晩どうしよう——と迷うまでもない。隣室は結衣の部屋だ。しかも階下に高杉がいる状態で、なにかできるわけがない。そもそも綾乃と恋人同士になったようななっていないような、関係がはっきりと進展してはいない。いずれは——と思ってはいるし、綾乃の気持ちも知ってはいるが、結衣が年頃なのでできればいまは誰とも男女の仲になりたくない。

五味の心情を見透かしたように「お前は酒が足りないんだ、ほら」と高杉が勝手に食器棚を開けてグラスを出し、冷蔵庫から瓶ビールを出してくる。高杉がここに来るのは初めてのはずだが、すっかり自宅のように振る舞っている。

「まあ飲め！　五味チャンよ。今日が綾乃チャンをマーキングする絶好のチャンスだろ」

「ま、マーキング？」

「これは俺の女だ、ってさ！　しっかり綾乃チャンの体に印を……」

五味は慌てて高杉の口をふさいだ。年頃の娘の前でそれはない。

ふと、階上からどすんとやかましい音が聞こえてきた。綾乃が寝ぼけてベッドから落ちたか。だが、寝室のベッドはキングサイズだ。落ちるほど小さくない。どうしたのかと腰を浮かせていると、綾乃が半分滑り落ちるようにして階段を下りてきた。ぼさぼさの頭に右肩にだけ羽織ったジャケットを見ても、猛烈に慌てているのがわかる。

「瀬山。どうした」

五味は思わず立ち上がった。結衣や高杉に言われなくても——やはり、顔を見ると帰ってほしくないと思う。

「事件呼び出しが。府中刑務所で、脱獄事件発生です」

「脱獄!?」

五味だけでなく、高杉も腰を浮かせて叫んだ。

「とにかく行きます。すいません」

綾乃はようやく左肩をジャケットに通し、トートバッグを背おうようにして玄関を出ていった。五味は引き留めたいというよりも綾乃が心配で、後を追った。

玄関を出る。綾乃はパンプスのつま先をトントン蹴《け》って履こうとしながらも、気持ちが急《せ》いているのか、前へつんのめっている。

「瀬山！」

綾乃は乱れた髪を手で整えながら、振り返った。

「脱獄なんて物騒な──気をつけろよ。追い詰められた脱獄囚は何をするかわからない」

「ありがとうございます、大丈夫です」

──そんなこと以上に、今日のデートのドタキャンを謝らねばならない。

「今日は、すまなかった」「さっきは、すいませんでした」

二人同時に謝罪の声が揃い、頭をちょこんと下げあう。そして同時に「え」と上目遣いに互いを見る。

「──なんで五味さんが謝るんです」

「そっちこそ。俺は、デートをキャンセルしちゃって」

「ああ、全然、大丈夫です。結衣ちゃんや高杉さんと合流できて、楽しい夜でしたし。

ていうか、すいませんでした」

綾乃がまた、最敬礼で謝る。長い髪がはらりと肩から落ちた。

「私、泥酔しちゃってよく覚えてないんですけど、気が付くと五味さんのベッドで勝手に寝てて」

「別にいいよ、そんなの」

「いえ、でも……奥さんとの、ベッドですよね。私が勝手に寝ちゃいけない場所でした。ほんと、すいませんでした」

どこまでも律儀で真面目な子だな、と思う。

「それは――いや、こっちこそ、済まなかった。妻と使っていたベッドなんて、いやだよな」

「いえ、あの――」

「捨てようか……もうマットレスも古いし、近々新しいの、買っておくから」

――買っておくから、また来てくれ、とは言えない。どう考えても隣室に結衣がいるから、そういうことはできない。かといって、綾乃は府中署近くの警察官舎に住んでいる。ただの独身寮ならまだしも、聞くと女子寮というから、五味が入ることはできない。

ふと、綾乃を見る。顔が真っ赤で脳天から蒸気が噴き出す寸前、と言った様子だった。

「いやいや、そういう意味じゃないよ。その、そういうのをしたいがためにベッドを買い換えると言ったわけじゃ」

「いえあの、私こそ、そういうのを想像したからこんなに顔が真っ赤になってるわけじゃなくって……」

　──何やってんだ俺たち、と五味は自分のふがいなさに情けなくなってくる。十も年が上の自分がしっかりせねばならない。だが、もう四十一歳で激情に走る年でもない。

「とにかく、気を付けて。しばらくデートはお預けかな」

　捜査本部が立つと、刑事は自宅に帰れないほど多忙になる。

　今度は私から誘います、ときりりと言った綾乃は、もう背を向けていこうとしたが──ふいに立ち止まり「あの」と遠慮がちに振り返った。

「ベッド……ベッドなんですけど。ホントに買い換えるんですか」

「う、うん。買い換えるよ、必ず」

「いま、キングサイズぐらいですか」

「うん、そうだよ」

「──ちょっと、大きすぎるかな、って。もっと、ちっちゃいので全然、大丈夫なので」

　苦笑いでそう言って再び歩き出した綾乃は「脱獄囚、ソッコーで捕まえてきます」と軽やかに駆けていった。

第一章　女囚

翌朝、目覚めた五味は寝室のキングサイズのベッドにもうひとり寝ていることに気が付いて、慌ててベッドから飛び起きた。

掛け布団の隙間からにょきっと伸びていた足には、濃いすね毛がボーボーに生えている。ふくらはぎの筋肉が異様に盛り上がった、高杉の足だった。

「なんでお前、俺のベッドで寝てんだよ！」

高杉のボクサーパンツの尻《しり》を叩《たた》き、五味は時計を見た。午前五時半。六時には自宅を出ねばならない。教官の朝は早いのだ。

「早く起きろ、遅刻する」

眠い～と掛け布団を抱く高杉の両腕から布団を引っこ抜いて、五味は階段を下りた。昨晩、綾乃を送り出してからの記憶がない。恐らくは深夜まで高杉と飲んでいたはずだが、なんで同じベッドで寝ることになったのか。記憶が飛んでいる。

ダイニングでは制服姿の結衣が、朝食の準備をしていた。結衣が通う私立城南台《じょうなんだい》高校は、警察学校の最寄り駅と同じ京王《けいおう》線飛田給《とびたきゅう》駅からスクールバスが出ている。早いバスに乗らないとラッシュ時は混みあうとかで、五味より結衣の方が早く家を出る。

「ねえ、高杉さんって朝食、パン派かな、ごはん派かな？」

「うどんでもカレーでもステーキでも、結衣が作ったものなら喜んで食べるよ」

適当にあしらって歯を磨き、顔を洗う。

「そういうテキトーなこと言うならホントに朝からステーキ焼いちゃうよ」

高杉がのろのろと階段から下りてきた。寝起きの姿を結衣に見られる恥ずかしさに苦笑いを浮かべるばかりだ。

「高杉さん、朝食ステーキでいい？」

「はぁ？　無理無理無理無理、ステーキって聞くだけで吐きそう……」

高杉はすっかり二日酔いの顔つきだ。しんどそうにダイニングテーブルの椅子にちょこんと腰掛け、結衣が出した野菜ジュースをちびちびと飲んでいる。

結衣が自宅を出ると、高杉はやっと緊張が解けた様子で、そそくさと着替え始めた。昨晩のうちにコンビニで肌着とボクサーパンツを買ってきたようだが、ワイシャツの替えは持っていない。細身の五味とは体格も違うので、ワイシャツを貸してやることもできなかった。

学校に行けば、教場の被服係が洗濯・アイロンがけする警察制服がロッカーにぶら下がっている。学校到着まで我慢してもらうしかない。

いくつか電車を乗り換えて、京王線飛田給駅に到着する。駅前のプチショップの裏に喫煙所があり、これから出勤の地元サラリーマンやＯＬに交じって、エナジードリンク片手に一服するのが高杉の日課だ。五味は店内で新聞を購入し、高杉の煙草が終わるのを待ちながら三面記事を確認した。

綾乃を昨晩呼び出した『府中刑務所での脱獄』案件が気になっていた。

府中刑務所は、矯正の世界で『西の大阪（刑務所）、東の府中（刑務所）』と言われるほどの、日本最大規模の刑務所だ。収容受刑者は男性のみで、累犯――つまり、初犯ではない前科持ち、重度の薬物依存者や、暴力団関係者が多い。分厚いコンクリートの外壁は高さ三メートル以上ある。

そんな府中刑務所で脱獄……おそらくは構外作業中か移送中の出来事だろうと、該当の新聞記事を探した。やっと見つけたが、予想以上に小さい記事だった。

「朝刊の締め切りぎりぎりだったのか。〝府中市で受刑者が脱走〟」

五味は記事を指ではじき、高杉に示した。高杉はくわえ煙草で煙に目を細めながら、記事を読んだ。

「――なんだよ、府中刑務所の受刑者じゃないじゃん」

今度は高杉が記事の該当部分を指ではじき、五味に示す。脱走したのは栃木刑務所から八王子医療刑務所に移送途中の受刑者と記してあった。あの府中刑務所から脱獄なんて、よほどの凶悪犯か組織的犯行と思っていたが、違ったようだ。

「瀬山は泥酔して寝てたからな。脱獄だと一報を受けて、府中刑務所でのことと早合点したんだろ」

彼女らしいと微笑ましく思う。昨晩の無防備な寝顔をふと思い出した。

「なにお前、赤くなってんだ」

高杉はへっへっへと笑って「早く新しいベッドが届くといいな、このスケベ野郎」と五味の腕をつついてきた。なんで知っているのかと目を丸くする。高杉も呆《あき》れたように目を丸くした。

「お前、覚えてないのかよ。ビール瓶二本開けたところでもうべらべら綾乃ちゃんへの思いを語ってたぞ」

五味は真っ青になった。

「──俺、なんて言ってた」

「寝顔がやばいほどかわいかった、凜《りん》とした美人なのにあんな無防備な寝顔を見ちゃったらもう堪《たま》らん、早くベッドを買い替えて……とこの先は朝っぱらから口にするのは憚《はばか》られる」

「ああ、俺も聞きたくない」

「とりあえず、新しいベッドをその場でネットでポチってたぜ」

「嘘だろ！」

「本当だよ、綾乃ちゃんが、二人の体がぎゅっと密着できるような小さなベッドがいいっつったんだろ、だからお前、ダブルベッド探してたぜ。カード番号入力したことも覚えてないのかよ」

五味は慌ててスマホの履歴を見た。メールの中に「お買い上げありがとうございました」という老舗《しにせ》高級家具屋からのメールが届いていた。ネットショッピングの内容を見て、五味は卒倒しそうになった。フレーム付きのマットレスが三十二万円……。賞与もまだ先のこの時期に買うものではない。高杉は五味の様子を見て腹を抱えて笑う。

「お前ってクールでスマートな振りして、わりと無鉄砲に突っ走るところあるよなぁ。まあどうにかなる、っていうのがお前の口癖だということに最近気が付いたよ」

「くそ、酔っ払ってて全く覚えていない。ていうか、結衣もそばにいてベッドの件聞いてたか？」

「まさか。結衣が寝た後の話だよ。っていうかお前、綾乃チャンとの仲が進展するのはいいけどさ、あの部屋でヤるつもりか」

高杉が若干声を潜めながらも、続ける。

「綾乃チャン泊めるときは結衣がキャンプとか友達んちにお泊りとかでいないときにしろよ」

「当たり前だよ、わかってるさ、そんなこと。ていうかお前、他にしゃべるなよ」

「何をだよ」

「瀬山とのことだよ。お前は口が軽すぎるんだ、今日の午後には〝五味教官彼女できたんですか〟って学生たちに言われるパターンだろ」

「あはっ、バレた？　今日の教練の授業でみんなにバラしてやろうと思ってたのに――ていうか、やっと認めたな」

高杉が五味の肩に腕を回し、ぐいと引き寄せてくる。

「綾乃チャンが恋人だって――」

まあ、そういうことになるだろ、状況的に――と適当にはぐらかし、高杉の腕から新聞をひったくる。

「とにかく、いまは管内で脱獄囚がうろついているときだぞ、俺と瀬山の話なんか」

「そんなんすぐ捕まるだろ、逃げたの、女囚らしいぜ」

五味は驚いて、もう一度くまなく新聞記事を読んだ。

「――本当だ。女囚が脱走？」

赤倉紘子《あかくらひろこ》受刑者（35）という文字が飛び込んでくる。顔写真はなかった。

「脱獄と言えば男性受刑者の専売特許かと思っていたが――世の中変わったねぇ、塀の中は社会の縮図というが、女が脱獄するほど勇ましいとは」

五味は直近の脱獄事件を思い出してみたが、確かに男性受刑者ばかりだ。扉を突破するとか穴を掘るとか、塀をよじ登るとかの強行突破は昭和初期までだ。最近の脱獄は込み入った手口は使っておらず、ほとんどが手足の拘束なしの構外作業を許されている模範囚が起こしている。

だが今回は、移送中の脱走。五味は首を傾げた。

「移送中を狙ったのか――塀の外の共犯者が脱走を手伝ったとしか思えないな」

移送中の受刑者は手錠に腰紐《こしひも》だ。場合によっては足に拘束具をつけられることもある。

「腰の荒縄はまだしも、刑務官が身に付けている鍵《かぎ》を奪わないと、手錠を外すことができないだろうし」

「共犯の奴が移送車を襲撃、なんらかの凶器で刑務官を脅して逃がしたってことか」

「だが、記事には襲撃の事実は書いてない」

受刑者の移送車を襲撃したとなったら大ごとだ。だがこの記事の小ささを見ると、単独で逃げ出したようにしか見えない。

「女囚がひとりで刑務官を襲って脱走かよ。元レスラーとか、よっぽどの巨体の女なんじゃねぇの」

いずれにせよ――と高杉は煙草を備え付けの灰皿の中にぽいと捨て、歩き出した。

「俺たち警察学校職員には関係のない話だぜ」

脱獄囚の心理として、交番や警察署には近づきたくないだろう。警視庁警察学校と彫られた銘板が正門にある五味や高杉の勤務先に、脱獄囚が侵入することはおろか、通り過ぎることすらないはずだ。

しかも相手は女囚――なにか凶器を持って逃げたという情報もないから、捜査をする綾乃が危険に晒されることもなさそうだ。

「そんなことより今日は卒業式だ。長田の件を話さなくちゃならないし――今日の朝のホームルームはお前の仕切りだろ」

高杉が五味の肩にぽんと手を置いて言う。

「まあ、そうなるだろうな」

「久しぶりに53教場復活だな！」

やがて、警察学校に到着した。

植木職人が正門脇の大きなケヤキの木の手入れをしていた。教官の朝も早いが、職人の朝も早いのだなと思う。警察学校・警察大学校の周囲は高さ十メートル級のケヤキや桜の巨木が何本も植樹されており、その豊かな枝葉が学校内部を覆い隠す。

正門は全開で、五百人近くいる教官・助教や教授などの職員が次々と出勤してくる。正門脇にある正門練習交番（練交）では、ＰＢ（交番）二当を務める学生が立っている。

警視庁の外勤（交番勤務など、制服を着用しての業務にあたる者）は基本、四交替制で、一当が八時半～十七時十五分、二当が夜勤で十五時から翌朝十時まで、勤務終了後の十時からは非番とか取り扱いと呼ばれこれが三当にあたる。四当は休日。だが、実際は書類の雑務や事件が多すぎて丸々一日休める日などめったにない。

練交当番は初任科から初任補習科の学生まで全員が順番に担当するが、彼らは最もきつい二当のあと、眠ることもできずにすぐさま授業に参加する。その日の就寝時間の二十三時まで仮眠をとる暇もない。警察学校が他のどの職業訓練校よりもきついと言われる所以《ゆえん》は、学業の合間に練交当番という実務が入っているためだ。他にもクラブ活動、教場の係や当番の仕事をこなさなくてはならないため、睡眠時間が殆《ほとん》ど取れない。

「五味教官、高杉助教！　おはようございます！」

ずいぶん張り切った挨拶《あいさつ》が練交前から飛んできた。

「よおよお、江口《えぐち》じゃないかこの野郎」

高杉は太い腕を、練交当番の学生の首に回した。朝から学生をヘッドロックするのが、体育会系の高杉流だ。痛い痛いと言いながらも喜んでヘッドロックされている江口怜央《れお》は、一二八九期五味教場の学生だった巡査だ。

江口は六月に卒業し、八王子市にある南大沢《みなみおおさわ》署に配属された。そこで三か月の交番実務を習い、九月末からまた警察学校初任補習科に戻ってきている。五味も高杉も初任科の教官なので、もう彼らを教えることはないが、送り出した卒業生が元気に実務をこなす姿を見るのはうれしい。かつての53教場は二名の脱落者がいて、三十八名での卒業となったが、初任補習科には一人も欠けることなく三十八人全員が戻ってきてくれた。

「江口、おはよう。お前、二当だったか？」

昨晩、救急車で校門を出る際に江口を見た記憶がなく、五味は首を傾げながら声をかけた。

「本当は一当で八時十五分に入ればよかったんですけど、今日は卒業式で人の出入りが多いからと、六時から勤務開始ですよ」

とほほ、と言わんばかりに江口は大あくびをする。

「こら。交番勤務中のあくびは厳禁だとさんざん初任科で教えたろ」

そんな姿を都民が見たら失望する。江口は、そうだった、と大口を慌てて閉じた。初任科時代からひょろりとしたもやし体型の江口は成績もイマイチなお調子者で、53教場ではピエロみたいな立ち位置だった。

交番勤務を三か月こなしてきて少しは逞《たくま》しくなっているかと思いきや、三十八名中最も変わっていないのが江口だった。こういう奴は定年までこのキャラなのだろう。

「いいか、卒業式の参列者は千人近い。来賓には警視総監もいらっしゃる。部外者の侵入がないか目を光らせ、来賓や卒業生家族には失礼のないよう、しっかり練交をこなせよ」

近隣で女囚が脱走したことについては、注意喚起しなかった。もう知っているはずだし、脱走受刑者がこの界隈《かいわい》に逃げ込むはずがないからだ。


綾乃は夢を見ていた。

新百合ヶ丘の五味の自宅の、寝室。五味が綾乃のために買い替えてくれた真新しいダブルベッドで綾乃はうとうとしている。やがてぼんやりと人影が見えて、隣のマットレスがぎゅうっと沈む。五味がベッドに入ってきたのだが――ふいに五味が綾乃を退けた。

「瀬山。お前、臭いぞ」「えっ」「脱糞《だっぷん》しているぞ」

「そんなわけないじゃん！」と叫んで、思わず飛び上がった。

目の前に、白けた表情の三浦弘明《みうらひろあき》係長が立っていた。府中署刑事課強行犯係の係長で警部補。綾乃の直属の上司だ。平気でセクハラ発言をする時代錯誤の五十一歳の上司は、独身の綾乃に「デートは」「結婚は」「出産は」と、両親よりも口うるさく言う。

「なーにまた寝ぼけてんだよ、お前は」

三浦が、綾乃が振り落としたひざ掛けを拾いながら言う。

綾乃は昨晩、脱獄の一報を受けてタクシーを飛ばして府中警察署に到着した。だが、現場は鑑識作業が長引いており、関係者——逃走を許した刑務官も、警察の取調べの前にまず、法務省矯正局での事情聴取に連れていかれ、顔を見ることもかなわなかった。

駆け付けたはいいものの全く初動捜査に関わることができず、刑事課の応接ソファで仮眠を取っていたのだ。こんなことなら五味さんのベッドであのまま……。

というか、なぜあんな「脱糞しているぞ」なんていう意味不明な夢を見たのだろう。

綾乃は慌てて、自分の身なりを見たが、仮眠前に泊まり用のジャージに着替えていてなにかを漏らしている様子はない。そもそもそんなことを言われるような夢を見るほどひどい夜ではなかった。五味は綾乃のためにベッドを替えると言ってくれたし……。

「おいおい、なに一人悶々《もんもん》としてんだ、こじらせ女刑事め」

三浦が起きろと言わんばかりに、綾乃の頭を小突く。

「な、なんですか、こじらせ女刑事って」

「お前の新しいあだ名だ。刑務官がもうすぐ到着するから、会議室開けてこい。俺は鑑識作業を手伝わなきゃだからよ」

綾乃ははいはいと立ち上がり、一階の庶務課へ向かおうとエレベーターの前に立った。

「ハンカチで口を押えていけよ、下は相当臭う」

――思い出した。鑑識作業が長引いているのも、受刑者が逃走時に大量に脱糞したのが原因だった。だからあんな夢を見たのか。その上驚くべきことに警察署が現場ときた。

そう――女囚はこの府中警察署の一階で、逃げ出したのだ。

エレベーターが一階に到着した。

府中警察署一階は入ってすぐ目の前に都民相談窓口があり、奥が交通課だ。全体的に細長く奥行きのある構造になっていて、向かって左側に通路や階段、エレベーターホール、そして男女トイレがある。

この一帯が、女囚の脱走現場だった。

普通、脱獄事件となると責任と糾弾を負うのは法務省矯正局だ。捜索に駆り出される警察は「やれやれ法務省の尻《しり》ぬぐい事件だぜ」という立場なのだが、今回はその脱走現場が警察署内だから、法務省だけでなく警察庁も真っ青な事案だった。

一階は殺人現場さながらの腐臭が鼻をつく。腐った死体は排泄物《はいせつぶつ》とよく似た臭いを垂れ流すからなのだが、今回現場に残されていたのは本物の糞便。なんだか気が萎《な》える。

エレベーター前はまだ規制線が張られたままだった。もう現場検証は終わったはずだが、掃除はこれかららしい。

鍵《かぎ》をもらい、小会議室に入った。

三浦もやってきた。聴取の前に軽く打合せするべく、事件概要を確認する。

「昨日の一三〇三、栃木県惣社《そうじゃ》町内の栃木刑務所を出発した移送車は、一路、八王子医療刑務所に向かっていた」

「医療刑務所――移送受刑者はみな病人ということですか」

「ああ。移送車の人数は八名。一名が栃木刑務所に勤務する分類課長の男性刑務官で彼が運転手を務め、移送担当として女性刑務官一名も同乗。他、六名は栃木刑務所の女囚で、ほとんどが介護の必要な高齢受刑者だったようだ」

三浦は言って、移送者リストを綾乃に手渡した。確かに六名中五名が七十歳以上の高齢者で、そのほとんどが窃盗による累犯だった。万引き常習犯だろう。その中で、『三十五歳』という年齢と『罪名　過失致死』となっている一人の女性は悪い意味で異彩を放っている。今回の脱走劇のヒロイン・赤倉紘子だ。

彼女は三年前の二〇一五年、三歳の我が子に対する過失致死で実刑を受けていた。

「赤倉紘子はまだ若いですよね、いったいなぜ医療刑務所に？」

「重度の摂食障害とある。移送中もおむつをしていたらしいから、排泄障害も起こしていたようだな。要は、精神的なものなんだろうが」

脱走を実行するための仮病ではないかと綾乃はふと思う。三浦が続けた。

「十八時には目的地八王子医療刑務所に現着予定だったようだが、道中は順調なドライブ、とはいかなかったようだ」
「認知症に摂食障害――精神的に問題を抱えた者を栃木県から東京都西部に移送するんですからね。もしかして全員、おむつだったんじゃないですか？」

大正解、と三浦が頷《うなず》く。

「道中でおむつ交換だなんだする必要があるからな。そりゃまっすぐ車飛ばしてというわけにはいかなかっただろう」

行程表を見てみる。高速道路を使わず、殆ど一般道を使用して八王子へ向かう予定になっていた。車内に認知症や摂食障害を抱えた受刑者を六人も乗せ、高速を走行中になにかあったら大事故だろうし、地域によっては幹線道路沿いにヘルプを求めやすい警察署があるからだろう。府中警察署も、甲州《こうしゅう》街道沿いだ。

「――そして、うちにヘルプ要請があったんですね」

「ああ。一七五五、刑務官の携帯電話からうちの代表番号へ女子トイレを貸してほしい旨、依頼があった。車はそん時、甲州街道の調布駅入り口付近を通過したところだった。赤倉紘子が突然腹痛に苦しみ、おむつの中で大量に排泄した。目的地の八王子まで下道でもあと一時間かからない距離だ、そのまま移送してしまおうと思ったようだが、あまりの臭いのきつさに認知症受刑者たちが騒ぎ出し、収拾がつかなくなった。で、仕方なく、府中署のトイレで受刑者の着替えをさせてくれという要請をいれた」

一八一五、移送車が府中警察署に到着。裏の駐車場に車を回した。付き添いの女性刑務官が赤倉紘子を連れて、裏口から署内に入り、まっすぐ女子トイレに入った——。

「車から降りて着替えるには、当然、足の拘束具は外すわけですよね」

「ああ。手錠と腰縄はつけていたらしいがな」

脱走へ向けて文字通り、足枷《あしかせ》がひとつ、取れたわけだ。残るは手錠と腰縄、そして女性刑務官だ。

「で、うちの女子トイレに入り、刑務官は赤倉紘子のおむつを交換した。大人用のおしりふきで汚れた下腹部を拭《ふ》き取り……」

「というか、これ殆《ほとん》ど介護じゃないですか。刑務官ってこんなことしなきゃならないんですか」

「移送中で受刑者の精神状態がこれなら仕方ないだろ。それで、女性刑務官が介護中に赤倉紘子が豹変《ひょうへん》」

刑務官の顔面を一発足蹴《あしげ》にした、と三浦は短い脚を振り上げて宙をキックする。

「刑務官はひっくり返ったが、そこは訓練されている——とっさに、手錠の鍵や警棒を奪われまいと身構えた。ところがどっこい、赤倉紘子は下腹部から、コンドームに包まれた鍵のようなものを取り出し、あっさりと手錠の鍵を外した」

「——合鍵を膣《ちつ》に隠していた、ということですか」

「ああ。女性刑務官は赤倉紘子の手錠によって拘束、猿轡《さるぐつわ》をかまされ、刑務官の制服を奪われた。紘子は下着姿の彼女を個室の中に押し込んで内側から鍵を掛けた。自らは天井と扉の隙間によじ登って、個室の外へ脱出。刑務官の制帽をしっかりかぶり、正々堂々と、正面玄関から出ていったそうだ」

「それを一階にいた署員で咎《とが》めた者は？」

「いるか。刑務官の制服はぱっと見、警察制服と似ている。警察署から出ていく制服姿の人物を、誰が咎めるってんだ」

「監視カメラによると、赤倉紘子が刑務官を装って正面玄関から堂々と出ていったのが一八三一のことですね。しかし、移送車両に残っていた男性刑務官から通報があったのは二〇〇一。この約一時間半の空白はなんですか」

「どうやら、もらい脱糞《だっぷん》が何件かあったらしいぞ」

「……なんですかそのもらい脱糞って」

なんとなく想像はできるが。

「車内に充満した臭いに触発されて、他に二名、おむつの中で粗相しちゃった高齢受刑者がいて、運転手はその対応にてんてこ舞いだったらしい」

運転手は男性刑務官だった。分類課の課長――普段受刑者と接することは殆どない役職らしい。おむつ交換などしたことがなく、かなり手間取った。

「しかも、二人が入っていったのは警察署だからな。まさか脱走できるとは思わないだろう。認知症受刑者たちの対応に四苦八苦しているうちに時間が経ち、かといって受刑者たちを車内に残して様子を見に行くわけにもいかないし、そもそも男性だから女子トイレに入れない。最終的に男性刑務官は府中署に電話で様子を見てくれと頼んで、うちの署員が拘束され猿轡をされた女性刑務官を発見した」

綾乃は頷きながらも、「それで、なんで私への一報が更に二時間後の午後十時だったんです？」とちろりと三浦を見上げた。

「そりゃお前、事件発覚当時署内はパニックだよ、署長がとにかく内々に済ませろと箝《かん》口令《こうれい》を敷いたんだ」

受刑者が逃げた現場が刑務所ではなく警察署――これは警察にとっても大変な汚名になる。だが、二時間経っても見つからず、綾乃に連絡が入ったらしい。

「にしてもこのある種の鮮やかな手口――逃げた赤倉紘子は相当な知能犯ですね。署の正面玄関を堂々と出たその後の足取りは？」

「勿論《もちろん》うちの地域課が全力で追ってるが、他に近隣所轄署の地域課も応援に駆り出されてる」

第八方面本部の自ら隊も全個班投入され、脱走受刑囚の発見に全力を挙げているという。第八方面本部は立川《たちかわ》市内にあり、府中署他、東京都多摩東部にある十一の所轄署を網羅する組織だ。その鑑識捜査員も徹夜で近辺の監視カメラやNシステム、防犯カメラの映像をかき集めた。

「本部鑑識も応援に入っているようだから、顔認証システムを使うだろう。すぐに逃走経路は判明する」

顔――綾乃は改めて資料をめくり、赤倉紘子の直近の写真を見た。受刑者番号二二三四番が振られた、灰色の囚人服姿の顔写真だ。さっぱりとしたショートカットの頭に、男性のような力強さを感じるごつい顎《あご》。中肉中背のようだが、ノーメイクに短髪ということもあって、だいぶマニッシュに見える。
内線が鳴る。脱走を許した刑務官が到着したという。

綾乃が署の道場の女子更衣室でジャージからスーツに着替えていると、五味から電話がかかってきた。電話で姿は見えないのに、ブラウスに下はストッキングを穿《は》いたのみの格好で、声を聴くだけで妙に恥ずかしい。慌ててスラックスを身に着ける。

「おはようございます、私からかけようと思っていたところで」

五味は心配げな声音で受刑者脱走事件のことを尋ねてきた。

「いや、さっき朝日町《あさひちょう》通りを府中署のパトカーが注意を呼び掛けながら流しているのを見かけてさ」

朝日町通りというのは、警視庁警察学校の正門沿いの道のことだ。

「そうですね。管内では受刑者が脱走していると住民に注意を呼び掛けています」

「で、逃亡先の目処《めど》は？」

「目下、管内及び近隣所轄署管内で緊急配備を敷いて検問しており、第八方面本部の自ら隊も全個班投入しています。鑑識では管内すべての監視カメラ映像を分析中です。本部からも応援が来ていて、おそらく顔認証システムが使用されるでしょうから、遅かれ早かれ紘子の逃走経路は判明するかと」

「それを待つ間に刑事ができることがあるだろ」

「――筋読み、ですか」

その通り、と五味はまるで綾乃の教官になったかのような口調だ。どのような手口で移送車から脱走したのか、尋ねてくる。綾乃は手口の詳細を話した。五味は「女性がそんな手口で……」と仰天したようだが、緻密《ちみつ》に計画を立てたもんだと唸《うな》る。

「脱走が緻密な計画を元に行われたのだとしたら、逃走経路も同じだ。入念に計画していて、その計画通りに逃げているとみていいだろう」

「そうですね。でもその計画をどうやって筋読みすれば――」

「計画というのは緻密になればなるほど、情報量が膨大になり、暗記が難しくなる」

「確かに――彼女の房にメモかなにか、残っているかもしれませんね」

「ああ。受刑者は所持品を厳しく制限されているが、確か雑記帳を一冊、持つことが許されていたと思う」

そこに日記を記す者もいれば、図書室で閲覧した新聞や雑誌の情報を書き写す者もいるらしい。

「あからさまな脱走計画は記せないだろうが、より具体的な数字――例えば逃亡先の住所や電話番号なんかは、バレないように雑記帳にちりばめられているかもしれない」

なるほど、と綾乃はスマホを顎に挟み、メモ帳に「雑記帳」と書いた。

「それから、紘子が準備していた合鍵《あいかぎ》の件だけど、プラスチック製じゃないか？」

突然具体的な話になり、綾乃は慌てて三浦から託された資料を見た。だが、そういう情報はなく、現物も赤倉紘子本人が持ち去ったので現場に残っていなかった。

「本格的な聴取はこれからなんです、まだそういう情報はありません」

「そうか。とりあえず、脱走受刑囚の所持品をよく調べることだよ」

「合鍵を作ったカッターナイフとか工具とか、隠し持っているかもしれませんよね」

「それはさすがに隠し持てないと思う、抜き打ちで捜検が週に一回はあるはずだ」

「ソウケン……？」

「受刑者が工場で刑務作業中に、房の中を刑務官が抜き打ちでチェックするのが捜検だ。さっき話した雑記帳も、内容をそこでチェックされるから、巧妙に脱走計画を暗号化しているかもしれない。ところで赤倉紘子は合鍵を、膣から出したと言ったな」

「ええ」

「なら、ライターも膣に隠し持っていたのかな」

「ライター？　あの、煙草に火をつけるライターですか？」

五味はもう手口を見透かしているようだが、「まずい、もう授業に行かなきゃ」と電話を切ろうとした。

「とにかく、所持品——特に石鹸《せっけん》をよく見てみて」

散してしまった。

綾乃は頭が真っ白になってしまって、五味がちょこちょこと出したヒントが全部、霧
五味は綾乃の返答を聞かず、電話を切ってしまった。

「昨晩、すっごい泥酔しちゃったみたいで、買っちゃったよ。届いたらまた連絡する」

――いまその話、と綾乃はかっと全身が熱くなった。

「チャイムが鳴った、もう切る。あ、ダブルベッドの件だけど」

「え、石鹸？」


会議室に戻る。女性刑務官二人がすでに待っていた。

刑務官のひとりは責任者である保安課長で、見たところ五十代前半くらい。ずいぶん化粧が濃い。名刺には真壁美智子《まかべみちこ》とあった。一方、赤倉紘子に逃げられた女性刑務官は渡辺千秋《わたなべちあき》という三十五歳の刑務官だった。髪を一つにまとめた地味な印象で、紘子に足《あし》蹴《げ》にされた際に負傷した鼻に大きなガーゼを貼っている。

真壁課長の方はもう帰りたそうな顔をしている。綾乃を見て、眉《まゆ》をひそめた。

「ここに案内してくれた三浦という刑事さんは？」

「彼は鑑識係で作業がありますので、聴取は私が担当します」

「私は現場の職務を後回しにして府中まで来ているんです。早く済ませたい。本当にあなたで大丈夫なの？」

女性ほど女性に厳しいものだ。綾乃が答える間もなく、真壁課長はまくしたてる。

「もう矯正局でさんざん話しましたよ。そちらから調書を取ったらどうです」

「そうはいきません。なにせ警察署内で起こった事案ですので」

「だからって――いま私や渡辺がここにいる間も、栃木刑務所の現場ではシフトが狂いに狂って夜勤三日連続とか、子供が病気なのに家に帰れないとか、そういう職員が続出しているんですよ」

女性刑務官の悲惨な現状が手に取るように伝わる。慢性的な人手不足なのだろう。ダブルベッドの件で一旦《いったん》消えかけた五味のヒントを、綾乃は必死に絞り出し、早速聴取を始めた。

「それではまず、赤倉紘子の刑務所内での所持品を確認したいのですが」

渡辺刑務官は頷《うなず》き、茶色の書類ボックスを取り出した。蓋《ふた》を開ける。タオルが三枚、石鹸と歯ブラシ、歯磨き粉。鉛筆とノートがあるのみだった。雑記帳とはこのノートのことだろう。綾乃は手袋をし、中身をぱらっとめくった。

紘子の雑記帳はそのほとんどが、雑誌や新聞から集めた情報を書き写したものだった。主に料理のレシピと、飲食店の情報だ。レシピは揚げ物が多く、竜田揚《たつたあ》げに限っては五種類ほどのレシピが書き記されていた。他、飲食店は主に足立《あだち》区内のものだ。渡辺刑務官は捜検で雑記帳の中身を見ていたようで、どこか寂しそうに言う。

「二二三四番は結婚してからずっと足立区住まいで、そこで出産も育児もしていました。

もう戻れないとわかっていても――つい、足立区の情報ばかり集めてしまうようです」

赤倉紘子のことを受刑者番号で呼ぶ。紘子は裁判中に、夫と離婚が成立していた。

「竜田揚げのレシピばかりなのは、子供の大好物だったらしくって」

真壁課長と違い、渡辺刑務官は栃木訛《なま》りを丸出しでしゃべる。素朴で親しみやすい印象があるが、隙だらけという空気も感じる。

そして、紘子の娑婆《しゃば》への未練が色濃く出た雑記帳――綾乃は五味の助言通り、そこに逃走経路のヒントがあるはずと、目を光らせた。

すぐに違和感のある箇所に目が留まる。

それはページの中ほど、足立区内にあるフレンチレストランの名前や住所、電話番号、おすすめメニューなどが列挙されたページにあった。住所の地区名に、綾乃の目を引く漢字が並ぶ。足立区宮西町《みやにしちょう》、足立区 寿町《ことぶきちょう》。

綾乃は目を上げ、二人の刑務官に尋ねた。

「足立区って、宮西とか寿、という町名がありましたっけ？」

尋ねながら、自身のスマホで足立区内の地区名一覧表を検索する。真壁課長も渡辺刑務官も、栃木の人間だ。足立区どころか、東京の地理に疎い様子で、ただ首を傾げる。

「実は府中市内に、まったく同じ地区名があるんです」

宮西町は、府中駅の南西――大國魂《おおくにたま》神社の西側にある。寿町は宮西町の線路を挟んだ北側にあり、府中刑務所のある晴見町《はるみちょう》のすぐ南側だ。

足立区の地区名一覧を確認した綾乃は、確信して頷く。

「――やっぱり、足立区内に寿町とか宮西町はありませんね」

綾乃はすぐに、雑記帳に記してある宮西町一丁目の住所と、寿町五丁目の住所を地図アプリで検索してみた。ヒットしたのは、スーパー銭湯と雑居ビル。

「ちょっと失礼します」

綾乃は席を立ち、鑑識係にいる三浦の下へ走った。

三浦はそこで監視カメラ映像の確認を手伝っていた。綾乃は雑記帳を渡すと、分析の続きを頼む。

「この雑記帳に、逃走ルートのメモが散らばっているようです」

五味の筋読みを三浦に教えつつ、綾乃は自分の推理も混ぜて説明した。

「まず、紘子はこのスーパー銭湯に立ち寄っているのではないかと」

「脱獄囚が風呂《ふろ》なんかのんびりつかるかよ」

「でも、彼女はおむつで大量に排泄《はいせつ》しているんですよ、体をきちんと洗わないと臭いですぐ不審がられてしまいます」

そうか、と神妙に三浦は顎《あご》をこすった。

「その次はこの寿町五丁目の雑居ビル。ここには古着屋をはじめ、安価な衣料品店がたくさん入っています。ここで服を変えたのかも」

三浦は雑記帳をひったくり、ページをめくった。飲食店の名前がずらりと出てくるが、どこにも「府中市」の文字はない。だが出てくる町名は殆《ほとん》ど府中市のものだ。

「これもそうだな。多磨町《たまちょう》。足立区にこんな地名ないだろうに」

多磨――綾乃の背中に冷たい汗が流れた。

「もしかしてこの住所、多磨霊園では？」

東京都の中堅都市の中で、これほど広範囲で防犯カメラ・監視カメラが少ない地域はほかにない。

「ここに逃げ込まれたらその後の追跡が厄介です。とにかく急いで分析してください、私は聴取に戻ります」

雑記帳を三浦に預け、綾乃は小走りで会議室に戻った。

忘れないうちに、五味がくれたヒントをどんどん潰《つぶ》していかねばならない。

「失礼しました。では続いて、赤倉受刑者がどうやって手錠の合鍵を作ったのかについてなんですが」

真壁課長はそんなのこっちが知りたい、という態度で、待たされたことに立腹している様子だった。渡辺刑務官は終始申し訳なさそうに俯《うつむ》いたままだ。その申し訳なさは、府中署を巻き込んだことではなく、人手の少ない栃木刑務所の上官に対してのものだ。

「もしかして、合鍵はプラスチック製だったのでは、と思っているのですが」

渡辺刑務官が驚いたように顔を上げた。

「確かに、プラスチックのようでした。薄いピンク色で――」

綾乃はメモを取りつつ、五味が発していたキーワードを試しにぶつけてみた。

「ライター等の持ち込みは禁止ですよね、刑務所内は喫煙禁止でしょうし」

「ええ。ですがやはり、ライターを使ったとしか思えないですよね」

刑務官側でも合鍵をどう作ったのか、察しがついているようだ。真壁課長が言う。

「古い手口ですが、歯ブラシの柄をライターの火であぶって溶かし、鍵の型を取ったものに流し込んで固め、合鍵《あいかぎ》を作ったのではないかと。かつて、大阪刑務所でそのような手口で合鍵を作り、脱獄した受刑者がいました」

「どうやって鍵の型を取ったのか――」

と綾乃は口にしたところで、五味が石鹸《せっけん》を調べろ、と言ったことを思い出した。

赤倉紘子の所持品の入った箱から石鹸箱に入った石鹸を取り出した。使用して一回りほど小さくなったそれを裏返したところで、綾乃は「そういうことか」とため息をついた。

「実際の手錠の鍵、出してもらえます？」

渡辺刑務官は鍵束から、手錠の鍵を出した。簡素な錠の形状と、石鹸にうっすらと残る凸凹を見比べる。

「――石鹸を鍵に押し付けて、型を取ったようですね」

真壁課長は思い当たる節があったのか、「フクさんの時ね」と横目で部下の渡辺刑務官を見た。その視線に強い非難の色がある。

「フクさんというのは？」

「二二三四番と同房だった女囚です。齢《よわい》八十五、もう四十年以上前に連続放火殺人で無期刑を食らった女囚なんですが、五年前に転倒して足を骨折してから、リハビリを億劫《おっくう》がってあっという間に寝たきりです。導尿バルーンを入れている関係で、車椅子に移乗させるのに女性刑務官ひとりでは無理があり、二二三四番の手を借りていたのです」

尿道から延びるカテーテルが椅子に座らせる際にどこかに引っかかったりしないよう、二人がかりで車椅子に移乗させていた。移乗中は介護者同士の体が密着しやすいだろう。赤倉紘子はそこで、渡辺刑務官の腰にぶら下がった手錠の鍵を、懐に忍ばせた石鹸に押し付け、型を取った――。

綾乃は疑問を呈した。

「そもそも、なぜ受刑者が介護を？　女性刑務官が二人がかりでやれば――」言いながらも真壁課長が嚙《か》みついてきそうだったので、慌ててフォローした。

「そうしたくてもできないんですよね、人手不足で」

「その通りです。二二三四番は下獄してすぐヘルパー三級の資格を取りましたので、随所で要介護受刑者の世話を引き受けていました」

「具体的には？」

「同部屋の要介護受刑者のトイレ介助、移動介助、食事介助、全てです」

「――なんだか老人ホームでの話を聞いているようです」

「女子刑務所がそういう場所になりつつあるのは、確かです」

犯罪者の管理という任務にくわえ、介護という激務が入る——公務員だから安定しているにせよ、さほど高給とも思えないし、離職率は高そうだ。

「そもそも女子刑務所は全国で十一か所しかありません。女性受刑者数が圧倒的に少ないことが理由ですが、男性刑務所はその倍も数がある上、累犯や初犯、交通犯の区別があって収容率も百パーセントを切っています」

だが女子は違う、と真壁課長は声を荒らげた。

「累犯も初犯も交通犯も全部ごちゃまぜで、全国の平均収容率は一一〇パーセント前後。定員六名の雑居房に十人がすし詰め、独居房なども二人で使用させている状態です」

真壁課長が次々とまくしたてる。

「そして共同生活をする受刑者も、覚せい剤常用者、放火犯、殺人犯に混ざって、交通事故を起こしてしまった一般人まで一緒くたです。これでは更生もくそもないのがわかるでしょう、日々トラブルばかりです。これらの対処にプラスして、高齢受刑者の介護ですよ。もう、やってらんないというのが正直なところです」

真壁課長は投げ出すように言った。話が赤倉紘子の脱走からそれてしまったが、綾乃はあえて付き合った。五味ならそう聴取するだろうな、と思って。

「でも、やっている、やり続けているんですよね、真壁課長は。離職率が高い職場と簡単に想像できますが、もう勤続三十年——頭が下がります」

真壁課長の真っ青なアイシャドーの下の瞳《ひとみ》に、涙が浮かぶ。これまで周囲に理解者がいなかったのだろう。真壁の態度が軟化してきたので、改めて紘子の基本情報を尋ねることにした。

「では続いて、赤倉紘子の詳細を知りたいのですが」

渡辺刑務官がトートバッグからファイルを取り出して、綾乃に渡した。ページを捲《めく》る。

赤倉紘子、昭和五十八年八月十日生まれの三十五歳。現住所は不詳となっており、罪状は実子への過失致死で懲役六年。刑期の半分を終えたところだった。

「実子への過失致死で初犯なら、懲役五年未満が多いですよね。六年は若干長いという印象ですが」

「裁判では一貫して容疑を否認していたようで、裁判官への心象があまりよくなかったのでしょう」

「容疑を否認していた？」

「ええ。死なせた息子は双子で、紘子は娑婆《しゃば》に双子の片割れを残してきているんです。よほど後ろ髪ひかれたのでしょうし、実子を手にかけてしまったショックから、事件当時の記憶を一切、思い出せないままなんです」

綾乃はファイルに添えられた事件番号をメモした。平成二十七年（ワ）一八六号事件――。あとで事件調書もよく確認する必要がありそうだ。

「栃木刑務所に収容されてからはどうでした。やはり、日常の雑談等の中で、無実を訴えるようなところはあったんでしょうか」

　真壁は答えを渡辺刑務官に託した。課長職の彼女は、あまり受刑者のことを知らないのだろう。

「いいえ。私が知る限りでは、そのような訴えは一切なく、模範囚でした。なにせ、制限区分では一種の受刑者ですから」

「制限区分――すいません、あまり矯正の世界の事情に詳しくなくて。確か、受刑者を階級分けにして管理する制度のことでしたっけ」

「ええ。制限区分と優遇措置で一種一類になると、嗜好品の購入ができたり、外部交通――面会や手紙の制限が少なくなったりします。一種の受刑者にもなればそれこそ、無立ち会い面会まで可能になります」

　無立ち会い面会という言葉に綾乃は仰天した。

「刑務官が立ち会わない面会、ということですか？　それじゃ、紘子の協力者が外にいたとして、脱獄の相談をし放題だったということになりますね」

　一種受刑者だった紘子はそこで面会者と脱獄計画を練り、合鍵を作るためのライターなどをもらい受けた可能性もある。結果的にそうなってしまったと渡辺刑務官は肩を落とすが、真壁課長が反論する。

「管理が緩いと思われるかもしれませんが、一種にまで上り詰める受刑者は、殆《ほとん》どいません。だいたいひとつ上がるのに二、三年かかりますから。よほどの長期刑の受刑者じゃないと、一種に上がる前に出所してしまいます」

「ちょっと待ってください、赤倉紘子はまだ入所して三年ですよね。それなのにもう一種だったんですか？」

真壁課長はしまったと、あからさまに目を逸《そ》らした。自己弁護しようとして墓穴を掘ったように見えた。綾乃は掘り下げる。

「言い換えれば、赤倉紘子は模範囚としてよほどのスピード昇級をしたと言えると思いますが、それは日ごろの行いだけでなく、刑務官受けが良かったということですか」

「勿論《もちろん》です。刑務官が事故を取れば、あっという間に区分が下がってしまいますから」

「事故を取る？」

「交談――つまりはおしゃべりですね、それから反抗的態度などを示したときの抗弁などで出される、イエローカードのようなものです」

「事故が一切なかったとしても、三年で一種にまで上がれる――なにか点数稼ぎでもしていたということですか」

「まあ――赤倉紘子はヘルパー資格を取ると、我々刑務官が手を焼いていた高齢受刑者の介護を一手に担うようになってくれました。彼女のおかげで私たち女性刑務官は、子供の熱が出たら職場を早退できたし、産休も取れたと、正直私は思います」

渡辺刑務官が神妙に言う。

「栃木刑務所内の高齢受刑者介護を赤倉紘子が一手に担っていた――ということです

か？」

「まあ、そういうことになるというか。彼女の雑居房は六人部屋ですが、九人の要介護受刑者と二二三四番の十人で暮らしていて――」

「赤倉紘子ひとりで、九人の介護をしていたんですか」

真壁課長も渡辺刑務官も気まずそうに、頷《うなず》く。彼女が類をみないスピードで一種受刑者になった真の理由が垣間《かいま》見える。一種受刑者になれば行動範囲が広がり、自由に出入りできる場所が増える――つまりは介護をさせるために、赤倉紘子の行動範囲を広げてやる必要があったのだろう。だからいっきに一種にまで引き上げたのだ。

「ひとりで九人の面倒を見るなんて――たとえ資格を持っていたとしても、やらせすぎとは思わなかったんですか」

「その点については反省しております、彼女が摂食障害を起こしたのもおそらく、介護疲れが原因だったようですから」

いまとなっては、摂食障害は脱走のための仮病だったと推理できる。刑務官や医務官はその仮病を見抜けなかったのだろうか。

「具体的に彼女はどんな症状を？」

「今年の三月ごろから体調不良を訴えるようになって、食が細くなっていき――気が付けば全くなにも口にしなくなっていました。食べても吐いてしまう。やがて、嘔吐《おうと》したものを食堂のテーブルの裏に貼り付けて、乾燥したそれをはがして、せんべいのようにして食べ始めました。これは重度の摂食障害だということで、栃木刑務所内の医務室でしばらく点滴を打ち、様子をみることになりました」

摂食障害とは、食べても嘔吐を繰り返す症状のことかと思ったが、吐いたものを食べるという症状まであるらしい。さすがにここまでされると、仮病を疑えないだろう。そして、吐いたものを食べてみせたり、排泄物《はいせつぶつ》を垂れ流してまで脱走した紘子――刑務所から脱出することに、凄《すさ》まじい執念を感じる。

「赤倉紘子が病に臥《ふ》せってからというもの、我々刑務官たちはいっきに十人の要介護者を背負うことになったも同然です。わかりますよね」

「わかります。赤倉紘子がひとりで九人面倒見ていたのが、共倒れになってしまったということですもんね」

「もう我々はお手上げです。そこで八王子医療刑務所になんとか頼み込んで、二二三四番、並びに重度の要介護受刑者を医療刑務所に送致する手配をしたのです」

「移送の決定は、いつだったのでしょうか」

「一週間前のことです」

「移送を本人に知らせたのも、一週間前ですか?」

「いいえ。受刑者本人には、当日の朝まで絶対に言いません」

「――では、刑務官以外に移送を知っている者はいなかった?」

「そういえば」と渡辺刑務官が真壁課長を見た。

「受刑者家族には、三日前に知らせています。面会しに来たらいなかった、では苦情がきてしまいますから」

「受刑者家族――赤倉紘子の親兄弟ですか」

離婚したと聞いていたのでそう尋ねたが、配偶者欄に『赤倉勝《まさる》』という名があった。渡辺刑務官が教えてくれた。

「二二三四番は獄中再婚しています」

「それはいつ頃のことです？」

「確か、今年の春頃だったかしら」

赤倉勝なる人物の素性を見る。生年が昭和二十三年。もう七十歳だ。

「この赤倉勝という男とはどうやって知り合ったんでしょうか」

「文通ですよ。私、何度も手紙を検閲したので、憶《おぼ》えています」

真壁課長が解説する。

「あるアングラ系の週刊誌に、受刑者同士の文通を促すコーナーがあるんですよ。受刑者は事件をきっかけに塀の外での人間関係が破綻《はたん》してしまうことが多く、文通相手を求める傾向があります。赤倉勝もそのひとりで、文通相手を募集する投書をしていて、二二三四番がそこに手紙を出したんです。半年ほど文通を重ねると、すぐに入籍しました」

「年の差三十五歳の獄中再婚、ですか……」

「案外多いんですよ。文通と何度かの面会で、あっという間に入籍するカップル」

裟婆で自由を謳歌《おうか》しているはずの綾乃は、結婚できずにここまできた。そういう女性は警視庁内には多い。女警の婚姻率より女囚の婚姻率の方が高そうだ。

「赤倉勝も受刑者なんですね。どこの刑務所にいるんでしょう」

「府中刑務所でしたが、もう出所しています。今年に入ってから、三度ほど無立ち会い面会をしていますので」

府中刑務所にいた男か。脱走したのも府中市内。赤倉勝の手助けがあったとみて、間違いないだろう。合鍵《あいかぎ》を作るためのライターの受け渡しは赤倉との無立ち会い面会の際に行われたのか。石鹸《せっけん》を面会室に持ちこむより、小さなライターを房に持ち帰る方が簡単だ。

「無立ち会い面会で赤倉からライターを受け取り、膣《ちつ》などに隠して房に持ち帰った。そして歯ブラシのプラスチックの柄を溶かし石鹸の型に流し込んで手錠の合鍵を作ったと推理できますが、面会の前後で所持品検査はしないんですか」

「勿論、します。しかし、男性受刑者のようなカンカン踊りはさせません」

男性受刑者は所持品検査が非常に厳しく、面会だけでなく毎日の工場への出入りの際も、検査が行われる。素っ裸になって両手を上げて、片足立ちになる。両脇、股《また》の間に何も隠していないことを刑務官にチェックしてもらうためで、この時、口にもなにも隠していないことを証明するために舌を口からべーっと出さなくてはならない。こんな滑《こっ》稽《けい》な格好を毎日全裸で行わされるので、悪名高きカンカン踊り、と言われる。

「女性の場合は膣があり、男性と違って隠し場所がひとつ多いわけですが――」

「ええ、昔は裸にさせて、床に引かれたラインに沿って足を広げ、しゃがみこませて膣の中になにか隠していないか必ず検査していたんです。しゃがんだときにどうしても膣に力が入りますから、その拍子にすぽんとマスカラが飛び出してきたこともありました」

刑務所での無断所持品が薬物でも凶器でもなくマスカラ――女性刑務所らしい逸話だなと思う。

「ですが、最近は人権への配慮ということで、そういうことはやらせません。勿論、女性刑務官が膣や肛門《こうもん》に指を突っ込むこともしません」

そこでノック音がした。三浦が顔を出し、顎《あご》を振る。綾乃は女性二人に一礼して、廊下に出た。つい興奮して、先に綾乃が三浦に報告する。

「合鍵をどうやって作ったのか、わかりました。五味さんが推測した通りです」

綾乃はその方法を簡単に説明した。三浦は眉毛《まゆげ》を上げた。

「なんで直接現場も見ていないのにわかったんだ、あのイケメン教官は」

「どうやら、ひと昔前に大阪刑務所で似た手口の脱獄事件があったようです。五味さんは合鍵と聞いて、ぴんと来たんでしょう」

「お前の彼氏は犯罪生き字引かよ」と三浦は苦笑いする。「俺たちの仕事、一瞬で終わっちゃいそうだな。現場すら見ていないイケメン教官の筋読みで」

言って三浦は顎を振り、鑑識係の方へ綾乃を促した。

「逃走経路、わかったんですね」

「ああ。お前がさっき筋読みした逃走経路と、顔認証システムが割り出した紘子の逃走経路が、完全一致した」


刑事課フロアの並びにある鑑識部屋に入る。

三浦に続き入室した綾乃を出迎えた鑑識係長は「今年は府中署がアタリ年だな、全く」と嘆いて見せた。アタリ年……手のかかる妙な事件ばかり立て続けに起こっている、と言いたいのだろう。確かに、二月には特殊な銃弾を使用した血みどろの殺人事件があり、府中署鑑識係員はガイシャの血まみれの皮膚片を必死に集めた。それから一年経たぬうちに女囚の排泄物を検証するような事件が管内で発生したのだ。

「食堂でヘルプに来た調布署の地域の連中がげらげら笑ってたぜ、ここは府中署じゃなくて腐臭署だって」

「ご愁傷様だな。で、赤倉紘子の足取りをもう一度」

鑑識係長は室内で最も大きなモニターを備え付けたパソコンの前に座り、まずは管内の地図を表示させた。

「これがいまのところ把握している赤倉紘子の逃走経路。顔認証にかけて、五秒で判明したよ。警察の科学捜査技術は素晴らしいが――瀬山さんがそれよりも早く逃走経路をあぶりだしていたとはな」

「いいえ、五味さんのヒントがあったからで――あ、五味さんというのは」

「知ってるよ。警察学校の教官殿だろ」

五味はこれまでも府中署管内で起こった事件を解決している。もはやこの署内で五味を知らぬ者はいないだろう。

鑑識係長はモニターの地図上に引かれた赤い線を指でなぞる。

「まず、府中署の正面玄関を出たのち、甲州街道沿いを府中駅方面に向かっている。京王線の踏切を渡って府中駅南口方面へ。けやき並木通り沿いにあるスーパー銭湯に入店。これが、昨晩の一八三五のこと」

「制服姿ですから、目立ったでしょうね」

鑑識係長が画面をタッチし、ここの防犯カメラが捉《とら》えた紘子の人着を表示させた。

「制帽とジャケットを脱いで、ネクタイも取っている。白のブラウス姿に黒のスラックスだから、まあ強烈に目立つ、というほどじゃないな」

「確かに……退店は何時ごろですか」

「三十分後の一九〇五」

「呑気《のんき》だなぁ、追っ手は来ないと見て長風呂《ながぶろ》かよ」

「おむつの中で排泄していますからね。臭いがなかなか取れなかったでしょうし――着替えを物色していたんでしょう」

綾乃が指摘する。その通り、と鑑識係長が、退店時の紘子の人着画像を示した。

「下を黒のジーンズに、上はベージュのパーカーに着替えている」

「ちなみに、上も下も、中に着ているTシャツも、別々の入浴客から盗んでいる」

この時、被害者のひとりの財布から二千円を抜き取っており、この金で入浴料の支払いをしている。

「その後、寿町の雑居ビルにある古着屋に入ったようだ。古着屋のあるフロアでエレベーターを降りたところまで確認している」

ここは個人経営の小さな店で、店内に防犯カメラはない上、商品管理も杜撰《ずさん》らしい。つまり、どの服を盗《と》られたのか、わからない。

「十分後に非常階段から逃走する際の映像だ」

紘子は両手に衣料品を数点、抱えるように持っている。画面から紘子が見切れたあと、店主らしき老齢の男性が追いかけてくる姿が映っていた。

「映像からはどんな商品なのかちょっと把握しづらいが、モノトーン系の衣類に絞って万引きしているようだな」

「逃走の過程で防犯カメラに人着が映ることを考慮しての行動でしょうね。その後はやはり、多磨霊園へ？」

三浦が紘子の雑記帳をめくりながら言う。

「ここには他に、晴見町とか朝日町とか、足立区内にはないが府中市内にはある地区名が記されていた」

「晴見町は府中刑務所がありますね。朝日町といえば警察学校になりますけど、番地はどうです」

「番地はでたらめで存在しない。だが、他の項目で出てくる電話番号とかと組み合わせて見るのかもしれない」

暗号を紐解《ひもと》くにはまだまだ時間がかかりそうだ。あとは警察の科学捜査――顔認証システムを駆使した方が早い。綾乃はそう思って鑑識係長の顔を見たが、がっかりするなよ、という顔で鑑識係長は言った。

「その後の顔認証システムによると、赤倉紘子は府中駅へ入り、上りの各駅停車に乗って多磨霊園駅で下車したことがわかった」

綾乃は額を押さえ、天を仰いだ。多磨霊園は町ひとつ分はあろうかという広さで、路線バスの停留所が中央の通りにあるほどだ。周囲の各所に誰でも出入り可能な門があり、防犯カメラは駐在所のある正門と、北を走る東八《とうはち》道路沿いにしかない。

防犯カメラの設置があるコンビニやマンションも周囲にほとんどなく、昔ながらの石材店の他はみっしりと住宅街が並ぶ。ここに入られると、その後の足取りを追うのが困難だ。

鑑識係長は綾乃の失望を察しながらも、淡々と説明した。

「多磨霊園駅で下車したのが一九三三。その後、迷いなく多磨霊園方面に向かっている。最後に赤倉紘子の姿を捉えたのは、一九五七、多磨霊園駅と霊園の間にある保育所の防犯カメラ映像だ」

「霊園内に入ったとして、万引きした衣類に着替えていたら、次、探すのに相当時間がかかるぜ。なにせ、どんな服を万引きしたのかわかんねえんだから」

綾乃はダメ元で、尋ねた。

「警察犬は動かしていますか？」

「衣類はくそまみれだぞ、嗅覚《きゅうかく》が人の一万倍ある犬はひっくり返っちまうだろうし、風呂入っちゃったんじゃどうしようもない」

綾乃はふと思いつき、言った。

「多磨霊園へは、着替えや監視カメラでの追跡を撒《ま》くためだけに入ったんでしょうか」

「そう推理したのはお前だろ」

「もう一つ——これだけ広くて人気も少ない場所ですから、赤倉勝とここで合流した、とは考えられませんか」

三浦が親指をパチンと鳴らした。

「ありだな。お前、冴《さ》えてるよ」

だが、鑑識係長は首を傾げる。

「確かに脱獄囚と待ち合わせするにゃとっておきの場所だけど——どうやって待ち合わ

せするのよ、これだけの広さで。誰それの墓の前とか、そういうこと？」

綾乃はすぐさま、雑記帳を開いた。

「確か多磨霊園内は区と番号が振られていましたよね。その具体的な数字がこの雑記帳の中に記されているかも」

綾乃はページをぱらぱらとめくり、文面と数字が合っていない箇所を急ぎ、探していく。三浦は「そうなんでもかんでも、この雑記帳に記してあるか」と怪しむが、鑑識係長は期待を寄せた。

「書いてあるかもしれないよ。紘子の経歴を見てみると、埼玉育ちで結婚後は足立区一筋、その後は塀の中。府中の土地勘は皆無だろう。それなのに、府中で警察を撒きながら逃げるんだ、しかもスマホもなにも持っていないんだから、暗記した住所だけが頼りだろ。何か所もの知らぬ街の住所となれば、一度、二度聞いただけじゃ覚えられない。だから、赤倉との無立ち会い面会の後にすぐさま雑記帳に記して、毎晩にらめっこして必死に暗記したはずだよ」

綾乃はレストラン一覧のページで思わず、手を止めた。通し番号が振られていて、㉟まである。だが、どう見ても三十五個も書いていない。番号が飛んでいる。⑪の次がいきなり㉝になっていた。以降、㉞、㉟で終わっていた。⑫から㉜はどこへ消えたのか。ページを破いたり内容を消しゴムで消したりしたような跡は見えない。この㉝という数字を暗記する必要があったのだ。

綾乃は㉝の情報に注目した。

品川《しながわ》区田越4丁目56の、老舗割烹《しにせかっぽう》『美乃』

「これ、通し番号もおかしいですし、品川区に田越という地区名はありません。戸越《とごし》ならわかりますけど――」

三浦がすぐに自身のスマホで住所を検索した。

「確かに、戸越だとしても4丁目56という住所は存在しないな」

同じく、鑑識係長もスマホを出し老舗割烹『美乃』という店を探したが、該当はなかった。

「もしかして、多磨霊園4区56番、ってことかな」

「すると田越ってなんでしょう。㉝まで通し番号を飛ばした理由は？」

男たちが首をひねるのを横目に、綾乃はさらに暗号と思《おぼ》しき箇所を探していった。次は、レシピのページで見つかった。

「この竜田揚げのレシピもおかしいです」

どれ、と三浦が雑記帳を奪う。

「分量がへんてこですよ。鶏肉26グラム、しょうゆ59グラムって、数字が中途半端すぎますし――」

鑑識係長が叫んだ。

「こっちこそ、多磨霊園の番号かもしれん。26区59番ってことか！」

綾乃はすぐさまパソコンで多磨霊園の地図を表示させた。

26区は多磨霊園の南西の端にあった。一部が浅間山《せんげんやま》と呼ばれる小高い丘で、園内でも最も木々が生い茂り鬱蒼《うっそう》とした場所だ。

「すぐに向かいましょう！」

逃走した紘子のなんらかの痕跡《こんせき》が残っているはずだ。


多磨霊園内の4区56番は一般の墓地になっていた。特異動向なしの報告が無線で入る。

一方の26区59番――そこは、更地になっていた。

四方を墓に囲まれているので、恐らくは誰かしらの墓地だったのだろうが最近流行《はや》りの墓じまいでもしたのかもしれない。

鑑識係員が少し歩き回っただけで、掘り起こした痕跡があることがわかった。そこだけ異様に柔らかく、土に半長靴が沈む。鑑識が慎重に穴を掘り進めるのを、綾乃は周囲に規制線を張りながら見守る。

署の刑事課長と電話していた三浦が、戻ってきた。

「捜査員が赤倉のヤサに向かったが、空っぽだ」

「そりゃそうでしょう、きっと紘子はここで赤倉勝と待ち合わせして――」

「いや、引っ越した後、という意味だ。引っ越したというより、追い出されたというべきか。家賃滞納で半年前に追い出されたらしい」

住民票も異動の届け出がなく、所在はわからずじまいだった。

「しかし栃木刑務所は紘子の移送を、赤倉勝に連絡したと言っていますが」

三浦は腰を上げた。

「そうか。携帯電話はまだ生きてるのかな」

「番号、確認しましょう。通信会社に令状請求できれば、発信場所がわかるかもしれません」

三浦はすぐさま、指示の電話を入れた。それにしても——綾乃は慎重に土を掘り進める区画の中を見たのち、鼻をこする。

「——なんか、おいしい匂い、しません?」

甘いような、スパイシーなような……。鑑識係員が白いビニール袋に包まれた何かを土の中から取り出した。

「ビニール袋、出てきたぞ。中になにか入っている」

写真撮影の後、中を開ける。

「これ——シナモンの匂いじゃないですか?」

ビニール袋を開けた途端、さらにその匂いがきつくなる。コーヒーやお菓子に少量添えてある程度なら芳しいが、よほど大量なのか、刺激的すぎて綾乃はくしゃみが止まらなくなった。

「——どういうことだ、これ」

ビニール袋から、紘子が逃走時に着用していた刑務官の制服が出てきた。どれも、茶色い粉をかぶっている。鑑識係員が袖《そで》の法務省のエンブレム部分をはたくと、わっとシナモンの匂いが広がる。規制線の外で控えていた警察犬も、くしゃみを連発する。

「――警察犬での追跡を絶つためのようですね、そのシナモン」

どこまで用意周到なのかと、綾乃はため息をついた。

五味から電話がかかってきた。いま、一時限目が終わって休憩時間だろう。

「どう。その後進展は？」

綾乃はシナモンで粉っぽくなった一角から離れ、通話を続けた。まず五味のヒントで捜査がかなり早く進んでいることの礼を言い、これまでわかったことを漏れなく伝える。五味は紘子の脱走手口に驚愕《きょうがく》を通り越して感嘆した。

「大胆で賢い女だな――そこまで緻密《ちみつ》に準備していたとは」

「本当ですね。こうなってくると刑務所側も逃走を防ぐのは難しかったと思います」

「いずれにせよ、今後の逃走も相当な知恵を駆使するはずだ。で、これから赤倉勝の居場所を特定するべく、通信記録をあたるのか」

「ええ。署に残っている刑事が立川の簡易裁判所に飛ぶかと思うので、早ければあと一時間くらいで番号や履歴をたどれます」

「その線は無駄足になると思うよ」

「えっ」

「言ったろ、手口は大胆だが緻密に計画を立てている。警察がまずは赤倉勝に目をつけると読んでいるはずだ。当然、彼と共に行動することは避ける」

言われてみれば——綾乃はがっくり、うなだれる。

「私、てっきり紘子は多磨霊園で赤倉勝と待ち合わせして、いまは共に逃亡しているとみていたんですが」

「ないと思う。三十五歳の女性と七十歳の男の二人連れ——目立つよ。それから、検問敷いてるような幹線道路沿いには絶対顔を出さない。住宅街の生活道路をちょこまかと動かれたら、それこそ偶然を祈って見つけるしかないということになるし、そもそもまだ府中署管内にいるかな……逃走からもう、十六時間経過している」

「ただ、電車を利用したなら必ず各種カメラの顔認証に引っかかるはずですし、タクシーを利用した形跡は皆無です。そう遠くへ逃げているとも思えないんですよね」

「だが人海戦術では無理がある。ポイントを絞って捜索しないと」

「これ以上、どうポイントを絞れば——頼みの警察犬も、シナモンのせいで役に立たなそうです」

言ったそばから、綾乃はくしゃみが出た。五味はなぜだか少し照れたように笑ったのち、改めて言った。

「動機の面はどうだ。脱獄する動機は？」

「赤倉紘子は栃木刑務所で、ひとりで九人の要介護受刑者の面倒を見させられていたようです。介護疲れじゃないでしょうか。介護から逃れたくて、脱走した」

「それはない。仮病で八王子医療刑務所に移送されることになった時点で、もう介護から逃れられることになる」

綾乃はつい数秒前の自分の発言に赤面する。

「そうでした――」

「そういえば、息子の過失致死で服役していたと聞いたが、他に子供は？」

「はい。ガイシャの三歳の息子は双子で、その片割れを娑婆《しゃば》に残してきています」

なにか情報を吟味するらしい、意を含めた長い溜息《ためいき》が、受話器越しに聞こえてくる。

「――まさか、動機は残してきた子供ですか。子供に会いたいがために脱獄を？」

「断定はできないけど、動機としてはありだと思う。瀬山、女子刑務所にだけある銅像、知っているか」

「銅像？」

「母子像があるんだよ。母親が幼い子供を抱く銅像。あれを女性受刑者の目に毎日晒《さら》すことで、一刻も早く娑婆に残してきた子供に会えるよう日々を真面目に努めよ、と促すことが目的らしいんだが――」

綾乃ははたと顔を上げ、言った。

「実は、裁判で紘子は一貫して無罪を訴えていたらしいんです。それで印象が悪くなり初犯の過失致死にもかかわらず、懲役六年を食らった」

「なるほど。自分は無実の罪で子を失い、残された子とも引き離されてしまっていると考えていたら——毎日毎日、母子像を見るのは辛《つら》かっただろうな。子に会えない無念と焦燥、怒りばかりが募ったに違いない」

綾乃は取り寄せた事件調書をめくった。事件は当時の紘子の現住所・足立区宮城《みやぎ》のマンションの一室で起こっている。当時の夫は添島尚志《そえじまひさし》、二十九歳。生き残った方の双子の息子は添島広和《ひろと》、三歳。

「私、現住所を確認して紘子の息子と接触してみます。事件当時満三歳、今年七歳になる年齢ですから、もう小学生でしょうか」

「うん。記憶はないかもしれないが、聴取する価値はある」

すぐに電話を切ろうとした綾乃に、「ちょっと待って」と五味が呼び止める。

「それからもう一つ。注目すべきは、なぜ府中で逃走したのか、ということだ」

そんなこと重要だろうかと、綾乃は首を傾げた。

「排泄《はいせつ》のタイミングが府中だったから、流れでそうなっただけでは？」

「そんなはずはない。銭湯、古着屋、多磨霊園——警察の監視カメラを撒《ま》くための、見事な逃走経路だ。府中市内で脱獄することを想定していたはずだ」

「夫の赤倉は府中刑務所に服役歴があります。夫がこの街に土地勘があったとか」

「府中刑務所の元受刑者だからといって、府中に土地勘がつくか？　受刑者は出所まで塀の外に出られないんだぞ。出所後は臭い飯を食っていた府中になんか近づきたくもないはずだ。それなのにわざわざ府中を選んでいる。必要があったからに違いない。なぜ府中なのか、それを突き止めることも、紘子の逃亡先を知る手掛かりになる」

まさにその通りだと感心しどおしのまま、綾乃は電話を切った。

途端に、穴を掘り進めていた鑑識係員から何かを発見した叫び声が聞こえた。

「アタッシェケースが出てきたぞ！」

それはすぐに穴から掘り起こされ、証拠写真撮影のフラッシュが浴びせられた。鑑識係員が土を払い、蓋《ふた》を開けた。

空っぽだがそこにはみっしりと、型抜きの緩衝材が嵌《は》まっていた。その型の形は明らかに自動小銃だ。しかもかなり大きい。

「赤倉紘子はけん銃を持って逃走――」

三浦が「やべえぞこれ」と慌てた様子で、面パトの警察無線へ走ろうとする。その背後で、穴を掘り進めていた鑑識係員が叫んだ。

「アタッシェケースがもうひとつ、出てきました！」

綾乃は撮影も待てず、二つ目のアタッシェケースを鑑識係員から奪い取り、中を開けた。まったく同じ。空っぽで、けん銃の型を抜いた緩衝材が入っているだけだった。

三浦は府中署をすっ飛ばして、第八方面本部に緊急配備の更なる強化を要請した。

赤倉紘子はけん銃を二丁所持し、逃走している。

一体なにをするつもりなのか。

五味は制帽を手に取って、教官室を出た。

授業中は制帽をかぶらないが、今日の二時限目だけは特別だ。本館と教場を繋《つな》ぐ通路を渡る。午前十時半から始まる二時限目、五味は空き時間で、もうすぐ始まる模擬捜査授業の準備をするつもりだった。だが長田が不在のため、長田教場の教練の授業を指導しなくてはならない。教練というのは警察礼式にのっとった集団行動を身に付ける授業で、担当教官は各教場の教官・助教官だ。

ジャージ姿の高杉が本館へ戻ってきた。逮捕術の授業を担当する高杉は、だいたい終日この格好で、術科棟にある逮捕術道場から急いで戻ってきたところのようだ。

「あ、そうか。お前が代わりに教練か」

高杉も警察制服をまとう必要があり、着替えに戻ってきたのだ。

「ああ、模擬家屋で死体を仕込もうと思っていたのに……」

すれ違った来客者がぎょっとしたように、こちらを見る。卒業式の参列者だろう。模擬家屋はグラウンドの片隅にある。ここで実際に起こった事件を再現し、捜査の仕方を教えるのが、五味の模擬捜査授業だ。

「俺、いまから垂れ幕おろしてこなきゃだ。お前も突発・特命係だろ」

高杉が急《せ》いたように言う。今日は卒業式で、卒業期以外の担当教官には雑用仕事が割り振られていた。式典関係から音響、家族関係、交通関係と、業務が山ほどあり、その中で、『突発・特命係』というのがある。かっこいいのは名前だけで、内容は雑用の中の雑用だ。『祝・卒業』という巨大な垂れ幕を学生棟の外壁に設置したり、午後の川路広場での歓送行事の際のテント設営やパイプ椅子並べなどを行う。

「わかった、じゃ前半は俺が仕切る」

高杉はよろしくと五味の肩を叩《たた》き、更衣室へ向かった。

五味はそのまま川路広場へ繋がる外階段へ出た。

朝のホームルーム時は、この川路広場は卒業式参列客でにぎわっていた。

参列者受付は午前八時半に終了しており、彼らが本館を出て川路広場を突っ切り、学生棟に向かう列が教場の窓から見おろせた。

学生たちだけでなく教官連中も川路広場を絶対に突っ切ってはいけないので、なんだか不謹慎な群れを見ているような気になる。今日の卒業式の家族参列者は全部で八百名近くおり、最高齢は九十歳の卒業生祖父で車椅子だった。

また、二〇一七年度より採用年齢の上限が三十歳未満から三十五歳未満に上がったことで、今年四月入校の一二九一期から学生の平均年齢が高くなった。卒業生家族の中に学生の子供である未就学児が二十名もいたほどだ。

一度に八百人近い人数を収容できるのは正門左手にある大講堂と、あとは学生棟一階にある食堂のみだ。参列者は一旦《いったん》食堂に集められると、各教場ごとに寄り集まり、教場のプラカードを持ったお手伝いの学生が順番に講堂への移動を促していた。

九時には参列者全員が講堂に着席し、三十分ほど卒業生の思い出ビデオ上映がある。これは学生たちの在学中の様子を編集したもので、警視庁巡査としての成長記録でもある。ここでもう涙もろい者たちはぼろぼろ涙する。そして休憩をはさんで午前十時より、本格的な卒業式が始まる。ちょうどいまごろ、卒業生氏名点呼をしているだろう。

五味が川路広場に姿を現すと、待ち構えていた長田教場の学生たちから歓声があがった。この教場は女警がひとりもおらず、全員男だ。ノリが男子校のようなところがある。女がいないのでかっこつける必要がないせいか、ひたすらみな無邪気なのだ。

「やった、やっぱり五味教官が来た！」

「いよいようちも53教場だぜー！」

三列横隊で整列するように笛を吹き、私語をけん制しつつ、五味は言う。「こら、なんの騒ぎだ」

「いや、長田教官が病欠で、今日から教練、誰がやるのかと」

「俺が補助教官なんだから俺がやるしかないだろ」

五味はもう一度笛を吹き、白手袋を装着するように指示する。一同を見渡しながら、五味は退職願を出した松島の姿を探した。今朝のホームルームでは幾分落ち着いた表情を見せていた松島は、警察制服をしっかりと着こなして、今日退職するとは思えないほどやる気のある顔をしていた。

「松島——大丈夫か」

「はい、大丈夫です」

松島はにっこりとほほ笑んでみせた。皆の手前、ここで詳しく心情を聞けないが、松島の「大丈夫」には退職問題にもうけりをつけた清々《すがすが》しさが見えた。父親の死を見届けて動揺していたようだが、一晩眠り落ち着いて物事を考えられるようになったのだろう。あの表情を見る限り、退職願は破棄する方向かなと五味は思った。

川路広場に面した学生棟の最上階の窓から、垂れ幕の上部を、高杉が紐《ひも》で括《くく》り付けているのが見えた。

やがて垂れ幕が落ちる。『祝・卒業おめでとう　職員・在校生一同』という簡素なメッセージが書かれた垂れ幕だが、それがお披露目されると、長田教場の学生たちがおーっと手を叩いた。白手袋の拍手は独特のくぐもった音がする。

長田教場一体の大きい、久保田雄輝《くぼたゆうき》が呑気《のんき》な顔で五味に話しかけた。

「もういっそのこと、長田教官にはゆっくり療養していただいて、今日からうちが53教場でいーんじゃないっすかね」

「私語をやめないか。もう教練は始まっているぞ」

あ、すいません、と久保田は慌てて顔を引き締めた。上目遣いにこちらを見るその額に皺《しわ》が寄っていて、耳も大きいので、愛嬌《あいきょう》のある猿のようだ。

長田の教練の様子を知っているが、ぺらぺらおしゃべりしながら白手袋を装着する姿など見たことがない。そんなことをしていたら長田の回し蹴りを尻《しり》に受け、腕立て伏せ百回のペナルティを食らう。

五味は手を出さず口頭注意しかしない、というのを学生たちはよくわかっている。なめられたものだが、五味は親からも手を上げられたことがないし、自分が警察学校時代も殴られたのは一回だけだ。警察官ではあるが、暴力に訴えるような捜査をしたこともない。要は、人を殴った経験がないから手を上げられないのだ。

高杉はそんな五味を「いいのいいの、五味チャンは頭脳派教官ってことでさ」と言うが、「学生を殴れるようになって初めて一人前の教官だ」と言われることもある。つまり、人に殴られたこともないような人間を現場に出してはいけない、ということだ。

確かに、警察官は暴力の現場に身を挺《てい》して入っていかねばならない職業だ。暴力に慣れていない人間は咄嗟《とっさ》の現場で使い物にならないことがある。暴力的な指導が未《いま》だに肯定されるのも、暴力をその身で受け止めねばならない警察官を育てる学校ならではだ。

全ての学生が白手袋をはめたのを確認し、五味は笛を吹いた。

「よし。教練係！　号令」

教練授業を仕切る教練係の学生が、声を張り上げる。

「教官にィ〜注目！　敬礼！」

制帽をかぶった学生たちが一斉にこめかみに指を当てて、敬礼する。

「よし。そのままストップだぞ」

言いながら五味は前列からひとりひとりの腕の角度や手の位置を確認していく。入校して三か月、挙手の敬礼の角度がおかしい者はもういないが、敬礼する右手にばかり意識がいくせいで、左手の位置が前後にぶれてしまっている者が多数いた。

「敬礼時、左たなごころは太もも脇の中央だぞ。こっちの指先までしっかり意識しろ」

五味の注意で、一同の指先に力が入る。五味は肘《ひじ》の角度を確認しつつ、制服のネクタイの曲がりを直してやり、名札の位置が曲がっている者は注意して付け直させた。

笛を吹く。

「次。脱帽、敬礼！」

一同が一斉に制帽を脱ぐと小脇に抱え、腰を十五度折って頭を下げる。五味は隊列の真横に立って角度が正しく揃っているか確認した。首が中に入り込んでいる者は額を押し上げ、角度が浅すぎる者は後頭部を押す。角度が深すぎる者は肩を押し上げた。

ひとり、ずいぶん猫背なのがいたので矯正してやる。角度も浅すぎるので「もう少し頭を下げろ」と後頭部を押さえる。すると更に背中が丸まってしまったので、今度は肩を押し上げてやりながら「背筋を伸ばせ」と注意する。何を勘違いしたのか「はい！」と返事をすると、彼は顔を上げてまっすぐ前を向いてしまった。

長田教場の場長・中沢尊《なかざわたける》だ。

五味が呆《あき》れて中沢を見ると、太い眉毛《まゆげ》の下のつぶらな瞳《ひとみ》が戸惑ったように、横目で五味を捉《とら》える。

「そういうことじゃない。十五度腰を曲げた状態でも背筋を伸ばせと言っている」

あ、はい、と中沢が再び腰を曲げる。ずっと十五度腰を曲げた状態の他の学生たちの上半身が、ゆらゆらと揺れてきた。ぽりぽりと、頬を掻《か》いている者がいたので五味は容赦なくその手に指揮棒を振り下ろした。

「手足を勝手に動かすな！　警視副総監の前でそれをやってみろ、校長の顔に泥を塗ることになるぞ」

教練の成果を披露する卒業査閲で、顔を掻いているような者がいたら査閲官の警視副総監から厳しいコメントをいただくことになる。「今期の卒業査閲は最悪だった」なんてことを言われたら、学校長はいい恥さらしになってしまう。しかし、この教練は警察実務とはかけ離れた授業でもあり、学生たちのモチベーションは低い。過酷な大盾訓練の次に学生たちが嫌う授業でもある。

五味はもう一度、中沢の姿勢を確認した。腰を十五度曲げ、視線を川路広場のコンクリートの地面に落としてはいるが——その瞳にどこか尋常でない色を感じる。頬を伝っていた汗が逆流してこめかみあたりで漂い、ぽとりと一粒落ちて川路広場の地面を打った。

場長の中沢は有名私立大学出身で、優秀卒論賞やら学長賞やらを多数受賞している優等生だ。高校時代はサッカー選手として活躍、全国高校サッカー選手権にも出場経験があるが、怪我で戦線離脱。大学に入ってからは熱心にボランティア活動にいそしみ、原発被害に苦しむ福島や熊本地震の被災地で活動、地域から感謝状を授与されていた。警視庁だけでなく一般企業受けもかなり良さそうな経歴だ。

教場の係を決める際も、長田も高杉も五味も、満場一致で中沢を場長に推した。しかし三か月の学生生活の中でこの優等生にも欠点が見えてきた。保守的で自己本位の態度がたびたび見て取れる。こうなってくると、被災地ボランティアは就活の点数稼ぎかと疑いたくなる。

一度、中沢が教場の鍵《かぎ》を紛失したことがあった。

警察官という職務上、鍵を失《な》くすというのは一大事であり、学校長宛の始末書を書くはめになる大失態だ。成績優秀な上、場長という教場のトップを飾る役職についている中沢は、卒業時に各教場から一名ずつ選ばれ授与される警視総監賞を狙っていたようだが、学校長宛の始末書を書かされた者は候補から外れる。焦った中沢は、鍵の紛失を久保田のせいだと主張し始めた。

久保田が教場に忘れ物をしたため、教場に戻ったのだが、中沢が一緒に探してやるうちに鍵を久保田に預け、久保田が失くしたのだと言い訳した。

面倒くさがり屋で大ざっぱな性格の久保田は記憶が曖昧《あいまい》で、教場の中でも落ちこぼれという自覚があるせいか「まあ、俺が失くしたのかも」とあっさり認めてしまった。

だが結局、教場の鍵は中沢が手に持っていた布バッグの底から出てきた。見つかったので、長田や高杉は服務規程書き写しとマラソンのペナルティを大量に科すことで決着しようとしたが、五味一人が、それでは手ぬるいと進言した。

　こういう性格の者は将来、自分の失敗を隠蔽《いんぺい》しようと画策する。ここで厳しい処分を科さないとまたやると踏んで、五味は学校長宛の始末書を書かせた上、二週間ほど場長から外させた。中沢は、五味のせいで卒業時の警視総監賞の夢を絶たれたと思っている。それから、五味を敬遠する態度を取るようになった。

　五味と校内でばったり会いそうになると、すっと方向転換するし、今朝のホームルームで長田の病欠を話したところ、中沢はこの世の終わりのような顔をしていた。

　いま、この十五度の敬礼ひとつうまくできないのも、相手が五味で極度に緊張、警戒しているからだろう。

　高杉が警察制服に着替え、駆け足で川路広場に出てきた。

　中沢の様子に注意しつつ、五味は高杉を迎え入れた。

「顔、上げろ。制帽をかぶってもう一度基本の挨拶《あいさつ》からするぞ」

　五味は三列横隊の学生たちの前に、助教の高杉を左に控えさせて立つ。

「場長。号令！」

「はい！」と答え顔を上げた中沢の声は、上ずっていた。脂汗がにじむ額を拭《ぬぐ》うこともできず、「教官・助教にィ～注目！」と掛け声をかける。

　五味と高杉は共に敬礼ポーズを取り、左右端から端まで見渡すように上半身を一八〇度ひねる。もう一度、前に向き直る。

「敬礼！」

その中沢の声がまたしても奇妙に裏返り、笛を吹く音もままならない。高杉が「おいおいおい」と、そのたびにずっこけた。

「どうした中沢」

「す、すいません……笛の調子が」

他の学生たちがくすくす笑っているのを五味は一喝し、四列横隊にさせて行進の練習を始めた。今日はそう暑い日ではないし、走り込みもないのに、中沢ひとりが汗だくで、肩で息をしている。ずっと視線が泳いだままだ。よほど五味のことが苦手らしい。

授業終了間際には隊列を戻し、五味は授業を締めくくった。

「よし。今日はこれで終わるが、卒業査閲は今月末だ。みなそれをわかっているのか。残りあと、授業は何度ある？　中沢」

答えろ、とあえて中沢を指名した。つぶらに光る瞳が躾《しつけ》を受けた小型犬のように揺らぐが、その中に媚《こび》を売るような色も見える。

「え、えーっと……」

「あと八回だ。今の状態で卒業査閲を受けると、警視副総監から長田教場は警察組織の恥さらしと言われかねない。それほど足が揃っていなかった。あと八回という授業回数が多いのか少ないのか。各自よく考え、自主的に行動すること」

中沢は慌てて一歩前へ出て、叫んだ。

「各学習班で話し合い、自由時間に教場全員揃って自主練ができるよう、みなに呼び掛けたいと思います！」

うむ、優等生。

「続いて連絡事項だ。朝のホームルームでも話したが、今日は卒業式で卒業生家族がたくさん校内にいる。ちゃんと挨拶をしろよ。食堂は卒業生とその家族で混雑するだろうから、今日だけは弁当を買って教場で食っていい。歓送行事は十二時半から、二十分には配置につくこと。点呼は二十五分に行う。点呼に遅れたものはペナルティだ。よし、教練係、号令！」

教練係の学生が号令をかけて解散となった。

学生棟へ戻る制服の背中が並ぶ。中途採用組の背中は疲れ切ってヨタヨタだ。新卒組はまだまだ若さと体力があふれ、ようやく飯だぜと嬉《うれ》しそうに走り出す。

「こらー！　川路広場を突っ切るな馬鹿野郎！」

高杉が何人かの尻《しり》を蹴飛《けと》ばしつつ、自分もよほど腹が減ったのか学生たちに混ざって学生棟の方へ向かった。五味は松島を呼び止めた。

「松島。お前三列横隊では最後列だったな。歓送行事のときは場長の横に立って、最前列で見ろ」

「えっ、いいんですか」

「泣けるぞ。ハンカチ忘れるなよ」

「はい！」

松島は元気に駆け出していった。ふと五味は視線を感じる。中沢がこちらを見ていた。慌てて目を逸《そ》らし逃げるように駆け出したので、五味は呼び止めた。

「中沢」

びくりと、背中が大きく揺れる。まるで警察に見つかったコソ泥のようだ。

豆柴《まめしば》のような瞳をゆらゆらさせ、「はい……」と小さな声で返事をして五味の前に立つ。

「なにかあったか。本調子ではないようだが」

「はあ――あの。松島のことなんですけど。退職するというのは本当ですか」

松島の退職問題については、五味は教場の学生の誰にも話をしていない。本人の気持ちが揺らいでいる以上、ことを騒ぎ立てて雑音を大きくしたくなかったからだ。

「その話を誰から？」

「一時限目の剣道の時間に、剣道指導官がおっしゃっていました。松島を見て、お前なんでいるんだ、退職だろ、って」

――余計なことを、と五味はため息をつく。

「それで、松島はなんて？」

「いや、退職はしませんとはっきり言いましたので、その場はそれで収まったんですが……」

否定してくれたのかと、五味は半ばほっとしつつ、中沢に言った。

「それなら、退職はしないということだろう。とにかく、これから歓送行事だ。お前は在校生として教場をまとめることに集中しろ」

「——やっぱり本当なんですね、松島に退職の意があったというのは。俺、なにかペナルティになりますか」

「は？」

「いや、うちの長田教場はスローガンが四十人全員卒業ですよね。でも松島が退職したらそれが叶《かな》わなくなる。代表である場長の自分が、なんらかのペナルティを食らうのかな、と思って」

過剰な心配ではあるが、保守的な中沢らしい思考だ。卒業時の警視総監賞を逃したいま、次は各教場から四、五名が選ばれる学校長賞を狙っているらしい。一度、学校長宛の始末書を書かされた中沢は更なるペナルティを過剰に恐れていた。

「松島の退職問題は家庭の事情が絡んでいる。お前、松島の父親が急逝したことを知らなかったか」

「えっ。そうだったんですか——いや、急病で倒れた、ということは聞きましたが」

「それを把握していたなら、その松島から降ってわいた退職問題が家庭の事情に絡んでいると察することはできたはずだ。それなのにお前は、松島の心配の前に自分の立場の心配か」

中沢は口をつぐみ——恐ろし気に、五味を上目遣いに見る。

「中沢。たとえ松島が退職したとしても、お前にはなんのペナルティもないし場長の座も安泰だ。このままいけば卒業式で学校長賞を取ることも可能だろう。だが俺は、いまのお前を場長としても警察官としても、軽蔑《けいべつ》する」

「――す、すいません。あの」

「二度目になるが、中沢。場長から一旦《いったん》降りろ」

「そ、それだけは……！　あの、なんとか松島を、これからもフォローしますし……」

「俺が言いたいのはそういうことじゃない」

全然わかってないじゃないかと、五味は苛立《いらだ》たしい思いで中沢に迫った。

「どうしていまのお前ではダメなのか、しっかり考えろ。考えて反省文にまとめて提出しろ。俺が納得するまで――いや、お前が変わらない限り、二度と場長には戻さない」

五味は踵《きびす》を返し、茫然《ぼうぜん》自失の中沢をひとり置いて、本館教官室に戻った。

中沢はよほどショックだったのか、いつまでも川路広場にひとり佇《たたず》んでいる。やがて、卒業式を終え記念撮影に川路広場に出てきた卒業生やその家族の群れに飲まれ――中沢の姿は見えなくなった。

第二章　教場の拡声器

綾乃が府中署の面パトで足立区宮城に到着したのは午前十一時のことだった。

都道307号を北東に進み、隅田川《すみだがわ》にかかる豊島橋《としまばし》を渡った先が足立区宮城だ。豊島橋はアーチ形の白い橋で、その向こうに縦二つに並んだ首都高の上下線の高架橋が見える。立体的で近未来的な雰囲気だが、橋の先は昔ながらの店舗や工場、住宅がひしめく下町だ。

ここは荒川《あらかわ》と、その南を隅田川がぐにゃぐにゃと蛇行する間にある巨大な中洲《なかす》のような場所だ。東西南北どこにすすんでも一級河川にぶつかる。平日の昼間で人気は少なく、雄大な流れに挟まれているせいか、町全体にのんびりした雰囲気があった。

助手席に座る三浦は、食べ損ねた朝食のおにぎりをほおばりながら、赤倉紘子が起こした事件の調書を読んでいる。

けん銃を二丁も持って何をしでかすつもりなのか。

夫から息子を奪還するのか。だがこの現代日本で、子を連れての逃亡生活が成立するはずがない。そもそも、紘子の刑期は残りあと三年、ちょうどいまが折り返し地点だ。

これまで三年真面目に勤めてきたのに、あと三年我慢できなかったのか。

けん銃の種類はまだわかっておらず、鑑識の分析待ちだが、綾乃はまだこの情報を五味に伝えきれていなかった。彼はいま授業中で、電話がつながらない。

助手席の三浦が三年前の事件の調書を捲りながら言う。

「足立区宮城男児過失致死事件か――。こう言っちゃなんだが、よくある事件だよな。特異性はなさそうだが」

三浦が住所を読み上げながら、ナビを指さした。

「この隅田川沿いのマンションだな。足立区宮城、リバープレミアム七〇八号室」

ここに現在でも赤倉紘子の元夫・添島尚志と、その息子で、双子の片割れの広和《ひろと》が居住している。赤倉紘子の脱走は栃木刑務所からの一報で知らされており、添島は、仕事を休んで在宅中だ。この春小学生になった広和も、学校を休ませ、紘子の連れ去りを警戒しているようだ。

「不動産屋に確認したが、ここ賃貸物件だぞ。妻が息子を死なせた場所に、いまだに住んでいるとはねえ……」

「あえてそうしているのかもしれませんよ。亡くなったもう一人の息子の匂いが残る場所から、立ち去りたくないのかも。大和《やまと》君、でしたっけ」

添島大和。享年三。

母親の子殺しは珍しい事件ではないが、惜しみなく愛を与えられるべき存在から振るわれた暴力とその死は、ただひたすらに理不尽だ。罪も認めず脱走までした紘子に対し、憤慨の念が湧く。そんな綾乃を見て、「お前さんは子育て経験がないからどうとでも糾弾できるさ」と神妙に三浦が言う。

「そう言われたらぐうの音も出ませんけど」

三浦には、息子が三人いる。上から中2、中1、三人目は少し離れていてまだ小3ぐらいだったかと思う。

「うちも上二人が年子だったから、三歳ごろはもう家庭は戦場だったぜ。かみさんが和室に籠城《ろうじょう》してめそめそ一人で泣いてたことだってある。リビングはおもちゃとか、バカ息子たちが食い散らかしたお菓子でぐっちゃぐちゃ」

「一体なにがあったんです」

「なにもねぇよ、それが子育ての日常だってことだ。うちのは気が弱いからもう部屋に閉じこもって泣くしかなかった。一方の紘子は、勝ち気な女だったんじゃないの。暴力に訴えて死なせてしまった、それだけの違いだ」

調書を見る限り、事件発生までに虐待の相談や通報があった様子はない。大和も広和も近所の公立の保育園に通っていて、虐待はなかったと保育士は証言している。

三浦が調書を捲り、改めて事件発生当時の様子を読み上げる。

「平成二十七年二月四日、午後六時五分、足立区宮城リバープレミアム七〇八号室において この部屋に住む添島尚志、当時二十九歳より、自宅に帰宅したら長男が頭から血を流し倒れていると一一〇番通報──」

駆け付けた西新井署《にしあらい》宮城交番の巡査は五分後に現着。妻・添島紘子、当時三十二歳は心神喪失状態でキッチンに座り込んでおり、その目の前のダイニングテーブルの傍らに、頭から血を流してうつぶせに倒れている長男・添島大和当時三歳を発見。救急搬送したが、搬送先の病院で脳挫傷《のうざしょう》による死亡が確認された。

その後の現場検証の結果、ダイニングテーブルの角に大和の血液が付着していたことから、西新井署は事件・事故の両面から捜査を開始。

紘子は搬送先の病院に入院したが、外傷等はなかった。だがパニック状態で聴取不可。その後の捜査で、当時、唯一現場にいた双子の次男・広和が〝ママのせい〟と証言した上、紘子が心神喪失状態に陥るほどのひどい育児ノイローゼであったということが、夫の証言でわかった。

「また当時、紘子がダイニングテーブルのすぐそばにあるキッチンに立ち夕食の準備をしていた様子が現場検証でうかがえたことから、なんらかの事案でカッとなった紘子が大和を突き飛ばし、大和が頭部をダイニングテーブルの角で強打したことによる過失致死と認定。取調べの末、紘子が犯行を認めたため、二月五日に逮捕、東京地検に送検した」

リバープレミアムへ向かう道の先は行き止まりのようで、コンクリートの壁がそびえている。隅田川の堤防のようだ。綾乃はその来客用駐車場へハンドルを切りながら、尋ねた。

「逮捕が早いのはわかりますが、送検もずいぶん早いですね」

「状況的に紘子は真っ黒だし、自供したならそうなるだろ」

車を降り、玄関に向かった。オートロックになっていたが、あらかじめ電話を入れていたのでスムーズに通過し、エレベーターに乗って七階で降りる。

外廊下に吹き込む風はどことなく重たい。隅田川から運ばれてくる湿気だろう。隅田川沿いに土手はなく、コンクリートの堤防と遊歩道が整備されているので、府中市内を流れる多摩川沿いのような、土や緑のみずみずしさを感じない。隅田川の向こうは荒川区で、川の向こうにあらかわ遊園の小さな観覧車が見えた。

添島家が住む七〇八号室は、東の角から二番目にあった。表札は出ていない。インターホンを押す。「はい」と応答に出たのは思いがけず、女性だった。三浦と視線を合わせつつ、綾乃は言った。

「恐れ入ります、わたくし、先ほど添島尚志さんとお話しさせていただきました府中署の――」

「はい、ええ、伺っております。いま開けますね」

せっかちな様子で女性はインターホンを切ると、すぐに扉を開けた。

丸顔でおたふくさんのような柔和な顔つきをした女性が顔を出す。「どうも」と上目遣いに綾乃と三浦を見て扉を全開にすると、中へ通してくれた。その背中に、母親とよく似た顔のまん丸い男児を背負っている。一歳か二歳くらいだろうか。

誰だろうと質問する機会を逸したまま、綾乃と三浦は廊下の先のリビングダイニングに通された。

ここが現場だ。

調書に添えられた現場写真のとおり、北と東の壁に沿うようにL字のキッチンがあった。写真の中ではそのすぐわきにダイニングテーブルがある。写真と違うのは、おもちゃや衣服で散らかり放題だった部屋が整理整頓《せいとん》されており、大和を死に至らしめたダイニングテーブルがなくなっていることだ。

そこはクッション材が隙間なく埋められた子供のプレイスペースのようになっていた。食事はテレビの目の前にある長方形のローテーブルで取っているようだったが――。

この女性は誰なのか。再婚相手とその子供だろうか。

たったいま、ローテーブルの座椅子から立ち上がったという様子の添島尚志が、刑事二人に神妙な顔で向かい合う。

「どうも、元妻が再び騒ぎを起こしまして、申し訳ありません」

よく日に焼けててかる顔を引きつらせて、頭を下げる。その首の太さとパンパンに張ったTシャツの胸板には存在感があった。

彼は荒川区内の建設会社の社員となっている。よく日に焼けた肌から察するに、現場の職人、大工だろう。髪を明るくカラーリングしているが、職人らしい実直さを感じる。

ちゃらい雰囲気はない。

「こちらこそ捜査にご協力頂き、ありがとうございます。それで突然で失礼なのですが——」

綾乃は座布団に正座しつつ、ちらりと幼な子をおんぶした女性を見た。

「あぁ、彼女は現在の妻の留美《るみ》で、背中の子供は自分にとっては三男にあたる、息子です。ヤマトと言います」

「ヤマト君——亡くなった大和君と同じ名前ですか」

「読みは同じですが、漢字は違います。亡くなった長男は戦艦大和の大和でしたけど、三男は山岳の岳に昭和の和で、岳和《やまと》と読みます」

もう二度と戻らぬ長男への思いが、新たな妻との間にできた息子の命名ににじみ出ている。事件後引っ越しをしなかったのも「亡くなった長男を置いていくような気がして、どうしても引っ越しができなかった」からだという。三浦が咳払《せきばら》いの後、尋ねる。

「失礼ですが、再婚はいつごろですか」

「二年前です」

二年前——長男の過失致死事件は、三年前。

「もう少し具体的な月を——」

「ええっと……入籍は、二〇一六年の一月です」

事件は二〇一五年の二月。事件後、すぐに紘子と離婚したという情報はあったが、一年も経たずに再婚――ずいぶん早いな、と思ってしまう。刑事二人のそんな空気を察してか、添島は俯《うつむ》いてしまった。

「すいません――周囲に後ろ指さされることはわかっていたんですが、当時は母が病床にあったもので、安心させたくて」

綾乃は調書に添えられた家族関係書類を見た。尚志の実母・添島満子《みつこ》はお隣の北区《きた》が現住所になっているが、すでに鬼籍に入っていた。

「お母さまもお孫さんをあのような形で失《な》くして、無念だったでしょうね」

「そりゃあもう――大和は長男、僕も長男で、初孫でもありましたから」

後妻の留美が盆に麦茶を載せて傍らに座る。刑事二人にそろりと茶を出すと、添島の隣に座り、おんぶしていた岳和を下ろした。クッションマットの上で遊ばせ始める。

「広和君は、今日は学校を休んでいるということですが」

「ええ、いま和室で勉強をしています」

と、ちらりと背後を見た。ぴったりと閉じた襖《ふすま》の向こうで、息を潜めている人物の気配を感じなくもない。広和だろう。

「その後、紘子はどうなったんでしょうか。行方は――」

「まだわかっておらず、警察が全力で探しております」

紘子が銃器を所持している旨も話す。添島はまさか、と一笑に付しただけだった。

「おもちゃじゃないんですか？　紘子がけん銃なんて」

「獄中で再婚していたことはご存知ですか」

「そうなんですか――いや、それは知りませんでした」

「あの――」とそわそわした様子で身を乗り出してきたのは、留美だ。

「広和は勿論《もちろん》、しばらくは外出させないようにしますが、上の娘は小学校に行かせているんです。娘に危害が加えられる可能性はないのでしょうか」

綾乃と三浦は再び、この新しい家族の構成に眉《まゆ》を顰《ひそ》めることになった。

「上の娘――えっと、双子の上にお姉ちゃんがいたんでしたっけ？」

綾乃は当時の調書を捲り、家族関係を見ようとする。留美が首をすくめた。

「あ、すいません。上の娘は私の連れ子なんです」

「ほう……子連れ再婚同士でしたか」

添島と留美はどこか照れたように微笑みあい、うつむいた。

「参考までに、出会いはどこで、いつ頃だったんですか」

綾乃はあえてデリカシーなしで尋ねてみた。「すいませんね、こいつ、三十過ぎても独身で。恋愛指南でもしてやってください」と、三浦が腹立たしいフォローを入れる。

「それより、広和を呼んできます」

添島はあっけなく質問をスルーして、上半身をひねり襖を開けた。広和、と呼んだ後、刑事二人に言う。

「僕は事件後すぐに離婚したこともあって、紘子とは会っていませんし、面会もしていません。ただ、広和にとっては血を分けた母親ですから、面会交流を許しています。家族の中で最後に紘子に会ったのは広和なので」

　事件当時、三歳だった広和は——ずいぶんふてぶてしい態度で、和室から出てきた。襖にがんっと肩をぶつけたが、わざとしたようにも見える。よく日に焼けた肌と、もう十月だがサッカーのクラブチームのノースリーブを着ていて、見るからに活発な雰囲気だ。

「広和、挨拶《あいさつ》を」

「——はあ、どうも」

がくん、と首を折る、かったるそうな挨拶。視線は明後日《あさって》の方向で、綾乃や三浦を見ようとしない。三浦は興味深そうな様子で、尋ねた。

「添島広和君だね」

「さっきからそう言ってんじゃん」

「こら、広和！」

「お父さん、大丈夫です」

三浦は署では見せない父親のまなざしで、ここは任せてくれと添島を制した。

「いま、何年生？」

「十年生」

綾乃は飲みかけの麦茶をぶっと噴いてしまった。「きったね」と広和の乱暴な言葉が飛んでくる。

「君、面白いねえ。小1とは思えないや。中2だな。男の子がいっちばん難しい時だよ」

「知ってんなら聞くなよ、くそおやじ」

キッチンに立っていた留美がすかさず「こら広和」と振り返り眉を顰《ひそ》める。広和は途端に黙り込んだ。継母《ままはは》の顔色を窺《うかが》っているのかと思いきや——立ち上がり、冷蔵庫の前に立つ留美の太ももに絡みついた。調子よく言う。

「ごめんねぇ〜ママ」

「ほんと言葉遣い気を付けて」

「はいはい」

「返事は一回」

「は〜い」

「伸ばさないー」

言って留美は広和の柔らかそうなほおを優しく引っ張った。微笑みあう。まるで本物の母子のようだ。三浦はその様子を見て、立ち上がった。

「お父さんお母さんさえよければ、まずは広和君とだけ、じっくり話をさせてもらっても構わないですか。近所のファミレスとかで」

三浦の申し出に添島は怪訝《けげん》な表情をしたが、了承した。

広和はもう玄関で靴を履いている。実母の事件で小学校を休ませられ、息が詰まって
いたのだろう。
　広和は面パトの後部座席に弾丸のごとく飛び込んだ。開口一番、「だせえ、ランチ
ア・ストラトスの方がかっこいい」とのたまう。「悪かったな」の一言で流す三浦に、
綾乃は耳打ちした。
「なんだかずいぶんませてません？　小1と言ったら……」
　ランドセルに黄色いカバーをかけ、黄色の通学帽をかぶったピカピカの一年生——と
にかく小さくてかわいらしい、というイメージだ。
「ははは、男の子は小1で激変するからな。世話係に六年生がつくことがあるから、と
にかくその真似をしたがるんだ。この時期は二、三年生よりも生意気な口を利くことも
あるぜ」
　三浦は息子が三人もいるだけあり、男児のことをよくわかっている。その扱いも得意
なようだ。綾乃から面パトの鍵《かぎ》を預かると、「俺が運転するから、お前は後ろに乗れ」
と言い、広和を助手席に乗せた。
「ランチア・ストラトスなんか目立ちすぎて犯人に気づかれる。覆面パトカーの方が忍
者みたいでかっこいいだろ。刑事になるか悪いことして捕まんないと、乗れないんだ
ぜ」
　広和は興奮した様子で、警視庁や埼玉県警のパトカーのトミカを持っていると自慢を

始めた。さっきのませた態度はどこかに吹き飛び、素直で子供らしい。三浦はサイレンを出してやり、人気のない道路でちょっとだけ鳴らしてやって広和のご機嫌を取ると、早速、切り出した。

「さあ、ちょっとゆっくりしゃべれる店にでも入ろうか。何か食いたいものはある？」

「お昼ご飯はもう食べたよ。チャーハン」

「そうか。新しいママが作ってくれたか」

「新しいママってなんだよ。俺のママは留美ちゃんひとりだけだぜ」

綾乃も三浦も一瞬言葉に詰まった。尋ねずにはいられない。

「栃木にいるママは？」

「は？　誰のこと？　知らないねー。ていうか神社行こうぜ。サッカーしたい」

殺人犯の母親がいやで、もう存在しないがごとく振る舞っているのか。もしくは両親からそういう風に教えられているのか……。

荒川の近くに、宮城氷川《ひかわ》神社というのがあるらしい。公園が隣接しているので、広和はよく遊びに来るようだ。

三浦はそこに車を回し、路肩に停めた。綾乃が自販機で飲み物を三つ買って戻ってくると、三浦と広和は隣接する公園でぼろぼろのサッカーボールを蹴《け》って遊んでいた。誰かの忘れ物らしかった。

「下の息子とたまにボール蹴ったり投げたりするけど、すげえなぁ、広和の方が全然、うまいよ」

　もう三浦は広和を呼び捨てにする。だが、広和は嬉《うれ》しそうだ。

「おじさんが下手だから、似ちゃったんじゃないの」

「なんだとー！」と言ったそばから、空振りをして三浦はひっくり返っている。広和は腹を抱えてげらげら笑い、尻《しり》もちをついた三浦に容赦なくボールを蹴りつけた。三浦は「このクソガキ」と笑って軽々と広和の体を持ち上げた。膝《ひざ》に腕を回して逆さまにする。広和は「やめて、やめて」と叫んではいるが、三浦がそっと体を下ろすと「もう一回やって！」とおねだりする。楽しそうだ。

　特に紘子の話にはならず、じゃれあったり、ボールを蹴り合ったりを繰り返すだけの三浦だが――綾乃は広和の様子を注視していて、気が付いたことがあった。さりげなく、ベンチの後ろを振り返る。

　宮城氷川神社の小さな境内がある。

　いくつかの神や稲荷《いなり》を祭っている場所のようで、境内の奥には赤や白の小さな鳥居が並んでいる。反対側には、浅間《せんげん》神社と三峰《みつみね》神社の祠《ほこら》があった。周囲は木立が深く、保存樹木と看板がつけられた銀杏《いちょう》の大木がいくつか生い茂り、黄色に色づき始めていた。

　広和はなぜか境内の方を、ちらちらと何度も見る。その視線にどこか畏怖《いふ》の色がある。神様が怖いのか、神聖な場所だと親や大人から教えられての態度なのか――。

「ていうかおじさんさ、栃木の人のこと聞きにきたんじゃないの。遊んでていいの？」

広和の方から、切り出してきた。先ほどは知らないと突っぱねていたのに。刑務所にいる母親の存在が広和の中に歪《ゆが》んで透けて見える。

綾乃は渡辺刑務官から預かった面会記録を見た。今年に入ってから一度も面会には来ていない。最後は去年の秋、十月だから、もう一年会っていないことになる。まだ七歳の広和の一年は大きい。人生の七分の一だ。つまり、直近の人生の七分の一から、実母の存在が抜け落ちてしまっている。

「そうか。栃木の人のこと聞いても大丈夫か」

「別にいいよ。でも、よく知らないんだよ。あの人と過ごしていた時のことは覚えてないんだ」

事件があったのは三歳——無理はないか。手紙のやり取りなども三、四歳ではできなかっただろう。実母との繋《つな》がりは数か月に一回の面会だけのはずだが、それもそのうち疎遠になってしまったのか。

「よし、じゃちょっと休憩と行くか。きれいなお姉さんがせっかく買ってきたジュースがぬるくなるからな」

「きれい？　この人がぁ」と綾乃をあからさまに馬鹿にしながらも、広和は綾乃の隣に座り、ペットボトルのカルピスを選ぶ。いっきに半分、飲み干した。

ゴクゴクと喉《のど》が鳴る。まだ七歳とは思えないあっぱれな飲みっぷりだった。最近の子は軟弱なイメージがあったが、広和は双子の生き残りとして、新しい家族にすっかり馴《な》染《じ》んでたくましく生きていると思った。

綾乃は切り出した。

「最後に栃木の人と会ったのは、去年の十月で間違いない？」

「うん、そうかな」

「最後に面会したとき、どんな話をした？」

「別になにも……ランドセル姿が見たいと言われて」

広和は言葉少なで、すぐ沈黙してしまう。

「そのとき、お母さんはいつもとなにか違うとか、そういうことはあった？」

「うーん、わかんない。いつも通りを知らないから」

「お父さんが新しいお母さんと結婚したけど、広和君の本当のお母さんも、新しい男の人と結婚したの、知っている？」

広和はただ首を傾げた。

「それは、俺と関係なくない？」

本当にもう、紘子を母親と認識していない様子だった。この年代の子供の順応力の高さに驚く。

「——広和君、ちょっと悲しいことを聞くようだけど、いいかな」

「大和が死んだときのこと？」

「うん。お母さんが突き飛ばして、大和君がテーブルの角に頭をぶつけた。その場にいたのは広和君だけで、間違いない？」

広和はうんざりしたように、わざとらしく天を仰いだ。

「俺、三歳だよ。バラ組の時のことなんか、なんにも覚えてないよ……」

バラ組というのは、広和が通っていた保育園のクラスのことだろうか。

「——そうよね。それじゃ、広和君がバラ組の時のママってどんな様子だった？　怖かった、それとも優しかった？」

「んー。まぁ、怖かったかなぁ」

バラ組、というキーワードを出したからか、「全く覚えていない」というスタンスだった広和の記憶が若干蘇《よみがえ》ったようだった。もっと思い出してほしい。綾乃は記憶に残りやすい行事の話を振ってみた。

「バラ組の時、運動会はなにをしたの？」

「えーっと、かけっこと、ダンスだったかな」

「なんていうダンス？」

「ドコノコキノコ」

綾乃はスマホでその曲を探し、記憶を呼び起こすために再生して見せた。広和は「すげー懐かしい」と言って、歌いだした。反抗期の中2みたいに斜に構えていたのに、幼児向けの歌を口ずさむ広和のおどけた横顔は、未就学児に戻ったようだった。

「パパとママ——つまり栃木の人は、広和君がドコノコキノコ踊っているとき、どんなことしてた？」

「パパは動画を撮ってたよ」

と、ハンディカムを構える仕草を取る。

「栃木の人は？」

「――そういえば、あんまり元気なかったかな」

「元気なかった？」

「なんか、ぽつんとしていた」

添島の再婚が早かったことに、ふと思いを馳《は》せる。

「ねえ、運動会っていつだったの」

「保育園の運動会は十月だよ」

事件は二〇一五年二月。運動会はその前年の十月。つまり事件の四か月前。そのころから、夫婦仲に亀裂《きれつ》が入っていたのだろうか。

「――広和君、いまのママと初めて会ったのはいつ？」

「生まれる前だよ。ママと佳音《かのん》は、七〇九号室だったから」

三浦がえっと腰を浮かせて広和に確認した。

「どういうことだ、広和。ママとその、佳音ちゃんてのは――」

「いまでは俺のお姉ちゃんになってるけどね。元は隣に住んでたんだよ」

後妻は隣人だったという事実に、綾乃は絶句する。

「それじゃ当然、栃木の人とママは、顔見知りってことか？」

「顔見知りって？」

「つまり——友達」

「そう。友達。俺がベビーカー乗ってるときから、毎日一緒に佳音とは遊んでたし、あの滑り台で俺と佳音が遊んで、ママたちはこのベンチでおしゃべりしてた。保育園も同じで、だからママ友だよ。佳音はパパがいなくて、だからもうずっと前から俺のパパと仲良しでさ。勝手にパパって呼んでたよ」

添島は元妻のママ友と再婚していた——。

広和は刑事たちの驚愕《きょうがく》も気に留めず、淡々と続ける。

「パパも佳音をかわいがっていたよ。手作りでおままごとのキッチン台を作ってたし」

添島は大工だ。おままごと用の小さなキッチン台を、余った材木などでささっと作れるだろう。

それにしても、と綾乃は思う。

おたふくのような優し気な顔をした留美——あれは仮面でその下に女らしいしたたかさを隠している。紘子の事件をきっかけにして留美がさっと男を略奪したのか。そしてその予兆は、四か月前の運動会にもあった。紘子はひとりぽつんといた——つまりママ友だったはずの留美とすでに距離があり、夫とも距離があった。そのさなかで起きた、大和の過失致死事件。

ふいに、三浦のスマホが鳴る。府中署からのようだ。三浦はベンチを立ち、離れたところで二言三言会話すると、スマホを切った。綾乃にちょっと来い、という顔をする。

綾乃は「もう少し遊んでていいよ」と広和に声をかけ、立ち上がった。

三浦がスマホをちらりと掲げ「署からだ」と言った。

「紘子の移送を知らせる栃木刑務所からの一報は、はがき一枚を送ったのみだそうだ。赤倉が刑務所側に知らせていた住所は、私書箱だったらしい」

「追跡されぬようにしていたようですね」

「ああ。で、別班は赤倉勝の素性を洗っているようなんだが――」

言って、三浦はどこか悲し気に滑り台で遊ぶ広和の方を見た。

「マルBだった」

――暴力団員。

「山坂《やまさか》組とかいう、池袋界隈《いけぶくろかいわい》に縄張りを持つ小さい組らしいが、立仁会《りっしん》の傘下にあってそれなりに都心では影響力のある組だ」

立仁会――広域暴力団に指定されている、関東最大の暴力団だ。

「かつては組の若頭の右腕として池袋の裏世界を牛耳ってたようだ。いま、組の事務所にうちの組対係と池袋署の組対が顔を出している」

「紘子の脱走に、暴力団が絡んでいるというんですか」

「そういうことだろ。でなきゃけん銃を準備できなかっただろうし――ちなみに、鑑識からの情報だ、けん銃は型の形状から、恐らくブローニングらしい。オートマチックけん銃だ」

綾乃は思わず、天を仰ぐ。紘子の事件はごく普通の家庭内で起こった不慮の事故といった印象で、そこに暴力団が介在する隙はない。こうなってくると広和が紘子と距離を置いていて正解という気がしてくる。

三浦はさらに不可解な事実を告げる。

「しかし、赤倉はすでに破門されているらしいんだ」

「破門——自ら足を洗ったのではなく？」

「ああ。破門の理由をいま、組関係者に当たっているようだが、山坂組の組員たちは非協力的だ。それから赤倉の携帯電話は電源が切られていて、居場所は把握できない——とにかく、もう広和を自宅に帰そう」

綾乃は頷《うなず》いた。滑り台を下から登っていた広和に「最後にひとつだけ教えて」と下から声をかけた。

「広和君、ここでよく遊ぶみたいだけど、あの神社でお参りすることはある？」

滑り台のてっぺんに立った広和の顔に、動揺が広がる。七歳になったばかりの子供だけに、感情を隠し切れない様子だ。

「うん——お正月の時に来たかな。でも怖いからあんまりあっちには行かないようにしているよ」

「天狗《てんぐ》がいるんだよ。大和と喧嘩《けんか》したり、嘘ついたりすると、〝天狗が来て広和を連れていくよ〟って、栃木の人がよく言ってた」

「広和君、そんなにしょっちゅう、大和君と喧嘩してたの？」

「喧嘩というか——なんていうか、大和は弱かったよ。俺の方が強い」

「そうなの。双子なのに」

「ニランセイっていうんでしょ。双子だけど顔は似てないし。大和はパパに似て、大人しかった。いい子だったよ。俺の方が怒られてたかな」

広和がすーっとつまらなそうに滑り台を降りてきた。

「そう——だけど、栃木の人は事件のあった日、広和君じゃなくて大人しくていい子だった大和君を突き飛ばしちゃったのよね」

そうみたい、よくわかんないと広和は曖昧《あいまい》に言ってまた滑り台を下からよじ登ろうとした。

「あの時……えっと、バラ組の時ね。広和君は警察の人に〝ママのせい〟って言ったみたいなんだけど」

「だから、憶《おぼ》えてないよ、バラ組の時のことなんて」

思い出したくないのか、乱暴な口調で広和は言った。今回は逆から登ることに手間取っている。

「ていうか、わかっているよ。広和は俺の代わりに天狗に連れていかれたんだ」

言った直後、広和に張り詰めた沈黙があった。どうしたのかと顔を覗《のぞ》き込んだ途端、広和は乳幼児のようにうわーんと泣き出した。


「えぇっ、マルB⁉　しかもブローニングを二丁も所持って……」

五味は驚愕して、頬と肩で挟んだスマホを落としそうになった。そして、慌てて口をつぐんだ。

ここは警視庁警察学校——卒業生歓送行事を控えた、神聖な川路広場だ。

五味は川路広場の外周沿いに来賓や家族が座るためのテントを設営中だった。組み立てた鉄パイプにテントの紐《ひも》を結び付けている。川路大警視の銅像前は記念撮影をする学生や家族で大行列ができており、他、卒業する一二九一期の教官・助教を囲みあちこちで歓談の輪ができていた。川路広場のテントの外をぐるりと取り囲むようにして、在校生たちも集まり始めている。

梯子《はしご》の最上段に足を掛け、テントの屋根部分を組み立てていた高杉が、何の話をしているのかと五味を見下ろしている。五味は声を潜め、電話越しの綾乃に伝えた。

「ブローニングの所持、バックに暴力団、これはもうただの受刑者脱走事件じゃない。急いで捕まえないとまずい。なにを企《たくら》んでいるのか、ヒントは紘子の雑記帳にあると思う。できる範囲で構わないから、ページを写真に撮って俺のスマホに送ってくれないか」

五味は通話を切り、ポケットにねじ込んで急いで紐を結び付けていく。

「例の脱走兵かよ」

高杉の声が上から降ってくる。兵隊じゃなくて女囚だ、というまっとうなツッコミをしている余裕もなく、五味は頷いて赤倉の詳細を話した。

高杉は手を動かしながら、ふむふむと頷く。

「立仁会系の山坂組なら、北池袋の風俗街を牛耳ってるところだろ」

彼はもともと生安畑の刑事で、主に風紀係にいた。風俗関係の取り締まりをする部署だ。当然、バックにいる暴力団にも詳しい。

「そうか。お前に聞くという手もあったな。知っているか、山坂組の赤倉勝」

高杉は遠い目になった。

「山坂組の内情はよく知らんし、組長とか幹部連中もどんな奴だったかちょっと記憶にないが――〝軍師マサ兵衛《べえ》〟のことかな」

軍師・官兵衛《かんべえ》をもじったあだ名か。黒田《くろだ》孝高《よしたか》という戦国時代の武将で、織田《おだ》・豊臣《とよとみ》・徳川《とくがわ》大名の下で多彩な活躍をした武将のことだ。

「かなりの知能犯、策略家で、母体はデカいが組織は小さい山坂組の黒幕とか、軍師とか言われていた男だったと思う」

こんな逸話がある、と高杉は器用に手を動かしながら言った。

「もう二十年以上前、池袋はチーマーとかカラーギャングがいっぱいいただろ」

当時池袋では西と東に分かれたカラーギャングが縄張り争いをしていて、暴力沙汰《ざた》が絶えなかった。そこで池袋署の組織犯罪対策課——当時でいうところのマル暴刑事が、山坂組の軍師・赤倉になんとか若い衆をまとめてくれと頼み込んだ。

山坂組は西池袋を支配するレッドギャングと繋《つな》がりがあり、レッドギャング出身の者を組に何人もスカウトしている。当然、赤倉は東のイエローギャングを壊滅に動くかと思いきや……。

「赤倉はなんと、山坂組が根城にしている北池袋に、オレンジギャングなる組織を勝手に創って、そこへどんどんレッドやイエローのチーマーをスカウトしていったらしい」

「そんなことが可能か？」

「可能だよ、暴力団員だぜ。鉄パイプ振り回しているだけのギャングなんか暴力団のおじきがハジキ持って現場に来ただけで、ははーって頭を下げる。で、お前レッド捨ててうちのオレンジに来い、山坂組がバックアップするのはオレンジのみで、これからレッドもイエローも徹底的にぶっ潰《つぶ》すとか脅したらしい」

赤と黄色を混ぜたらオレンジだなと思いながら、五味は高杉の話を聞いた。

「で、最終的に下っ端のチーマーがみんなオレンジに行っちゃって、双方の頭のギャングは正式に杯を交わして山坂組の組員になった。めでたしめでたしだ」

「なるほど。レッドもイエローも消滅、下っ端どもは仲良くオレンジに入った。カラーを背負うトップが極道に入ったとなれば、双方ともに面目は保たれる」

「確かな知略家・軍師だぜ。そんな奴が今回の女囚脱走事件の裏で糸を引いているとしたら相当厄介だぞ」

長田教場の副場長が息を切らして五味の下にやってきた。

「どうした、あと五分で点呼だ、整列していろ」

「そうなんですが、場長が見当たらなくて――」

中沢か。場長から降ろしたばかりだ。恐らく学生棟の寮の部屋でひとり悔し涙を流しているか、何が悪いのか頭を抱えているかだろう。時間になれば川路広場に出てくるはずだ。

「点呼は副場長のお前がしろ。中沢もすぐ合流するだろう」

「わかりました。ただ、人数を軽く確認したら久保田と松島もいなくて……」

松島――退職問題があるだけに、思わず五味は手を止めた。高杉が「ああその二人なら」と苦笑する。

「弁当持って、教場の鍵《かぎ》を貸してくださいって俺ンとこ来たぞ」

教場で弁当を食べていいと五味が許可した。高杉がそういえばと付け足す。

「あとから中沢も合流してたな。松島の退職問題を話し合うって、鼻息荒く言っていた」

「とにかく――もうすぐ歓送行事が始まる。お前は持ち場に戻って点呼していろ」

五味の指示に、副場長は一礼して術科棟の方へ走っていた。術科棟の入り口のすぐ目の前に、長田教場の面々が集まり始めていた。

「あいつら、説得が白熱してるのかな。俺、様子見てくるよ」

高杉は梯子からとんと降り立つと、額の汗をハンカチで拭《ぬぐ》い、教場棟へ向かった。五味は座席表を見ながら、それぞれのパイプ椅子の背中に『校長』『初任教養部長』と印字された紙を貼り付けていく。

交通整理係を担当していた一人の教官が、きょろきょろしながらテント下に入ってきた。彼は、卒業生たちを送り出す車両を誘導するため、駐車場にいるべきだが、なにかを探しているようだ。五味が声をかけると「拡声器を見なかったか」と奇妙なことを言い出した。

「拡声器？　いや、ここでは使わないから」

「おっかしいな。どこいったんだ……」

五味も念のため、テント下をぐるりと見渡した。高杉のスマホがパイプ椅子の上に置きっぱなしになっていた。

テント設営の際に高所に上ったので、落として割らないように咄嗟《とっさ》に置いたのだろう。戻ってきたら渡そうと、五味は高杉のスマホを一旦《いったん》預かり、長田教場の学生が集う術科棟前へ走っていった。

長田教場は点呼のため整列し始めていた。

綾乃からメールが届いた。五味は教場の隊列の後ろに立ち、添付された画像を確認する。紘子の雑記帳を撮影したものだ。すでにいくつかは付箋《ふせん》が貼られており「スーパー銭湯の住所」とか「多磨霊園の番号」などの注釈が綾乃の丁寧な文字で記されていた。

不自然ではあるが、まだ意味が解釈できないもの——例えば、品川区田越という架空の住所にある架空の老舗割烹《しにせかっぽう》『美乃』などにも、付箋が貼り付けられていた。

いまは時間がないのでざっと流し見にするしかないが——。

五味はふと、見覚えのある電話番号を見た気がして、手を止めた。いくつか画像を戻る。足立区内にある「おいしいたい焼き屋さん」の、電話番号。

03—3581—×××。

これは警視庁本部の大代表の番号だ。

背筋がさあっと寒くなる。けん銃を二丁持った脱獄囚が、桜田門《さくらだもん》の警視庁本部でなにかしようとしている、ということか。

「五味教官！」

突然呼び止められた。思わずびくりと肩を震わせる。

長田教場の副場長だ。困ったように眉《まゆ》をひそめている。

「まだ三人いなくて点呼ができないんです」

五味はふと、教場棟の五階中央の教場を見た。そこを使用している長田教場は、ブラインドがきっちり閉められており、中の様子がわからなかった。

「──まだ戻ってないのか」

高杉が教場棟に入ったのは五分ほど前だったはずだが、何を手間取っているのだろう。あと一分で歓送行事が始まる。五味は「もういい、事故者三で点呼を始めて」と副場長に指示した。歓送行事開始に向けて少しずつ静寂が広がっていく川路広場で、長田教場の点呼の声が響く。

「一二九三期長田教場、現在員三十七、事故者三、総員四十名、点呼、完了しました！」

五味は敬礼で答え、三列横隊の先頭に立った。

学校長が川路大警視像のすぐ脇にある特別席に着席し、歓送行事が始まる。

まずは在校生代表の送辞があり、続いて、卒業生代表の答辞がある。

やがて、警視庁の歌として親しまれている『この道』のイントロがかかった。川路広場を四角く囲むようにして二列で並ぶ卒業生たちは、行事を見守る家族や職員、在校生たちに向けて、『この道』を熱唱する。警察官としての覚悟を歌ったこの曲に、もう号泣している卒業生もいた。設営テント下の家族席からも、洟《はな》をすする音が聞こえる。正面では卒業期の教官・助教が一列に整列し、今日送り出すことになる学生たちの歌声に口元を震わせていた。

──それにしても、高杉たちはどうした。

特に松島にはこの式典を最前列で見て欲しかったのだが……。

五味は教場棟の五階にある長田教場をもう一度見上げた。ブラインドが揺れている。中に人が残っているのだ。なにをもめているのだろう。

「大隊形にぃ〜、つけ！」

歌が終わり、代表者がそう号令をかけると、卒業生たちは「オー！」と声を張り上げ、教場ごとの二列横隊に整列し直した。さすが、半年間教練を積んだだけあり、立派な見栄えだった。お前たちしっかり目に焼き付けておけよ、三か月後にはこうでなきゃならないんだと──目で、五味は教場の学生たちを促す。

教官・助教も警察礼式で決められた独特の小走りで各教場の横隊の前に立つと、卒業生人員報告──つまり、最後の点呼と、そして教官・助教による励ましの言葉が各教場一斉に始まった。

その後、いかにも卒業式らしい『いい日旅立ち』『贈る言葉』などのＢＧＭをバックに、教官・助教による全学生一人一人との握手・激励が始まった。

五味はふと、四か月前の自教場の卒業式を思い出した。

あの時は様々な事件があり、気持ちが張り詰めて初めての教え子を送り出す感動を味わう余裕がなかった。だが送り出した旧53教場の面々は卒配先でひとりも脱落することなく、初任補習科に戻ってきてくれた。本当に、ありがたいことだった。

この一人一人の学生と教官・助教との敬礼、握手、激励がこの歓送行事のメインイベントであり、二十分ほどかかる。五味は様々な思いを抱えながら卒業生たちを見つめ─

—そして、結局行事参加は見送ることにしたのかと、教場棟の五階中央の旧53教場を見上げた。

——ん？

さっきまで閉め切られ、ブラインドが下りていたはずの教室の片隅の窓がひとつだけ、開いている。

そのたったひとつ開いた穴から、拡声器が外に向けて突き出されていた。

強い異変を感じる。

川路広場を見下ろすように固定された拡声器。さっき、拡声器がないと言った教官がいたが、なぜあんなところに設置されているのか。

そのスピーカーの先から、いまにも川路広場に向かって何らかの警告がなされるような空気を、ひしひしと感じる。ふと六十年安保闘争を連想した。講堂に立てこもった学生たちが要求を読み上げようと、窓から拡声器を突き出した——そんな、時代を揺るがした一連の騒乱を想起させるほど、不気味な光景だった。

なにかまずいことが教場で起こっている、という直感があった。

五味は目立たぬように在校生の隊列を出て、教場棟に向かう。

川路広場では、全ての学生の教官・助教との握手、激励が終わったところだった。激励が最後までかかった教場の場長が、声を張り上げる。

「教官・助教にィ〜、注目！」

前に立つ教官・助教が警察礼式にのっとり、敬礼する。

行って参ります、と場長が声を張り上げた。続けて教場全員が「行って参ります‼」とめいっぱい叫ぶ。家族・職員・見学者たち、そして在校生から、わーっと拍手が沸き上がったが――。

パン！

あまりに場違いな破裂音が、川路広場の感動に穴をあける。

五味は教場棟への外階段を上がる直前だった。音に凍り付いて、上を見上げる。なにか、きらきらと光るものが舞っている――と思ったら、猛烈な勢いでそれが降り注いでくる。五味は咄嗟に屋根のある外階段へ駆けあがった。粉々になったガラスが、五味がさっきいた場所に降り注ぎ、秋の強い日差しを反射して五味の目を焼く。

いまのは、銃声だった。

川路広場が言いようのない、奇妙な沈黙に包まれた。

降り注いだガラスは、教場の窓ガラスか。五味は茫然《ぼうぜん》自失で、教場の五階中央――かつての53教場を見上げた。向かって左端のガラスに穴があき、蜘蛛《くも》の巣状のヒビが入っている。

「警視庁警察学校卒業生諸君！」

拡声器から、突如、しゃがれた男の声で仰々しく宣《のたま》うのが聞こえてきた。

「卒業、おめでとう……！」

とても祝っているとは思えない、人に罵声《ばせい》を浴びせているような声音だった。卒業生たちは予行演習と進行が違うと、困惑した様子でただその拡声器を見上げている。職員や参列家族たちはこれが歓送行事の一環なのか判断しかねる様子で、不思議そうに教場を見上げる。

拡声器の声が、「とはいかない」と、あっさり前言を翻した。

「お前たち警察学校の学生諸君は卒配先に向かう前に、最後の課題をクリアせねばならない。さもなくば、ここに拘束中の三名の学生巡査、並びに一名の助教官の命はないっ！」

まるで大岡越前《おおおかえちぜん》かというような、仰々しい演技がかった男の声が、続ける。

「事件番号、平成二十七年（ワ）一八六号！　この事件の真犯人を突き止めよ。起訴・収監された赤倉紘子は冤罪《えんざい》に苦しみ喘《あえ》いでいる。この冤罪を創り上げた卒業生諸君の頭の悪い先輩デコスケどもの尻拭《しりぬぐ》いを、ここに集う者たちが全《まっと》うするのだあっ！」

デコスケ——暴力団員がよく使う、警察官の蔑称《べっしょう》だ。

「いまここに、三人の容疑者名を読み上げる。添島留美。添島尚志。添島満子。真犯人をこの53教場へ突き出さぬ限り、四人の人質の命はないっ！」

第三章　川路広場の銃弾

「53教場が乗っ取られた！」

五味からその一報を受けた時、綾乃は面パトの中にいて昼食のサンドイッチをかじっていた。スマホをスピーカーにして通話していたのだが、助手席の三浦はカップラーメンの麵《めん》を盛大に噴いてむせ返った。

「の、乗っ取られた？　意味がちょっと……」

「以前53教場があった場所に立てこもっている。人質は長田教場の学生三名と、高杉だ」

「えっ。高杉さんが!?」

「要求は、平成二十七年（ワ）一八六号事件の再捜査だ。冤罪を訴えている」

「それって――」

赤倉紘子の事件だ。綾乃は慌てて、後部座席のバッグの中に入れた調書を手に取る。

「そう、赤倉紘子が起訴された事件だ」

三浦は驚愕《きょうがく》を通り越して呆《あき》れた様子で、口を拭《ぬぐ》いながら言った。

「足立区にいたって誰も来ねぇわけだ、赤倉紘子の逃亡先は警察学校かよ」

綾乃はサンドイッチを袋に戻してすぐにエンジンをかけた。

「私、すぐ府中に戻ります」

「待て」と五味が言う。その言葉の向こうが異様に騒がしい。今の時刻は卒業生の歓送行事の真っ最中だろう。川路広場は大混乱に陥っているはずだ。

「誰が立てこもっているのかはっきりしないんだ。要求の声が老齢の男性だったし、あの屈強な高杉ですら抵抗できずに人質になっているんだ、紘子ひとりにそれができたとは思えない」

「つまり、立てこもっているのは、赤倉勝だと？」

「恐らく。そもそも警察学校のセキュリティは盤石だ、脱走受刑者が忍び込む隙はない。だが卒業式で来校者が非常に多い、赤倉勝ならノーマークだから卒業生家族に混ざって中に入ってしまったのかもしれないが――」

それも考えにくい、と五味は言いたそうな様子で、言葉を濁した。

式に参列する卒業生家族は事前に申請が必要で、正門を入った途端に氏名を尋ねられ名簿と照らし合わせがある。どこにも名前がなければ正門をくぐることはできないし、誰かの名前を名乗ったとして、重複が判明すると大騒ぎになる。卒業期の学生家族に成りすましてその名前を名乗った可能性もあるが、その名前を、どうやってマルBの赤倉勝が知ることができたのか。あと考えられるのは柵《さく》を越えた侵入だが、二十メートルおきに侵入者を知らせるセンサーが設置されているから、不可能だ。

五味が電話口で続ける。

「とにかく、赤倉勝は要求で、三人の容疑者の名前を挙げている。添島留美、添島尚志、添島満子の三人だ。誰だかわかるか」

「添島尚志は紘子の元夫です。添島留美はその再婚相手で紘子のママ友だった女性です」

五味は困惑したように一瞬、沈黙した。

「別れた妻のママ友と再婚したのか？」

「ええ。しかも事件後一年も経たず、です。この夫婦、匂いますよね」

「添島満子というのは？」

「添島尚志の実母、紘子にとっては姑《しゅうとめ》ですね」

「瀬山たちはどんな捜査をしていたんだ」

「留美と紘子のママ友関係を洗おうと思って、いま広和や留美の連れ子が通う小学校の校門前にいます」

留美の連れ子の佳音を捕まえ、他にどのママと仲が良かったのか尋ねるつもりだった。母親同士というのは噂話が大好きで情報をたくさん持っている。うまくいけば、尚志と留美が不倫関係にあったと裏付けできると思った。

「でも身辺を聞き込みしている場合じゃないですね。添島留美に直球で――」

「ちょっと待って。その前に西新井署に行ってほしい」

「西新井署？　ここの管轄所轄署ですか」

「紘子の事件捜査が適切に行われたのか、その確認が先だ。それから平成二十七年（ワ）一八七号事件の担当捜査員をチェックしろ」

「紘子の事件の調書なら手元に――」

「それは一八六号だろ。俺が言っているのはそのひとつ後、一八七号事件だ」

「一八七号事件も西新井署の管内で起こっているんですか」

「済まない、説明する時間が――川路広場はパニックなんだ。瀬山、赤倉の携帯番号を教えてほしい」

立てこもり事件ではまず、電話で犯人側と交渉するからだろう。そして教場には電話がない。犯人所持の携帯電話が頼りだ。

「いいですが、電源は切られっぱなしです」

構わない、と五味は言う。綾乃は栃木刑務所の資料を引っ張り出し、赤倉勝の携帯電話番号を伝えた。

「とりあえず私たちは西新井署に行きますけど――五味さんはどうするんです？」

「どうする？　事件を解決するに決まっている」

電話はそれで切れてしまった。三浦が言う。

「事件を解決するって――立てこもり事件だぞ。すぐに本部捜査一課が出張《でば》ってくる。

教官なんざ捜査本部の雑用に回されるのがオチだ」

三浦はどこか気の毒そうに、綾乃を横目でちらりと見た。

「確かにお前さんの彼氏は優秀だが――所詮《しょせん》、警察学校の教官で捜査権はない」

川路広場のパニックはじわじわと大きくなっていた。

だが、卒業式参列者と学校関係者の境界線はまだなんとか保たれている。

教場棟からけん銃が発砲された。すると川路広場に整列しているのが危険だということはわかるだろう。だが、この事態にどうしたものかと学生たちは戸惑うばかりで、教官・助教の命令を待っている状態だ。

卒業期の指導官だけでなく、他の職員たちもみな、中央のテント下に座っていた校長の下に自然と集まり、協議を開始する。

その様子を見た卒業生の親たちが、子供たちを川路広場のど真ん中に放置したままでいいのかと、職員に詰め寄り始めた。過保護な親は「建物の中へ避難しなさい！」と勝手に卒業生の隊列に入って手を引く。

五味は綾乃との通話を終えて校長の下に急いだ。

現在の学校長は橋部洋一《はしべよういち》警部。前任者はスポーツカーを乗り回す派手好きでマスコミの密着取材まで許してしまう狸オヤジだった。現在の校長はずっと警務畑を歩いてきた堅実な人物だ。巡査部長時代は助教官を、警部補時代は教官をやっていたこともあり、

『警察学校の生き字引』と呼ばれてもいるが——いかんせん、現場を知らない。

いまも、椅子に茫然《ぼうぜん》と座ったまま、教授や部長連中がどうすべきか協議しているのを黙って見ている。初任教養部長が言った。

「とにかく通報です、校長」

「通報？　ここは警察なのに一一〇番するのか。まずは府中署に知らせたらどうだ」

五味は幹部の人の波を縫って校長の前に出た。幹部連中は警察制服の色が紺色ではなく、黒だ。末端の紺色のジャケットを着た教官が割り込んできたので、咎《とが》める視線が飛んでくる。だが、校長はほっとしたような顔で五味を見ると、腰を上げた。

「よかった、五味君は捜査一課にいたことがあるね。この場をなんとか……」

「なんとかしますが、まずは川路広場を空っぽにしましょう、ここに人が残っているのは非常に危険です、いつまた発砲があるか——」

「待て待て」

と初任教養部長が遮る。

「先に通報だろう、早く府中署に——」

五味は無駄だ、と首を大きく横に振る。

「脱走受刑者が銃器を二丁持って逃走していると午前中のうちに判明しています。その時点で第八方面本部の十一所轄署が総動員で緊急配備を敷いているんです。つまり、いま府中署は空っぽ。それは調布・三鷹《みたか》・小金井《こがねい》、近隣の所轄署も全て同じです」

「それじゃ本部に――」

「本部には私の方からすでに一報を入れています。立てこもり事件なら担当はＳＩＴ、捜査一課特殊捜査係です。課長に大至急案件と伝えてあります」

「課長？」

「本村《もとむら》捜査一課長です」

綾乃に電話をする前にすぐさま、彼に一報を入れたのだ。校長以下、幹部連中が目を丸くする。

「捜査一課長といったら警視正、刑事部にいるノンキャリ警察官のトップだろう……」

そんな人物に直球で伝えたのかと、みな驚いた顔で五味を見る。

「とにかく、一旦《いったん》学生や家族を建物の中へ誘導しましょう」

「ダメだダメだ！」

初任教養部長が声を荒らげた。

「捜査一課長がじきじきにやってくるなら、下手に現場を動かさない方が……」

「桜田門の本部からこの府中までどれだけ時間がかかると思っているんです！　面パトかっ飛ばしても一時間近くかかります。その一時間の間、卒業生を川路広場に晒《さら》しておけというんですか。犯人は教場棟の五階にいて、いつまた窓から発砲があるかわからない。まずは川路広場を空っぽにすることが優先です」

校長がすがるように五味を見る。

「それなら、もう卒業生は所轄に出発させて、学生家族も正門の外に出て行ってもらう」

初任教養部長が「そうですね」とマイクを取った。

「歓送行事も残りあと卒業生の行進のみ――これをカットしてもう出発させましょう」

それは絶対にダメだと五味がマイクを奪う。

「いいですか、これだけセキュリティが厳しい中で、どうやって犯人が校内に侵入したのかという問題があります。誰か学校関係者で協力者がいた可能性が高い」

「なにをバカな……！　職員の中に共犯がいるとでも？」

「卒業生家族の中に混ざっている可能性だってある。いまは蟻一匹、学校の外には出せません。全員が容疑者なんです……！」

五味は言ったそばから、すぐさま正門を閉めさせなくてはならないと気が付いた。無線を借りて、正門練交にいるはずの江口に一報を入れた。

「こちら川路広場テント下、五味警部補。正門練交の江口巡査、応答せよ」

すぐに返答があった。

「こちら正門練交江口。五味教官、どうしたんですか」

無線が届く範囲内にいるはずなのに、海外旅行先にでもいるのかと思うほど、江口の声は呑気《のんき》だった。どうやら、この騒動に気が付いていないようだ。

川路広場は四方を建物に囲まれているため、声が外に漏れにくい。正門までの距離は百メートル近くあるし、間に本館がそびえている。拡声器から聞こえた犯行声明は正門まで明瞭《めいりょう》に届かないはずで、歓送行事で誰かがスピーチしているようにしか聞こえないだろう。

「緊急事態発生だ、一旦正門を完全に閉ざしてくれ」

五味は事件の概要を話している暇もなく、指示した。

「ええっ。いま全開ですよ」

「だから、閉めろと言っている」

「いやでも、これから卒配先へ向かう送迎車が出ていくんですよ。閉めたら――」

正門は頑強な鉄製で開け閉めは容易ではない。また開けるのが面倒くさいのだろう。

「いいから閉めろ、これから蟻一匹外に出すな。絶対だ」

無線を切った途端、初任教養部長が嚙《か》みついてきた。

「だけど君、犯人の許可なく勝手に学生たちを動かしていいのか」

「犯人の要求は冤罪《えんざい》事件を晴らすことのみで、川路広場の学生の配置には言及していません」

「それじゃなにか。犯人はあの窓から、川路広場から立ち去っていく数千人の学生や参列客の群れを、黙って見下ろしているというのか」

「見るつもりも監視するつもりもないように感じます、もうずっと前からブラインドを下ろしたままです。あくまで人質は中の四人のみで、他はどうでもいいと思っているはずです」

「それなら尚更、卒業生やその家族は外に出すべきだ。これだけの人数を建物内に誘導するのは一苦労だ。共犯者の捜査はあとからでも――」

「絶対にダメです。この状態で一般参列者を外に放ったら、すぐにマスコミが押し寄せますよ。警察学校で立てこもり事件なんて知れ渡ったらそれこそ恥さらしですし、その後の捜査に支障が出ます」

初任教養部長は納得したようだが、五味にいちいちあれこれ言われることに腹が立ったようだ。五味にマイクを押し付けた。

「もういい、君に考えがあるんだろう、君がやれ！」

「私ではなく、校長にお願いします。その方がみな、安心するはずです」

校長はえっと肩を揺らしたが――「わかった」と咳払《せきばら》いをしながら頷《うなず》き、重い腰を上げた。「私が横から指示します」と五味が斜め後ろにつく。

他の教官たちには、教場棟を封鎖するように頼んだ。犯人の逃亡を防ぐためもあるし、むやみやたらに人を入らせないためでもある。

校長が可動式朝礼台に駆け上がった。川路広場の中に入ってしまっていた学生家族が、慌てて見学席へ戻る。さすが、学校長はオーラが違う。姿を晒すだけで、一般人は勝手な行動を慎まなくてはと思うようだ。

五味は校長へ指示内容を説明する。校長は内容を吟味するように頷きながら、まっすぐ前を見て一同に言った。

「えー卒業行事の途中ですが、緊急事態発生のため、一旦川路広場を閉鎖します。一斉に動かないこと。いま、ここには学生二千名、式典参列者千名、職員千名、合計四千名がいる計算になります。無論——」

突然校長は声を張り上げた。自分は学校長だという威厳を取り戻したように、学生たちに強く言い聞かせる。

「君たちは巡査を拝命した警視庁警察官だ。ここで落ち着いて捜査協力し、立派な行動ができるはずだと私は信じている。まずはその場に座り、担当教官・助教の指示があるまで動かないこと。式典参列者の皆さんを優先的に、建物の中へ避難誘導します」

校長は五味の進言に耳を傾けたのち、マイクで指示する。

「まず、卒業生は家族と合流し、一旦、学生棟の各自の部屋で待機をすること。ではご家族のみなさん、川路広場のお子さん、ご主人のところへ向かってください」

テント下や見学席にいた学生家族たちが、そそくさと、あるいは我先にと川路広場中央へ向かう。自身の息子・娘——または夫の手を不安げに取る者もいれば、目だけで頷き合い、不安を共有する家族もいる。

「自分の家族と合流できた学生から、学生棟の各自の部屋に戻って待機してください。合流できない、見つからない家族がいたら、すぐここにいる五味教官の下へ報告に来てください」

姿が消えた家族がいたとしたら、その者になりきって赤倉勝が警察学校の中に入った可能性も考えられるからだ。五味は一同に見えるように大きく手を挙げた。そして校長に次の指示を出す。

「続いて在校生たちは――」

ここで校長は五味に反論するように囁《ささや》いた。

「彼らも学生棟でいいのか？　各教場に集い、教官・助教官の監督下にある方がいいだろう。学習室に待機となったら、監督する教官たちは手間だ」

「犯人は教場棟の教室に立てこもっているんですよ、教場棟に学生を入れるのは危険です。それに教場棟は間もなく封鎖されます」

五味が教場棟の方を振り返った。黄色の規制線のテープを山ほど抱えた教官たちが、教場棟の周囲を走り回っている。

そうかと校長は何度も頷き、マイクを握った。

「在校生については、学生棟の各学習班の部屋で待機だ」

教場は五～六人の班に分かれており、各学習室が学生棟内の大心寮にある。この状況下なら学生たちを寮の個室に閉じ込めておくより、外出時でも行動を共にする班ごとに待機させた方がいいだろう。

「一斉に動かないこと、まずは卒業期、一二九一期の学生から、家族を連れて移動してください。走らないこと。慌てないこと！　各自落ち着いて行動を願います。一二九二期から一二九五期は指示があるまでその場に座っていなさい」

この移動が無事済めば、あとは職員のみだ。五味は次の指示を校長に耳打ちした。

「えー、職員については、一旦《いったん》この朝礼台の下に集合――」

と口にしたところで、校長が顔面蒼白《そうはく》になった。マイクを五味に押し付け、朝礼台を降りてしまう。

「忘れてたよ、来賓のことを……！　警視総監殿がまだ校内に残っているかもしれない、まずは彼らの安全確認が最優先だ！」

校長は大慌てで幹部を何人か引き連れ、本館の方に引き返してしまった。

――学生より来賓が大事とは。

五味は仕方なく朝礼台に上がった。自ら指示を飛ばす。

「繰り返します、職員は一旦朝礼台下へ集合です。学生のみなさんは――」

家族の手前、丁寧な調子で語りかけたが、五味はもう面倒くさくなっていつもの調子で投げかけた。

「いいか。卒業生並びに在校生はみな学生棟での待機となる。しばらく教官・助教は顔を出せないだろうが、自覚を持った行動をすること。特に場長、並びに副場長、それから各学習班の班長は身勝手な行動を取る者がいないようにしっかりと目を光らせておけ。ここからは業務連絡です。術科担当教官については、術科棟一階に残り、特に射撃場の管理を厳重に願います」

術科棟はその入り口に、術科を担当し教場を持たない指導官たちの教官室がある。体育や水泳、射撃、柔剣道、合気道を教える専門職員らのデスクがある。大量の銃器を保管した射撃場を狙われたら大騒動だ。あの場所を死守してもらわねばならない。中にはニューナンブが五百丁近くと、一万発近い銃弾が保管されているのだ。

五味は朝礼台を降り、集まり始めた職員連中に呼び掛けた。

「在校生の教官・助教のうち、座学担当教官は学生棟に行って、各学習班にいる学生たちの人員確認を。なにか様子がおかしい学生がいたらすぐに私に一報をください」

「五味さん、五味さん！」

屈強な男性教官連中の間に埋もれるようにして、女性助教官が手を挙げた。一二九三期で助教官を務めている三井亜希《みついあき》巡査部長だ。亜希はボードに挟んだ名簿のようなものを持っていた。彼女は今日の卒業式で身分記録関係を担当しており、参列者の名簿一覧表を持っている。

「卒業式参加者は家族だけじゃないです、見学団体がいくつもあって、彼らもどこかへ誘導しないと――」

五味は一旦制帽の下の汗をぬぐい、名簿を受け取った。学生棟の入り口はそう広くないので、まだまだ川路広場の人はさばけていない。在校生はその場にしゃがんだまま、じっと移動指示を待っている。ふと見ると、すぐ脇のテント下で、興奮気味にスマホやハンディカムで川路広場を撮影している団体がいた。ジーンズにパーカーなどの格好の者までいて、式典参加者とは思えないほどだ。

「彼らは……」

五味は名簿を捲る。亜希が「このページです、見学団体」と指をさす。

見学団体は全部で六組あった。調布署防犯安全協会、一般財団法人自警会、一般財団法人警察協会、社団法人全日本指定自動車教習所協会連合、日本防災通信協会――。

これらはすべて、警察組織の外郭団体だが、最後――。

「日本雑誌協会。なんだよ、マスコミじゃないか……！」

あの、ラフな格好で写真を撮りまくっているのは出版マスコミ連中だ。

「三井、見学団体計六組一六三名を、術科棟の体育館に誘導してくれるか。捜査に支障をきたすから以降、撮影も、撮影データを外に送信することも慎むように言ってくれ」

亜希は力強く頷き、テント下へ戻る。「待て」とその腕を摑《つか》んだ。

「参列者名簿を持っているのなら、三井が全体を統括してくれ。そして俺に報告を」

「了解です！」

五味は続いて、卒業期の教官・助教を集めた。

「立てこもり犯は卒業生家族に成りすまして中に入ったか、もしくは協力者が学生家族に混ざっている可能性があります。これより各教場で名簿と人員の照らし合わせ、身元の確認を徹底的に行ってください。終わり次第、状況を三井助教に報告、異状があればすぐ私に報告してください」

「待て、五味教官」

ひとり、ベテランで銀髪の教官が発言した。

「なにも協力者が参列者とは限らないだろう。委託職員も調べるべきだ。学生棟の食堂や売店を回しているのは東海《とうかい》食品の社員で部外者だ」

食堂や売店は警視庁が雇う行政職員ではなく、民間企業が委託運営している。

そういえば今朝、正門脇に植樹された植木を手入れしている職人も見かけた。五味はすぐに正門練交の江口に一報を入れて、外部の人間が出入りする際に記入する出入り票を持ってくるように伝える。

「いや、いま練交当番を持ち場から動かさない方がいい。私が取りに行ってくる！」

ひとりの教官が手を挙げ、本館の向こうへ走っていった。

五味は他に手伝いを募った。

「誰か手のあいている職員がいたら、学生棟にいる東海食品の職員を術科棟三階の剣道場へ集め、名簿の照らし合わせと身元の確認を――」

警察学校施設課に所属の職員が手を挙げた。

「確か今日は空調清掃の業者も入ってきているはずです。有限会社磯田《いそだ》ボイラーだったかな。射撃場の排煙装置ファンユニットフィルターの交換で、五名ほどで作業中かと思います」

――射撃場に部外者が入っている。五味はどきりとして、すぐさま指示した。

「すぐに作業を中止させて、同じく術科棟三階の剣道場に誘導——」と言ったところで、五味は別の教官にその仕事を振った。改めて、施設課職員には別の指示を出した。

「立てこもり犯は必ず校内外の監視カメラ映像にその姿が写っているはずです。施設課職員全員で監視カメラの分析を始めてください」

施設課職員は瞠目《どうもく》した。

「無茶な。ここに一体何台の監視カメラがあると思っているんです、学校の外周だけで三十個あるんですよ」

他、教場棟にも三十個、術科棟には二十個。迷路のように複雑な造りになっている学生棟とその中にある大心寮に至っては、九十個近い監視カメラが設置されている。合計、二百個近い。

「しかも今日、学校内は人の出入りが四千人ですよ。鑑識捜査の経験もない施設課の人間だけで分析など——」

「じきに所轄や本部から鑑識が来ますから、彼らに引き継ぐまでにできる限りやってください。それに十二時二十分より前の映像に絞っていい」

十二時二十分——高杉が教場棟に入った時刻だ。その時刻より以前に立てこもり犯は教場棟に入っていたはずだ。施設課の職員はやっと納得して、本館へ走り出す。

川路広場では半分ほどの人数が捌《は》けた。コンクリートの地面がよく見えるようになる。突然、「五味教官！」とぐいと肩を摑まれた。相川幸一《あいかわこういち》が背後に立っている。

初任補習科の巡査で、一二八九期五味教場の学生だった元プロ野球選手だ。よく日に焼けた肌に屈強な体つきは、教場時代と変わらない。初任補習科の彼らは、本館と学生棟を繋《つな》ぐ通路前で歓送行事に参加していた。ふとそのあたりを見ると、人だかりができている。

「すぐ来てください。銃弾と思《おぼ》しきものを発見です」

五味が向かう。かつての五味教場の場長、堤竜斗《つつみりゅうと》が人だかりの中心にいて、五味に気が付くと、大きく手を振った。

「五味教官、銃弾です！」

学生棟の列に並ぶ卒業生家族が何人か、恐怖に顔を歪《ゆが》ませてこちらを振り返る。「こら、声がでかい！」と堤の頭を小突く。

一二八九期で長田教場の場長を務めた塩見圭介《しおみけいすけ》もいた。期での学業成績がトップだった彼は都心の丸《まる》の内《うち》署の交番に配属されている。いまも、銃弾を前に右往左往する堤や相川とは違い、冷静だ。今年やっと二十四歳になるとは思えない落ち着き払った声で、教場棟を指す。

「恐らく、式典の最中に発砲された銃弾がここに落下したのではないかと」

五味がしゃがみこもうとして、堤がつぶれた銃弾を指でつまもうとする。

「こら！　証拠品だぞ、鑑識作業前に触るな」

堤は、すいません、と慌てて指を引っ込める。

「すぐにこの二メートル四方に規制線を張れ」

堤が備品を取りに本館へ走り出した。五味は膝《ひざ》をつき、手で触れぬように、銃弾を凝視する。銃弾の刻印は非常に小さいので、川路広場の地面に頰を押し付けてやっと読み取ることができた。

「――九ミリのパラベラム弾か」

オートマチックけん銃だ。赤倉紘子がブローニングを所持しているかもしれないという情報があったが、ただの主婦でここ数年は檻《おり》の中だった紘子が自動小銃を撃てるはずがない。拡声器の声にしろ、やはり立てこもっているのは紘子ではなく赤倉勝の方だ。もしくは夫婦揃ってか。あの屈強な高杉が、制圧できずに人質になってしまったのだ――まさか撃たれたのか。

五味は「手を触れるなよ」とかつての教え子たちに強く言い、踵《きびす》を返した。職員が集う朝礼台の下に戻り、鑑識捜査担当教官を探し出す。

「本館と学生棟の通路前に銃弾が落ちています。すぐに鑑定してもらえますか」

「わかった――あのカラーコーンのところか」

本館から戻ってきた堤が二メートル四方に四つのカラーコーンを立て、黄色の規制線を張り巡らせている。

「本部から線条痕《せんじょうこん》データを送ってもらわねばだな」

行きかけた鑑識捜査担当教官の肩を摑む。

「その前に、ルミノール反応を」

誰か撃たれていたら、銃弾から血液反応が出るはずだ。鑑識捜査担当教官は重々しく頷《うなず》く。共に規制線の方へ向かって走り出した。

鑑識捜査担当教官が銃弾の写真を撮り、落下地点の測量を開始したのを横目に、五味は気心がよく知れたかつての教え子たちを呼ぶ。

「堤、相川、それから塩見。手が足りないから手伝ってくれ」

三人は頼もしいほどに強い瞳《ひとみ》で、五味のもとに集まってきた。

「お前ら三人、術科棟三階の剣道場に誘導される委託職員の身元を確認してこい。塩見は磯田ボイラーの職員。相川は植木職人のグループだ。堤は東海食品の職員を頼む」

「外注職員たちですね」

堤が確認する。「そう、頼んだ」五味は代表して堤の肩を叩《たた》いた。

今度は初任教養部長を探す。彼は、テント下でただ茫然《ぼうぜん》と人の流れを見ているだけだった。交通畑出身で強行犯捜査に慣れていないのだろう。五味が次々と彼の提案を却下したこともあり、近づくと不愉快そうな顔をする。五味は構わず、協力を仰いだ。

「SITが到着次第、すぐに立てこもり教場内部と交渉ができるよう、いまのうちに前線本部を設置します」

「前線本部？」

「はい。現場の指揮監督が詰める場所で、SITの係長クラスがその前線本部で現場捜査員からの情報を集約し、指揮を執ります。ある程度、立てこもり現場が見える場所に設置するのが基本です」

「それなら、教場の真向かいにある学生棟の、学生の部屋か？　五階は確か一二九二期が使用しているな」

「いえ。学生棟は中に人が多すぎて騒ぎになるかもしれないですし、学生の個室には電話設備がありません。本館五階の会議室にしましょう。一番南側の会議室からなら、立てこもり教場が見えますし、モジュラージャックがあるでしょう」

「わかった。いま空けさせる」

「続けて、電話の敷設準備もお願いします」

　頷きかけた初任教養部長は、眉《まゆ》を顰めて尋ねた。

「そもそも、携帯電話じゃダメなのか。誰にかける？　教場に電話設備はないぞ。あ、高杉のスマホを鳴らすのか？」

　五味は首を横に振った。

「高杉はスマホを置いたまま、現場に飛び込んでしまったんです。学生たちのスマホは朝のホームルームで回収したままです」

　基本的にスマホは夕方以降の自由時間に、限られた場所でしか使用できない。

「ですが、恐らく赤倉勝は携帯電話を持っていて、番号も把握しています。前線本部の電話は内容をリアルタイムで捜査指揮本部内でも確認できるようにするための特別電話です。SITはもうNTT側に要請しているはずですので、こちらは電話機の準備を急いでください」

「待て、前線本部と捜査指揮本部は別なのか？」

「別です。捜査指揮本部はおそらく、桜田門の本部に設置されるはずですが、捜査一課長が現場に出張ると言っていますから、校内に設置されるかも」

五味はよろしくお願いしますと一礼し、術科棟の方へ走った。

長田教場の面々が、不安そうにただしゃがみこんでいる。教官の長田は入院、助教の高杉は人質、補助教官の五味は事件の初動捜査体制を敷くことにてんてこ舞いで、指導者が誰もいない。しかも、場長もいない。副場長が五味を見て、すがるように「五味教官！」と立ち上がった。

「順次、お前らは学生棟の学習班で待機だ。わかっているな」

「待機って――待機している場合ですか。人質になっているのって、中沢や久保田、松島なんですよね」

その不在をずっと訴えていた副場長が、泣きそうな顔で言う。自教場が立てこもり現場であり、その直前から三人の姿が見えないのだから、誰だってそう思うだろう。

「心配するな、すぐに特殊捜査係がやってきて彼らを救出する」

「でも、犯人は人質に助教官もいると……。それって高杉助教のことじゃ」

よほどのことが教場で起こったと、彼らも推測している。元自衛官でベテラン逮捕術教官の高杉が抵抗できなかった――発砲があったのだから、撃たれたのでは、と高杉の身を案じていた。次々と立ち上がって不安の声をあげる。五味は学生たちの肩を力強く叩き、一人ずつ、座らせた。

「案じてもどうにもならない。専門部署の捜査員たちが来るのを待ち解決を祈るのみだ」

「でも、俺たちだって警察官です。自教場の助教や仲間が人質に取られているのに、ただ祈るだけなんて――」

「警察官だからといって、警察手帳を支給された途端に万能な捜査員になるわけじゃない。この俺だってそうだ」

五味の言葉に、一同は黙り込んだ。

「俺はただの教官でしかない。確かに捜査一課にいたから捜査の道筋を作ることはできるが、交渉や突入など最前線で任務を負うのは特殊捜査係だ。焦る気持ちを抑え、じっと待機しているのも、警察官の仕事のひとつだ」

五味は学生棟に向けて歩き出した学生たちの背中を見送ると、前線本部設置準備のため、本館へ走った。

西新井警察署は、足立区宮城から荒川を越え、更に北西に進んだ東武《とうぶ》スカイツリーライン沿線にある。

ハンドルを握る綾乃は、まずは平成二十七年（ワ）一八七号事件を確認しろと言った五味の助言に従っているわけだが――。

助手席の三浦はスマホで府中署に確認の連絡を入れている。二言三言で電話を切り、綾乃に言った。

「確かに、警察学校で発砲案件の通報があったようだ」

「発砲――⁉」

綾乃はブレーキを踏みそうになった。立てこもりは聞いていたが、発砲までは聞いていない。汗がひどく、手が滑る。

「ああ。卒業式典参列者の誰かが速攻で一一〇番通報したんだろう。だが要領を得ず……確認している間に、警察学校の職員から本部捜査一課長に直接、立てこもり事件発生の一報が入ったようだ」

捜査一課長に直接電話できる警察学校職員なんて、五味しかいない。

「一一〇番を受けた多摩通信指令センターが府中署に一報を入れたが、うちはいま空っぽだ。一部の幹部と行政職員しかいない。とにもかくにも署員がひっくり返って本部に一報を入れたときにはもう、ＳＩＴが出動した後だったというからな」

桜田門本部から警察学校のある府中まで、かなり距離がある。時間がかかると踏んだからこそ、五味は捜査一課長に直接連絡を入れたのだろう。

「あちらのことは五味さんに任せておきましょう。こちらが心配しても始まりません。

そんなことより、一八七号事件の概要を先に調べてください」

三浦はわかってるよと、府中署員の係長クラスに支給されている小型ノートPCを取り出し、警視庁職員専用のページに入った。発生年、区分、番号を三段階で入力し、検索すると、一発で該当事件が出てきた。

三浦が眉間《みけん》に皺《しわ》をよせ、厳しい顔をする。

「西新井大師節分大会無差別殺傷事件――」

綾乃は閉口した。西新井の通り魔事件は、過去いくつか起こっている通り魔事件のうちでも、死亡被害者の人数が十名近い重大事件だった。

「お前さんの彼氏は俺たちに何を調べさせたいんだ」

もうお腹いっぱいだと、三浦はうんざりした表情だ。

「いや待てよ。発生年が同じ平成二十七年で、事件番号も続いている。しかも西新井――同じ管内の事件だ」

「まさか、同時発生した事件なんですか」

画面をスクロールした三浦が「いや、全く同日ではないが」と前置きし、言った。

「西新井大師の事件発生は二月三日午後二時。赤倉紘子の事件発生は二月四日だ」

「事件番号は赤倉紘子の事件の方が早いですよね。でも発生したのは通り魔事件が先？」

「この事件番号は裁判所が振ってるもんだ。警察が容疑者を起訴した順番だろ」

綾乃は思い出した。

「西新井大師事件は、犯人が逃走して被害が拡大した事件でしたよね」

「ああ。その逃亡先でも五名殺害している」

西新井警察署の駐車場に車を停めた。綾乃と三浦は受付をすっ飛ばして、エレベーターに乗った。刑事課にすでに一報を入れてある。

対応に出た刑事課強行犯係主任の前川《まえかわ》巡査部長は、長身だがやけに猫背で、自ら存在感を消して歩いているような雰囲気の中年刑事だった。名刺交換の後、声のトーンを落として言う。

「ちょっと、休憩室で話しましょ。ここはごちゃごちゃしているから」

前川は強行犯係から逃げるようにフロアの廊下に出て、突き当りの喫煙スペースに向かった。あの副流煙パラダイスの中に行かねばならぬのか。早く終わらせようと、綾乃は前川が煙草に火をつける横にぴたりと座った。

「当時、あれほどの大事件が起こって翌日には母親の子殺し——所轄署は大混乱だったんじゃないですか」

「まあね。あの年は一年くらい家に帰れなかった」

「それで、当時の状況についてなんですが」

「あんまりあの時のこと、ペラペラしゃべりたくないんだけど……うちの署にとっては黒歴史だから」

「それなら、他に当時のことを知っている方を教えてほしいのですが」

いないいない、と前川は煙草の煙を吐いて、苦笑いした。

「西新井大師通り魔事件の大失態、知っているでしょ。所轄は犯人を現場で取り押さえられず、逃げられちゃったんだ」

そして犯人は北へ逃げ、隣接する埼玉県草加《そうか》市にたどり着いた。深夜、押し入った住宅で就寝中の一家五人を惨殺し、金品を奪って再び逃走。更に北上し江戸川《えどがわ》を越えて千葉県野田《のだ》市に入ると、一軒の住宅を襲撃しようとして、警戒中の千葉県警の警察官に取り押さえられた。この時、千葉県警の自ら隊員は暴れる犯人の反撃を受け、重傷を負っている。

「あの時、うちの連中がちゃんと取り押さえてたら、そのあと埼玉県で五人も死ぬことはなかったし、千葉県警の警察官も重傷を負わずに済んだ——事件後は警視総監が会見を開いて頭を下げる事態になっちゃって、当時、西新井署にいた係長以上の幹部は全員、僻地《へきち》に飛ばされちゃったの」

「そうだったんですか……。西新井大師事件は、豆まき大会で人がごった返す西新井大師内で起こっていますね、二月三日」

「そう。あの日は女優と横綱が来てて、人出は二万人を超えてたよ」

そのさなか、通り魔犯が五名を殺害、十人以上に重軽傷を負わせて、逃走。

「翌日には赤倉——いえ、添島紘子の事件が起こっているわけですが、前川さんは担当されてないんですか」

「ああ。俺らは通り魔犯確保のローラー作戦に駆り出されてたし、うちの強行犯係には当時、女刑事がいなくてさ」

「なるほど。母親が起こした事件ですし、直接の捜査員に女性がいた方がいいと？」

「うん。西新井大師事件の捜査本部で、捜査一課から二十個班が投入されてたんだけど——」

二十個班の投入。通常の倍以上の数だ。

「どこの係です？」

「事件番だった五係の全班と、三係の一部だったかな」

「そのうち、添島紘子の事件を直接捜査したのは？」

「本部の二十個班の中で、当時の米山《よねやま》捜査一課長が女ばっかり四人を選抜したんだけど、もうその女たち、大ブーイング」

——わかる気がする。警察史に残る大事件の捜査をしたかっただろう。そのために呼ばれたのに、家庭内で起こった過失致死事件捜査のため一旦《いったん》通り魔事件から外れろと言われたら、がっかりするし抗議もする。

西新井大師事件クラスの規模になると、解決したら捜査本部に参加した捜査員全員に、警視総監賞や警察庁長官賞が授与される。特に、出産や子育てで出世コースに乗りにくい女性刑事ほど、喉《のど》から手が出るほど手柄を欲する。今どきの若い軟弱な男性刑事よりよっぽど手柄に対し貪欲《どんよく》だ。

「早く西新井大師事件の捜査に戻りたいがために、紘子の事件捜査を手抜きした、とは考えられますか」

「わお、手厳しいね、同じ女だからかな」

前川は綾乃を揶揄《やゆ》したのみで、否定も肯定もしなかった。

「手抜きというか、相当動きにくかったとは思うよ。だって、所轄が誰もつかなかったんだもの」

通常、捜査本部が立てば、捜査のエリートである本部捜査一課と現場に土地勘のある所轄署の刑事が組まされる。本部の頭脳と所轄署の足があるからこそ、捜査はスムーズに進むのだ。

「紘子の事件に割り振られた四人はみなこの管内の地理に疎くてね。せめて地域課の一人でも道案内として貸してくれと訴えていたが、地域課は全員休日返上で、通り魔犯確保のローラー作戦に駆り出されていた。たかだか――と言ってはなんだが、過失致死事件捜査に貸し出すことなんかできないと」

「それもひどい話ですね。一人ぐらいは、と思っちゃいますが」

「確か、通り魔事件の犯人が埼玉で一家五人を惨殺したの……二月五日じゃないかな」

「紘子の事件の翌日――そんな状況だと、所轄は捜査員をひとりたりとも別の事件に貸し出したくない、ということだったんでしょうか」

「うん。紘子の事件の捜査、詰めが甘くなっても仕方ないよねぇ」

綾乃は調書と送検書類を、改めて見た。資料作成者は捜査一課五係の栗原弥生《くりはらやよい》警部補、とあった。送検は二月五日。紘子は逮捕され、すぐ翌日には検察へ送致された――。

「この栗原警部補の連絡先とかって、わかります？」

「さあね。でも確か、当時まだ新婚サンで、旦那《だんな》が同業者だったと聞いたよ。同じ捜査一課にいた」

「――珍しいですね。夫婦で捜査一課なんて」

夫婦揃って優秀だったんだろうね、と前川は言う。綾乃は調書にある『警部補・栗原弥生』という文字をつい、手でなぞった。女性刑事として理想的な人生を歩んでいる先輩ではあるが――。

綾乃は前川に礼を言い、三浦とともに西新井警察署を出た。

「現場に戻りましょう。当時紘子の事件捜査がまともにされていなかったということはわかりました。あとは私たちが真犯人を突き止めるまでです」

五味は、警視庁警察学校の本館五階にある会議室の窓を開けた。

警察学校は、水を打ったように静まり返っている。

とても平日の昼間とは思えなかった。通常の時間割通りなら、川路広場から教練の声が、グラウンドからはランニングの掛け声が聞こえてくる。

前線本部は初任教養部長の的確な動きですでに体制が整っており、ＮＴＴ職員がやってきて電話の敷設も完了した。あとは、ＳＩＴの到着を待つのみだ。

綾乃から電話で、紘子の事件の杜撰《ずさん》な捜査態勢を聞いたところだった。五味は、改めて旧53教場を見る。

あの窓の向こうで、中沢と松島、久保田、そして高杉が人質になっている。だが自分はなにもできない。忸怩《じくじ》たる思いを打ち消し、現場の窓を見つめる。

ふと、違和感がわく。

一階から四階までにいくつもの教場がある。食堂の席を確保できなかった学生が中で弁当を食べていたはずだ。なぜ一階から四階をすっ飛ばして、五階の教場を立てこもり場所としたのか――。

前線本部の電話が鳴った。この電話番号を周知したのはつい五分前のことだ。電話の相手は府中署刑事課長の吉村《よしむら》だった。昨夕に署内で受刑者の脱走騒ぎがあり、銃器所持と聞いて全捜査員を総動員で動かしているはずの吉村は、たった一人残った刑事課で立てこもり事件の一報を受け、ひっくり返ったに違いない。声音には疲労と焦燥がにじみ出ている。

「五味教官、ＳＩＴは到着しましたか」

「いえ、まだですが、もうじきでしょう」

「赤倉勝の携帯電話の受信電波を監視していた署員より一報が入りまして――」

「電源が一時的に入ったんですね」

「ええ。一二五八より一三〇三の五分間、通話をしています。いまは再び電源が切られています。電波を拾ったのは府中市朝日町の基地局です」

「――つまり、警察学校近く」

恐らく、教場で立てこもりの際、赤倉勝は紘子と連絡を取ったのだろう。

「通話相手の番号は？」

「判明していますが、公衆電話です。多磨霊園のすぐ東側に隣接している斎場内の公衆電話です」

また多磨霊園、と五味はうなだれる。

「当然、防犯カメラや監視カメラは……」

「ええ、警察の監視カメラはありません。いま、捜査員が斎場へ飛んで防犯カメラ映像がないか確認に走っています」

こうなると、紘子はずっと多磨霊園内に潜伏していた可能性が高い。

「一度、多磨霊園内部を一斉捜索した方がいいかもしれません」

「ローラー作戦を実施したいのはやまやまですが、人手が……」

五味教官――と開け放した扉から呼び止められる。鑑識捜査担当教官だ。五味は電話を切った。「弾丸のルミノール反応」と鑑識捜査担当教官は息継ぎして続ける。

「出なかったよ。誰かの体を貫通したものではない」

五味はほっと胸をなでおろした。同時に、大きな疑問が湧く。

「高杉は撃たれていなかった。それならなぜ制圧できなかったのか、という疑問がどうしても払拭《ふっしょく》できない」

殆《ほとん》ど独り言だったが、鑑識捜査担当教官は「そりゃ」と高杉に同情するように言う。

「相手は威嚇射撃しているんだよ、逮捕術のベテランだからって太刀打ちできるとは限らないよ」

そうだろうか。逮捕術というのはその名の通り、犯人の制圧方法を学ぶものだ。凶器を持った相手を想定した訓練も多数あり、けん銃を構える相手に即した制圧方法もある。けん銃の正中線を外して体をかわし、けん銃を持つ相手の手首を右手で摑《つか》み上げつつ、左手で銃身を摑みひねる――すると引き金にかけている犯人の指がねじれ、犯人は激痛でとっさにグリップを離してしまう。その隙をついてけん銃をもぎ取る。訓練すれば、女警でも銃器を持った犯人と対峙《たいじ》することができる。

高杉はその逮捕術をもう八年も教えているベテランだ。相手は元マルBとはいえ、軍師という名の通り、武闘派ではなく頭脳派だろう。しかも齢《よわい》七十の老人だ。

「そもそも、あの一発は高杉を従わせるための威嚇射撃ではない」

「というと？」

「発砲の前から、教場はカーテンが引かれ、拡声器が窓に固定されていた。発砲はその後。つまり、犯人は威嚇射撃なしで高杉や学生たちを制圧していたことになる」

扉の外から、リノリウムの床を踏みしめる男たちの革靴の音が、近づいてきた。

『SIT』の名が記された黒い防弾チョッキを着用した捜査員たちが十名ほど、初任教養部長の案内で前線本部に入ってきた。

誘拐・立てこもり事件のスペシャリストである、捜査一課特殊捜査係の面々だ。

五味も去年まで捜査一課にいたが、特殊捜査係は五味がいた強行犯捜査係とは全く別のフロアに席がある。五味とは初対面の連中ばかりだった。

名刺交換している暇もなく、互いに氏名階級、所属を名乗るのみだ。先頭に立つのは第一特殊犯捜査一係の係長、岡本秀行《おかもとひでゆき》警部だ。分厚い胸板にカリフラワー耳で、柔道家の典型のような見てくれながら、五味を見る目の密度の濃さから、一瞥《いちべつ》で人を見極めようとする捜査一課刑事らしい眼光があった。

五味が発生時から現在までの立てこもり現場の様子をかいつまんで報告する。岡本は相槌《あいづち》を細かく打ちながらも、部下たちに機器設置を指示、次々と専用機材が運び込まれていた。内部の状況を探るためのコンクリートマイクやファイバースコープ、サーモグラフィックカメラなどが現場に投入されるはずだ。その映像や音声を分析するためのパソコン、映像機器、スピーカーなどが淡々と設置されていく。岡本が五味に十五度、敬礼する。

「前線本部を準備していただき、大変感謝します。捜査時間を大幅に短縮できました」

五味も敬礼したが、心にふとむなしい隙間風が吹く。

捜査のれっきとした指揮権を持つ捜査員の登場に、五味はもはや後ろに引きさがるまでだった。今後、ここに詰めるSIT隊員のフォローに回ることになるだろう。捜査書類のコピー、差し入れの買い出し、茶やコーヒーの準備。立場上仕方のないことで応じるつもりだったが、岡本は五味の冴《さ》えない顔色を見て、どこかニヒルに言った。

「一課長も学校に到着されています。校長室が捜査指揮本部になる予定です。五味警部補はすぐそちらに向かってください」

本村が自分を待っているらしい――。

本村肇《はじめ》捜査一課長――五味を捜査一課から追い出した人物だ。

中沢尊は今後どう行動するべきか、思慮していた。

後ろ手に拘束され、足首にもきつく拘束縄が食い込んでいて痛いほどだった。口には布テープを貼られているが、頰や顎《あご》をもごもごと動かし続けていたら、粘着力が弱まってきた。呼気の湿気もあって、これは時間と共に剝《は》がせそうだ。同じように拘束され椅子に座らされている久保田と会話をすることができるかもしれない。

閉め切られたカーテンのせいで、中は異様に薄暗い。

蛍光灯の明かりもついていないので、秋の真っ昼間だという気がしなかった。おまけにこの緊迫感溢《あふ》れつつも不可解な現場にただ拘束され、救出されるのを待っていなくてはならない。

久保田とは、室内の端と端に距離をあけ、互いに背を向ける形で座らされている。首をひねって目だけで意思疎通を取ろうとするも、そんな無理な体勢を長く続けることはできないし、中沢が右から振り返り、久保田も右から振り向いたら、互いの横顔しか見えない。それで逆から後ろを振り返ったら相手も同じことをして結局すれ違い——というコントみたいなやり取りが何度もあった。

外からの光の入り具合が乏しいため、時間経過がよくわからない。いきなりけん銃で脅されて拘束されてから、まだ三十分しか経っていないようにも思えるが、もう三時間以上経過しているようにも思える。

久保田がこれでは埒《らち》が明かないと、鼻息を荒くしながら椅子の向きを変えようとしているのがわかった。やめておけ、と言いたいが、布テープが邪魔で言葉にならない。椅子に体を縛り付けられているわけではなく、後ろ手に拘束され足首を閉じた状態で縛られ、椅子に乗っけられている。その状態で椅子ごと後ろを向こうとするのは困難だ。下手をすると——。

ガッシャン、と椅子がフローリングの床に倒れる大きな音が響いた。

久保田が、倒れたパイプ椅子の下でもがいていた。声は出せないが、中沢は喉《のど》で精いっぱい、久保田を罵《ののし》った。なにやってるんだ、ここに拘束されていることがバレたらペナルティもんなんだぞ、他の誰よりも場長の俺がペナルティを食らうんだ！　と。

そこで中沢ははたと、いま自分は場長ではないと、思い至った。

教官の五味から場長を降りるように指示されたばかりだ――。

正直、中沢は補助教官の五味が大嫌いだった。長田教官は怒鳴り散らして威圧することしか能がなく、助教官の高杉は筋肉をまとった単細胞。だが――補助教官というよくわからない立ち位置で、いつも教場の後ろに立っている五味は、不気味な存在だった。

基本的にクールで無表情だが、高杉と仲が良く、彼と話しているときはやけに表情豊かだ。男やもめで年頃の娘がひとりいるらしいが、前に五味が担当していた一二八九期の先輩たちは、娘がいるなんて聞いたことがないと口を揃える。本人に聞くと適当にはぐらかす上、府中署の美人刑事との噂も「俺もよくわからない」ととぼけて見せる――。そしてあの元刑事らしい眼光。基本的に穏やかなのに、時々ギロリと学生を見るあの目は尋常でないほど尖《とが》っていて、相手を一瞬で黙らせる力がある。

入校後の初めての面談で五味と面と向かって話したときに、一転して眼光が鋭くなったあの瞬間は忘れない。

確か、こんな質問だった――これまで挫折《ざせつ》や失敗をどういう方法で乗り越えてきたか。中沢は正直に答えた。失敗の経験も挫折の経験もない、と。すると五味はギロリと中沢を見据え、質問を畳みかけてきた。

「高校生の時はサッカー選手を目指していたそうだけど」

「確かに目指して、そして途中でそれをやめましたけど、それは挫折ではないです。怪我をしたのが原因であって、自分に落ち度があったわけではないので」

五味はこんなどうでもいいことを、執拗《しつよう》に指摘してきた。サッカーをやめたのは表彰されなかったからじゃないのか。やたら何かの受賞歴が多くそれは素晴らしいことだが、サッカーについては一つもない——。ついムキになって否定したら、それ見たことかという目で見られ、悔しい思いをした。

五味が自分を目の敵にしているのはそのころからだが、恐らくは嫉妬《しっと》だろう。

かつて五味教場だった先輩から聞いた話によると、五味は本部捜査一課の敏腕刑事だったのに、左遷されて警察学校の教官に甘んじているらしい。

彼は失敗したのだ。だから失敗したことのない中沢を目の敵にしている。

首を回し、頬を動かし続けたので、ようやく布テープがずれて、口唇を動かすことができるようになった。首を後ろにひねり、言う。

「久保田。大丈夫か」

久保田は椅子の下から這《は》い出て、芋虫みたいな動きでこちらに近づいてくる。前へ進みながらも床に頬や顎《あご》を何度もこすりつけ、やがて久保田の口の布テープも完全にはがれた。大きく深呼吸すると、また身を縮こませたり伸ばしたりしながら、こっちにやってきて囁《ささや》く。

「っていうか中沢、声のトーンを落とせよ。しゃべってるってバレたらペナルティだ」

「わかってる」

「それにしても、あと何時間ここで待たされるんだ？」

「教場の学生たちが見事、事件を解決するまでだろ」

「時間制限はないのかよ。他の授業はどうするよ」

今日は卒業式ということもあり、授業は午前中で終了。歓送行事は二時には終わるが、その後は自由時間になっていた。通常だと自由時間は午後四時以降で、係活動やクラブ活動、ペナルティマラソンの消化などがあって休む暇はない。今日は自由時間が長いので、中沢は地元の両親に手紙を書こうと思っていたのだが――台無しだ。

久保田はやっと中沢の椅子の袂《たもと》にたどり着き、身を起こしてそこに座り込んだ。

「それにしても、なんで俺たちが人質に選ばれたのかな」

「さあな。立てこもり現場で弁当食ってたからじゃないの」

松島のせいだ、と思う。

「本当にあいつは卑怯《ひきょう》な奴だ。退職すると嘯《うそぶ》いて俺たちをさんざん心配させた挙句、あおりを食って俺は場長を降格――と思ったら、やっぱり退職しない、だってさ。しかもいまはひとりだけ抜け駆けして、人質は俺たちだけだぜ。いまごろ松島の奴、探偵気どりで捜査活動を引っ張ってんじゃないの」

くそ、と中沢は舌打ちする。そしてまさか、と嫌な予感がして生唾《なまつば》を飲み込んだ。

「松島の奴、きっと俺の後釜《あとがま》を狙ってるんじゃないか」

久保田が上目遣いに中沢を見て「は？」と冷めた声を出す。額に皺《しわ》がより、ますますサル顔だ。

「いま場長の席は空っぽなんだぜ。副場長は勤怠管理に会計監査に雑務で忙しいだろ。新聞図書係の松島がきっと、ここぞとばかりに五味にアピールして場長の座を奪うつもりなんだ」

久保田は呆《あき》れたようにため息をついた。

「お前、この状況下で自分の肩書の心配ばっかりだな」

「ほかに何を心配しろってんだよ。俺たちはなーんにもしないでここで待っているしかないんだぜ。点数稼ぎができないじゃないか。くそ、クーデターだこれは。俺は絶対場長の座を渡さない」

中沢は縄を外すべく両手足を動かし始めた。

「久保田。口で足の縄をほどけないか」

「ふざけんなよ。お前の制靴をなめろというのか」

「そんなことは言ってない、そのよく動く口で足首の縄をほどいてくれと――」

久保田の顔の前に足首を突き出すと、久保田は首をのけぞらせて拒否した。

「だいたい、縄ほどいて勝手にここを出たらそれこそペナルティだよ、人質役が勝手に立てこもり現場から出ちゃったら、模擬捜査にならないじゃないか！」

久保田が疲れたように壁まで移動し、寄りかかってため息をついた。

「それにしても――五味教官の模擬捜査授業、ここまで手がかかっているとはなぁ。他の教官も巻き込むとは聞いたことがあったけど、あのけん銃は本物かな。ニューナンブじゃなくて、オートマチックけん銃っぽかったよね」

「どうせおもちゃだろ。帽子にカツラ、サングラスの女はおそらく、三井助教だよ」

三井亜希助教は女警の見本となるべく、ショートカットだ。カツラをかぶって変装しやすい。一二八九期でも五味の模擬捜査を手伝って、捜査員を翻弄《ほんろう》する第一発見者の女を演じたらしい。

「――とにかく、俺はここから脱出する。俺たちは試されているんだ」

警視庁巡査として、立てこもり事件の人質になった際に、どう振る舞うべきなのか。

「俺は絶対に自力で脱出して、五味の鼻を明かしてやる」


五味は警察制服のジャケットをまといながら、本館校長室へ急いだ。扉をノックする。

「失礼します。初任科一二九三期長田教場、補助教官の五味京介警部補です」

校長ではなく、本村の「入ってこい」という返事が聞こえた。扉を開けて中に入った。十五度腰を折り、敬礼する。

川路広場が見える窓をバックにした校長の高級デスクは、空っぽだった。手前の応接ソファに、まだ礼肩章をつけたままの橋部校長と、スーツ姿の本村がいた。

そういえば校長は、講堂での卒業式に出席した来賓――特に警視総監が事件に巻き込まれていないか心配で、学生そっちのけだった。いまの落ち着き払った様子を見る限り、もう来賓は学校を出た後だったのだろう。卒業式は十一時には終わる。引き続き講堂で行われる配置辞令交付、昼食をはさんだ歓送行事に、警視総監をはじめとする来賓は出席しない。

「教官、五味京介警部補、ねぇ」

本村はソファに腰を下ろしたまま、五味を吟味するように足の下から上まで見上げた。

「滑らかに名乗ってくれるじゃないの。警察制服もまあ、なかなかよく似合っているよ」

本村とこうして面と向かって対峙《たいじ》するのは、一年ぶりか。

「でもやっぱりお前のような奴には、捜査一課を名乗ってほしいものだよ。そうだ五味、碑文谷《ひもんや》署の署長の話、憶《おぼ》えているか」

ただ目を眇《すが》めた五味に、本村は言った。

「碑文谷署署長の娘さんがまだ片付かないらしくってな。俺に毎度泣きついてくるんだよ、いいのがいないかって。お前、見合いする気になったか」

「いまそんな話をしているときでは――」

「少しの雑談くらい許される。なにせお前が実に見事なさばきで初動捜査態勢を敷いてくれたからな」

特殊捜査係が到着するまでの約一時間に五味がしたことを、校長が報告したようだ。

「校内にいる四千人を数か所に分けて集めて不審者のあぶり出し。施設課には校内監視カメラの分析、そして自らは前線本部設置準備――。お前、特殊捜査事案の経験あったっけ？」

「いえ、立てこもりは初めてです」

「凄《すご》いなぁ。数千人が集う警察学校という特殊な場で、突発的な出来事に対してここまで瞬時に対応できる警察官はそういないよ。で、五味。見合いの件、進めていいか」

「お断りします」

「どうして。まだ亡くなったカミさんにこだわっているのか」

「いまは恋人がいます」

ほうそうかと、本村は眉《まゆ》をあげただけだった。

「彼はいま、教場を持っていないの？」

本村は校長に尋ねた。

「いえ、彼はいま一二九三期長田教場の補助教官を務めています」

「補助教官？　なぜ教場を持たせなかったの」

校長は咳払《せきばら》いをし、若干声音を抑えて言った。

「前期の五味教場でニューナンブ持ち出し事件が」

「ああ。あの射殺事件か。お前、運が悪かったな」

同情したそぶりで本村は言う。

「いえ、全て私の管理不行届き、教官としての能力不足が故の事件です」

「で、いまは補助教官ねぇ。いずれ教場を持たせる状況ではあるの？」

本村は目で五味を捉《とら》えつつ、校長に尋ねる。

「そうですね。実は五味教官が補助を務める長田教官は現在、入院中でして——長引くようなら、五味教官に教場を任せようかと考えていたところです」

本村は長田の心配など全くするそぶりもなく「よし」と太ももを叩《たた》いた。

「ならこうしよう、五味。今回の事件、お前は捜査一課長付として捜査に参加しろ」

五味はすぐに意味を飲み込めず「は？」と返した。

「は、じゃない。初動捜査態勢を敷いたのはお前だろう。後は本部連中の小間使いで、帳場の椅子並べや買い出し係に甘んじるつもりか。嫌だろ」

「勿論《もちろん》、捜査に参加させていただけるのなら——」

「よし決まりだ。基本的に特殊捜査係が捜査の指揮を執るが、俺の一言でいくらでも捜査方針を転換できる」

つまり、五味が進言することで捜査の主導権を握ることができる、ということだ。

「ただし、捜査が失敗に終わった場合は、即座に捜査一課長付は解任。長田教場をそのまま引き継ぎ、学生たちと共に一から捜査の勉強をするんだな」

ずいぶん含みのある言い方をする。

「では、解決したらどうなると言うんです。私はしばらく教官と捜査一課長付の兼任ということですか」

「桜田門と府中をどう股《また》に掛けろってんだよ。どんだけ離れていると思っているんだ」

――つまり。本村は前のめりになりながらも、口調は淡々と言った。

「五味。この事件を解決できたら、捜査一課に戻ってこい」

第四章　不良品

「こらー！　大和っ、いい加減にしなさい！」

綾乃は声の限りに叫んでみた。

足立区宮城、リバープレミアムの一〇一号室。この十階建てのマンションは一階から三階までの間取りが単身者向けの1LDKになっている。上階のファミリー向け物件は全部埋まってしまっているが、下層階は空いている物件がちらほらとあり、綾乃は三浦と実験を行っているところだった。玄関先では、このリバープレミアムの管理会社の担当者が、不思議そうに刑事の捜査を見ている。

三浦は壁一枚隔てた隣室の一〇二号室にいるはずだが、反応はない。

綾乃はもう一度、叫んだ。

「こらー！　大和っ、いい加減にしなさい！」

これは、赤倉紘子の過失致死事件発生当時、隣室に住んでいた留美が聞いたと証言した紘子の言葉だ。事件を担当した捜査一課五係の栗原弥生警部補が、調書にそう記している。

この鉄筋コンクリート建てのマンションで、隣室の声がどこまで明瞭《めいりょう》に聞こえるのか――管理会社に問うと、隣室との壁の厚さは間取りに拘《かか》わらず一階から十階まで同じだというので、綾乃は空き物件を利用して実験しているのだ。二続きの空き物件がなかったので、隣室は大学生の一人暮らしの部屋だ。捜査に協力してもらっている。

――三浦から反応がない。

綾乃は電話をかけた。三浦がすぐ出る。

「もう三度も叫びましたけど、どうです」

「全く聞こえなかったぞ」

調書には、留美は事件当時、L字型のキッチンで夕食を作っていて、紘子の怒鳴り声と子供の泣き声を聞いたとある。添島家の七〇八号室と、シングルマザー時代の留美の七〇九号室は、壁を境に間取りが線対称になっている。双方のダイニングは壁一枚隔てただけの造りなので、当然、大和が死亡した七〇八号室のダイニングの音が、七〇九号室のキッチンにいて聞こえても不思議ではないとは思ったのだが――聞こえないのか。

管理会社の担当者が声をかけてくる。

「この物件は特に上層階についてはファミリー層向けですので、防音設備がしっかりしています。子供の泣き声や楽器の音などに対しての防音効果が期待できる物件と謳《うた》っていますので」

綾乃は担当者に礼を言って別れ、リバープレミアムのロビーで三浦と合流した。

「やっぱりというか——当時の捜査担当者、ろくに証言の裏取りをしていなかったようだな。声が聞こえたかどうかの確認なんて、実況見分の基本だろ」

「その基本をすっ飛ばしてでも、とっととこの件をクローズして通り魔犯を捕まえたかったんでしょうね」

綾乃は同じ上昇志向を持つ女刑事として、反面教師にしなくてはと思う。自分もいざ同じ状況に置かれたら、焦ってこの小さな事件をぞんざいに扱ってしまう気がする。

「とにかく、これから留美に直当たりだな」

三浦が七階に上がり、留美を連れ出してきた。赤ん坊を背負っていない留美は、途端に小さく見えた。いまにも泣き出しそうだ。

「その後、紘子さんの所在はわかったんでしょうか」

留美は警察学校で立てこもり事件が発生していることを知らない。立てこもり事件発生を警視庁はまだ発表していないからだ。SITが事件担当する誘拐・立てこもり事件は報道協定が結ばれることが多く、マスコミは情報を摑《つか》んでも発表を控える。今回はそれにプラスして、警察学校内で立てこもりだという不名誉な側面もあるため、しばらくはマスコミに対しては箝口令《かんこうれい》が敷かれるはずだ。

心細そうな留美に「鋭意捜査中です」とだけ答え、三人で隅田川の堤防沿いの道を歩く。柵《さく》の隙間から見おろす隅田川はどちらが上流かわからないほど穏やかだ。まずは留美の記憶を掘り起こしていくことから始める。

「紘子さんとはそもそも、ママ友——いえお隣同士のご近所付き合いから始まったんですよね」

「はい。離婚し、まだ乳飲み子だった娘を抱いて七〇九号室に引っ越してきたのは八年くらい前で——その時、紘子さんは妊娠五か月でした。双子でしたから、もう臨月みたいにお腹が出ていて。あちらは初めての出産で双子、こちらは乳飲み子を抱えたシングルマザーで、互いに心細い時です。すぐに意気投合しました」

そうやって一時期支えあったママ友の元夫と再婚する——それはどんな心境なのだろう。留美を挟み、遊歩道のベンチに三人で座った。三浦が尋ねる。

「紘子さんの第一印象はどんな感じでした」

留美は隅田川の静かな川面《かわも》を見ながら、記憶を探ったのちに言う。

「そうですね——明るくてにぎやかで、力強い人だなという感じがありました」

「力強い？」

「ええ。きっぱり自己主張する人です。昔、結構やんちゃしてたとかで、近所のママさんの中でもボスタイプでした。公園に行くと、みな紘子さんの下に自然と集まってくるというか——楽しい人でした」

褒めているようにも聞こえるが、リーダータイプと言わず、ボスタイプと表現するところに、留美の紘子に対する嫌悪感が垣間《かいま》見える。

「一方で、少し繊細なというか、気弱な面も見せることがありました。要は裏表がなくて、正直で素直なんですよね。特に出産前は、育児に対する不安を口にしていましたね」

「具体的には？」

「紘子さんは虐待とはいかないまでも——かなり厳しい両親のもとで育ったみたいです。殴られる、罵《ののし》られるは日常茶飯事で、若いころはかなりグレていたみたいです。それで、これから親になろうといういま、果たして自分の親と同じことを子供にしてしまわないかと不安に思っていたようでした」

「——結果的に同じことをしてしまったと、留美さんはお考えですか」

「そうなりますよね。暴力で大和君に対処してしまって、結果、死なせてしまった」

留美の横顔をじっと見つめる。嘘をついているようには見えなかった。つまり、留美は紘子の過失致死を疑っていない。留美は真に反省したように続けた。

「当時の隣人として、大和君が死んでしまったことは本当にショックでした。娘の佳音も泣いて泣いて……。大和君を本当に、自分の息子みたいに思っていた時もありました。私は出産にも立ち会っているんです」

ますます驚く綾乃に、留美は悲しそうな顔で続ける。

「双子ですから通常は計画出産、帝王切開するもので、紘子さんは里帰り出産で埼玉県内の病院に入院予定だったんです。でも里帰りする前に産気づいてしまって。私がタクシーを呼んで病院まで付き添って、出産まで立ち会ったんですよ。他にも、互いの自宅の合鍵《あいかぎ》を預けるほど、信頼がありました」

紘子が産気づいたとき、もしくは、片親の留美になにかあったときなど、突発的な事態が起こった際に互いにすぐ自宅に行き来できるように、ということらしい。結果的に夫を寝取ったが、決して紘子との仲は悪くなかったと強調したいようだが……。

留美は添島家の合鍵を持っていた。

三浦の鋭い視線が飛んでくる。三浦もこの事実に引っかかったのだろう。

「鍵の預け合いは、紘子さんが出産する前のことですか」

「ええ」

「それは事件当日まで続いていました？」

留美に沈黙があった。

「いえ――すぐに互いに返却したと思います」

「しかし、突発的な出来事は産後も続きますよね。鍵、すぐに返してしまったんですか」

「――そうですね、なんというか。気が付くと、距離ができていて」

「合鍵を預け合う仲だったのに？」

「紘子さんはひどい育児ノイローゼだったこともあって……なんというか、かなり攻撃的な性格になっていて、私だけでなく、他のママ友も紘子さんと距離を置くようになっていました。それが余計に紘子さんを追い詰めて、そしてそのいら立ちが暴力という形で大和君に向かったのかな、と思います」

　責任を感じたような顔で、留美は神妙に言った。綾乃は食い下がる。

「もう少し詳しく――鍵の返却は具体的にいつ頃でした？」

「ええっと……距離ができた頃ですから、事件が起こる半年か、一年前か」

「それは、どちらから言い出したことですか」

　留美にまた、不自然な沈黙がある。

「どちらからともなく、だったか――。すいません、よく覚えていなくて」

　互いに信頼し合い、鍵まで預けあった友人同士が鍵を返す。それは恋人同士でいえば破局を意味する決定的なやり取りだ。そんな象徴的な出来事を覚えていない――。

　綾乃はその点をしっかりと脳に刻みつつ、質問を変えた。

「ご主人との再婚について、確認です。事件から十一か月後に入籍していますが、下のお子さんの生年月日はいつですか」

　最も聞かれたくない質問だったのだろう。留美は面食らった様子だが、ここで嘘をついてもすぐばれる。正直な様子で答えた。

「二〇一六年、二月八日です」

　すると妊娠発覚は二〇一五年の五、六月ごろか。事件からはまだ三、四か月。早い。

「添島さんと男女のお付き合いが始まったのは、いつ頃ですか」

　正直に、と綾乃は言い足した。留美は顎《あご》を震わせながら、答えた。

「――もちろん、事件後のことです。彼は大和君が亡くなり、しかも働きながら広和《ひろと》君の世話をせねばならず、心身ともに疲れ切っていました。私は隣人でしたので、彼が仕事で遅いときは広和君に食事を作ってやったり、佳音と一緒に寝かしつけてやったり、支えていました。それで自然とそういう関係になったというか――ただ、結果的に妊娠が先だったことや、まだ事件後そう時間が経っていませんでしたので、浅はかな行動だったと反省しています」

あくまで不倫関係ではなかったと主張するようだ。

「添島さんと紘子さんの夫婦仲はどうだったのか、ご存知ですか」

「――冷めきっていたと思います」

留美は思い切った調子で、だが心苦しそうに眼を伏せて言った。

「なにが原因かよく知りませんが、夫婦喧嘩の声はよく聞こえましたし……」

また三浦の眼光が厳しくなる。先ほど実証済みだが、大声で怒鳴っても隣室まで声は聞こえないはずだ。だが揃って指摘はしなかった。もっと喋《しゃべ》らせてボロを出させるのだ。

刑事二人が揃ってうんうんと頷《うなず》くので、安心したように留美は話し続ける。

「添島さんが何日も自宅に帰っていない様子もありました。あとから聞きましたけど、どうやら追い出されたみたいです。自宅の鍵を替えられて、仕事から疲れて帰ってきたらある日突然、鍵が合わなくなって自宅に入れなくなったと。しばらく、近所のスーパー銭湯とかネットカフェを泊まり歩いていたと聞きました」

「鍵を替えられて別居状態に、ということですか」

「ええ」

「それはいつから、いつ頃までのことですか」

「詳しいことは知りませんが、事件当時も別居中だったはずです」

綾乃は留美を挟んで向こうにいる三浦を見た。三浦が頷いた。攻めろ、という合図だ。

綾乃は大きく深呼吸し、追及を開始した。

「それは妙ですね」

留美の肩がびくりと動く。私なにか失敗したかしら、と視線が右往左往する。

「調書によると、事件の第一発見者は添島さんです。仕事を終え帰宅したら大和君が頭から血を流して倒れており、紘子さんは心神喪失状態でキッチンに座り込んでいた——けれど、当時鍵を替えられて自宅を追い出されていたとなると、添島さんはどうやって自宅に入ったのでしょう」

留美の広い富士額にうっすらと汗が浮かぶ。綾乃は続けた。

「紘子さんは心神喪失状態で扉を開けられたとは思えません。広和君はまだ三歳です、鍵は開けられないいんじゃないですか」

「紘子さん、ご主人に帰ってきてほしくて、鍵をまた元に戻したという話を聞きました。そう、そうでした——だから、添島さんは入ることができたんです」

「いえ、紘子さんが事件当時、夫に電話を掛けた記録はありません。添島さんは鍵を替えられていたなら、自宅に帰ろうと思っていなかったはずですよね。そして調書のどこを見ても、別居中だったとか、鍵を替えられていたという記述はありません」

留美は「ええと……」というしどろもどろを繰り返した挙句、黙りこんでしまった。

「留美さん――まずひとつ確認なのですが、事件当日、あなたは紘子さんが子供を叱る声を聞いたと証言していますね」

「は、はい……」

「〝こら、大和、いい加減にしなさい〟というものです。その証言を刑事にした覚えはありますか」

「ええ、あります」

「ですが双子の性格を考えると変ですよね。普段、やんちゃなのは広和君の方で、大和君は温和でおとなしかったと聞きます。それなのに、広和君ではなくて温和でおとなしい大和君の方に〝いい加減にしなさい〟と紘子さんは怒鳴り散らした」

「四六時中いい子なんていませんよ。大和君だってたまには悪さをしていました」

「そもそも、あのマンションは防音がしっかりしていて、大声で怒鳴っても隣室に声は聞こえないんです」

すでに実証済みであることを、三浦が補足説明した。

留美の富士額の汗が増えていく。それきり、黙り込んでしまった。自分がどう証言すれば疑惑を払拭《ふっしょく》できるのか、目まぐるしく考えている様子だ。瞬《まばた》きが多く、視線が方々に飛ぶ。

「留美さん」

綾乃は力強く、説得するように言った。

「紘子さんが脱獄したのは、冤罪《えんざい》を訴えているからなんです。そしていま彼女の協力者が、とある警察施設に立てこもって警察官四人を人質に取り、真犯人を捕まえるように圧力をかけています」

留美はまさかと、首を横に振った。

「そんなこと——ニュースでは一言も」

「人質の命がかかっていますので、報道を規制しています」

留美は唇を震わせた。いつの間にか手にハンカチが握られていて、その小さな布切れにすがるような手つきだ。

「また、その立てこもり犯は、容疑者三名の実名を挙げました。あなたの名前もありましたよ」

留美は耐えられないと言った様子で目を閉じ——ため息をついた。

「留美さん。あの日何があったのか、正直に話してください」

「私は何もやっていません！」

「それなら何があったのか、正直に話してください。三年前のあなたの証言はでたらめだともう判明しているんです！」

留美の顔がしわくちゃになっていく。肩や瞼《まぶた》が震え、いまにも泣き出しそうな顔だ。強く出過ぎたかと思い、フォローを入れようとした瞬間――そのおたふく顔が豹変《ひょうへん》した。

「彼とは事件当時から、不倫関係にありました」

あっさり――いや、きっぱりと認めた。人のよさそうなおたふく顔に、開き直った女特有のしたたかさが滲みでる。三浦は「不倫はいつからですか」と即座に質問を返した。いまならすべてを正直に話すと踏んだのだろう。ここからの質問は矢継ぎ早にいく。

「出会ってすぐです」

綾乃は絶句した――紘子が妊娠中から、ということか。三浦は咳払《せきばら》いする。

「妻の妊娠中に夫が不倫ってのは、まあ下種《げす》な話ではあるがよく聞く話です」

「添島さんは紘子さんの気の強さに疲れ切っていました。喧嘩《けんか》になって紘子さんのヒステリーが収まらなかったら、マンションを出るふりをして、こっそり私の部屋に来ていました。何度も」

「でも、娘の佳音ちゃんもいたんですよね」

「そういう時、佳音は実家に預けていました」

ふてぶてしく留美は言ってのけた。

「紘子さんの出産前には合鍵《あいかぎ》を預け合ったという話でしたが？」

留美は鼻で笑った。嘘をついた自分自身に対しての嘲笑《ちょうしょう》のようだった。

「合鍵を預け合ったのは、添島さんとです。紘子さんが産後大変でしばらく里帰りするというので、その間、自由に互いの家を行き来しようと――」

帝王切開の傷の痛みに耐えながら、必死に子育てしている真っ最中に、夫は隣人のシングルマザーと自宅を自由に行き来して不倫していた。綾乃は軽蔑《けいべつ》の眼差《まなざ》しを向けてしまいそうになる。三浦はさすがベテランだ――淡々と聴取を続ける。

「紘子さんが夫を追い出し、鍵を替えたのは、あなたとの不倫関係を察していたからですか」

「――よくわかりませんが、疑われてはいたと思います」

ふと、事件の約四か月前にあったという運動会の話を思い出す。ハンディカムを回す添島、応援する母親たち――だが、紘子はひとりポツンとしていた。夫の不倫相手がいるママ友グループに入りたくなかったのだろう。

「事件当夜のことを教えてください」

三浦が言う。開き直った留美はすらすらと話した。

「彼はその数日前に、紘子さんから〝帰ってきて〟と頼まれていたようです。鍵は元に戻したからと。けれど、育児ノイローゼの紘子さんはコロコロ気分が変わる。だから、彼は私に様子を尋ねてきていたんです」

「様子――?」

「確かに防音がしっかりしていますが、テレビを消して壁に耳をつけていれば、紘子さんが怒鳴っている声や笑い声くらいは聞こえます。何をしゃべっているのか内容はわからないですけど――添島さんに頼まれて。あの日、私は自宅に帰るとすぐ、まずは壁に耳をつけて紘子さんの自宅の様子を探りました。ヒステリーを起こしていれば、添島さんは帰らないだろうし、機嫌がよさそうだったら帰るので」

「よくそんな役目を引き受けましたね。不倫相手の妻の機嫌を探るなんて。つまり添島さんは、紘子さんとやり直すつもりだったということですか」

「逆です。彼は私と人生をやり直すために、離婚を切り出すタイミングを計っていたんです。妻が育児でイライラしていたら離婚の交渉はできないでしょう？　だから、機嫌がいい日を探っていたんです」

留美は一刻も早く離婚してほしいだろうから、いくらでも本妻の様子に注意を払っただろう。

「あの日――最初に壁に耳をつけたときにはもう、子供の泣き声が聞こえるだけでした」

「――子供」

「広和君です。紘子さんの声も、大和君の声も一切聞こえない。広和君は、ママァとか、大和ぉって泣いているように聞こえました」

兄弟喧嘩《げんか》でもしているのかと思い、留美は一旦《いったん》それで盗み聞きをやめて、夕食の準備に取り掛かった。

「ところが、お手伝いで洗濯物を取り込もうとベランダに出た佳音が、隣の部屋から変な匂いがするというんです。揚げ物が焦げたような匂いでした」

キッチンの換気扇はベランダの換気口と繋《つな》がっているようだ。留美はもう一度、壁に耳をつけて隣室を探った。状況は変わっていない。広和が泣き叫んでいる。助けを求めているようにも聞こえた。他、誰の声もしない。留美は異変を察した。

「咄嗟《とっさ》に合鍵を持ち出して、自宅を飛び出しました。紘子さんが急病で倒れたのかと思ったんです。キッチンからの焦げ臭い匂い——もし揚げ物に火をいれた状態で紘子さんが意識を失ってしまったのなら、火事になってしまいます」

合鍵で七〇八号室にとびこんだ留美は、ダイニングテーブル下の大和の死体に、すぐには気が付かなかったようだ。

「キッチンの揚げ物鍋《なべ》の油が煮立って、煙が上がっているのが見えて——その真下で、紘子さんが放心状態で座り込んでいる。広和君はその時、ママにすがりついている状態でした。ママ、ママ起きて、と……」

留美はまず揚げ物の火を消して、広和に状況を尋ねた。

「紘子さんのそばにしゃがみ込んだところで、紘子さんがぶつぶつなにか言っていることに気が付きました。私が殺した、私が大和を殺した、殺してしまったと、繰り返していました。そこで初めて、頭から血を流してうつぶせに倒れている大和君を発見しました。私はすぐに救急車を呼ぼうとしたんですが——」

どうやってこの自宅に入ったのか、後で不審がられたら、添島との不倫関係がバレてしまう。

「とっさに、救急車ではなく、添島さんのケータイに連絡を入れました。紘子さんが、大和君を殺してしまったようだと」

「それは、何時ごろのことですか」

留美は自信たっぷりに答えた。

「二月四日、午後五時二分のことです」

「ずいぶん正確に覚えていますね」

留美は意を含ませた沈黙を挟み、女性特有の強い瞳《ひとみ》で綾乃を見返した。

「私、五月二日生まれなんです。スマホを取って電話を掛けようとして——現在時刻が表示されるじゃないですか。ああ、私の誕生日の数字だと思って……祝ってもらっているような気がしたんです」

「——祝う？　誰から、何を」

「紘子さんは刑務所行き、これですんなり、添島さんと再婚できると。神様に祝ってもらっているような——いえ、許しを得たような気がしたんです」

占いやスピリチュアルなものが好きな女性らしい考えだ。この時刻については信憑性《しんぴょうせい》があると思った。通信会社に令状を取り、裏取りをしようと思ったが——全てが振り出しに戻ってしまった。

五味は本館の校長室を出て、大股《おおまた》歩きで学生棟へ続く通路を歩いていた。

――捜査一課に戻ってこい。

自信たっぷりにそう言った本村の言葉が脳裏にこびりついている。自分の駒として働く刑事を、気分次第で警察学校へ追いやったり、また引き戻そうとしたり。呆《あき》れる一方で、まだまだ目を掛けてもらっていることは素直に嬉《うれ》しかった。

大心寮に入る。

学生たちは五味の指示通り、各学習室で班ごとに待機していた。扉を開け放っており、落ち着かない様子で学習室内をうろついたり、廊下に顔を出したりしている。

――戻れと言われて、彼らを置いてあっさり戻れるか。

正直、教官という職のやりがいや楽しさに目覚めていた。一方で、本部捜査一課の刑事として、強行犯事案に立ち向かっていた毎日はいまでも眩《まぶ》しく思い出す。綾乃の事件捜査にここまで協力しているのも、綾乃を助けたい以上に、捜査したいという気持ちがあるからだ。

エレベーターに乗り、五階のフロアに降り立つ。

ここは男子寮になっていて、個室や学習室が廊下の両脇にずらっと並んでいる。五階は現在、四月入校の高卒期一二九二期の学生が入っているが、すべての個室の扉は閉ざされている。一方で、個室の合間に点在する学習室の扉はどこも開け放たれており、そわそわした様子で警察制服姿の学生たちが、顔を出したり引っ込めたりしている。高卒期は今日卒業の大卒期と違い、在学期間が十か月ある。まだまだ卒業とはいかない初々しい坊主頭が、隣室を覗《のぞ》き込もうと縦に三つ並んでいた。

当該の部屋――五四七号室にはその前後の廊下に規制線が張られており、SITのベストを着用した捜査員の出入りが見える。すでに本村一課長より、五味を捜査に加えその指示に従うように命令があったのだろう。ひとりの捜査員が五味に気が付くと、「中へどうぞ」と手招きした。

ベランダに続く窓にはカーテンが引かれていた。窓は全開になっているようで、忙しくカーテンの裾《すそ》が風にはためいている。それがカメラの三脚の足を執拗《しつよう》に舐《な》めていた。特殊サーモグラフィックカメラだろう。

この、学生棟大心寮の五階五四七号室の真向かいに、教場棟の旧53教場がある。百メートルほど離れてはいるが、カメラのレンズを覗いたSIT技能犯の捜査員は「ばっちりレンズに収まった」と満足気だ。

「よし。始める」

カメラのスイッチを入れる。ベッドの上の布団がどかされ、そこに設置されたモニターに、カラフルな色彩が映りだす。モニターを見つめる捜査員が「ズーム」とか「もっと右方向」とか、カメラ位置の指示を出している。

五味は腕を組み、黙って様子をうかがった。そのふくらはぎに、誰かの頭があたる。まだ十九歳、興味津々でSITの特殊捜査を見つめる、一二九二期の学生の頭があった。

規律を守る以上に好奇心が勝る年頃のようだ。五味と目が合う。すいません、と慌てて逃げようとしたので、「邪魔をしなければ見ていていい」と五味は言った。すると彼は前のめりに尋ねてきた。

「あの、あれは何を探る機械ですか」

「人の体温を検知することができる赤外線カメラだ。ガラスや布を透過できるから、室内のどこに人がいて、犯人がどういう動きをしているのか、探ることができる」

学生は警察制服のポケットから使い込んだ手帳を取り出すと、五味の言葉をメモし始めた。勉強熱心で感心する。

「刑事志望なのか」

「いや、そんな大それたアレはなかったんですけど、さっき、SITの捜査員が機材持ってうわーって廊下を闊歩《かっぽ》してくるの見て、マジかっけーと思っちゃって」

学生の、熱っぽいあこがれの眼差《まなざ》し——だがSITの隊員はそれを受け止める余裕もないようだった。

「なんだこりゃ、どういうことだ！」

モニターを見ていた隊員が叫ぶ。五味はその袂《たもと》にしゃがみこんだ。

「どうしたんです」

「何も映らない——いや正確に言うと、室温を反映しているだけだ」

五味もモニターを覗き込む。立てこもりの教場は一面、黄色く表示されている。窓の外に突き出た拡声器だけが、太陽の反射を受けて熱を帯びており、オレンジに染まっている。両隣の教場では、コンクリートマイクを使って内部音声を探る捜査や、ファイバースコープを使って内部を撮影しようと試行錯誤する捜査員の姿が、赤やオレンジの人型となって動き回っている。立てこもり犯に感づかれないため、双方の教場のブラインドも閉め切っていて、外からは見えない。

「なぜ何も映らないんです？」

まさか誰もいないのか、と五味は思ったが「そうじゃない」と捜査員は断言する。

「この、右隣の教場を見てみろ。黒板の表面、それからロッカーとかデスクの足の金属部分が青くなっているだろ」

そこだけ触れたらひんやり冷たい、つまり温度が低いところだ。

「だが、立てこもり現場の教場だけはその反応すら出ていない。デスクや椅子を全部外に出したのか──」

「それぞれ四十個もあるのにどこにへ運び出したというんです。それに黒板やロッカーは作り付けだ。取り外せない」

捜査員は頭を掻《か》いた。

「──てことは、だ。こっちの捜査手法を読まれているんだ。ブラインドの向こうに熱反射をさせない金属製のなにかを、張り巡らせている可能性が高い」

相手は元マルBの軍師。特殊捜査係の捜査手法を調べ、対策を取っていたというのか。

五味は嫌な予感がして、現場を飛び出した。

大心寮を出て川路広場を突っ切り教場棟へ向かう。この川路広場を突っ切るという行為はどんな非常事態下でも心苦しいが、遠回りしている暇はない。エレベーターを待つ心の余裕もなく、外階段を駆け上がった。

事件発生後、初めて教場棟に入る。五階ではSIT隊員が教場出入り口より五メートル離れた廊下から、拡声器で交渉を呼びかけている。応答は一切ないようだ。

旧53教場の壁にはプロテクターで全身を包んだ隊員が三名、張り付いていたが、「クソ！」と舌打ちして立ち上がった。いつ銃弾が飛んでくるかわからない状況なので、防弾ヘルメットをかぶっている。コンクリートマイクを壁に当てて中の音声を取ろうとしていたようだ。コンクリートの壁を透過し、中の会話を盗聴できる代物だが、捜査員たちはあきらめた様子で、器具を担いで引き上げてくる。

五味は呼び止め、尋ねた。

「中の音声が取れないのか」

隊員は警察制服姿の五味を見て、目を丸くしている。

「危ないぞ、こんなところに丸腰で来るなんて」

それどころじゃない、と五味は再度、確認した。

「中の音声、取れなかったんですね。赤外線もダメだったんです」

隊員はため息をついた。

「こっちもだ。壁になんらかの振動装置を取り付けているようで、全く何も聞こえない」

　コンクリートマイクは、声や物音など、音の振動がコンクリートの壁に跳ね返る微弱な振動を捉《とら》えて音声化する装置だ。つまり、壁そのものに振動があると、音を跳ね返す微弱な振動が吸収されてしまい、何も聞き取れない。

　──赤倉勝はそこまで対策している。

　隣室の教場では、銃弾であいた窓ガラスの穴にファイバースコープを挿入する作業をしていたようだが、こちらも断念した様子で、機材を抱えた捜査員が撤収してくる。

「ブラインドの向こうにも何重にも布が垂れ下がっている。スコープを前後左右どう動かしても布地獄だ」

「換気口はどうだ。天井に──」

「最初にやった。カメラに写ったのは『自警』という文字だったよ」

『自警』──警察官に配られる冊子だ。恐らくその冊子で天井の換気口を塞《ふさ》いだのだろう。

　特殊捜査係の最新鋭の科学捜査では、太刀打ちできないことがわかった。

「もう、係長の直接交渉しか打開策がないが、電話がないというのがなぁ。携帯の電源も切りっぱなしなんだろ」

　この特殊捜査第一係では、係長の岡本が交渉人を務めているようだ。彼はいまでも、本館の前線本部にいる。

五味は渡り廊下を突き進み、本館へ戻った。五階の前線本部に入る。

会議用の長机やパイプ椅子が脇に追いやられていた。大量の無線機と電話機、モニターなどの機材がもうずっと前からそこにあったような顔で並んでいる。岡本は複数の部下に囲まれた状態で、天を仰いでいた。

その横に、受話器を握った捜査員がいる。赤倉の携帯電話に何度も電話をかけ「交渉がしたい」と留守電に吹き込んでいるようだが、困ったように受話器を置いた。

「留守電件数がいっぱいになったようで、サービスセンターに転送もされなくなってしまいました」

「SMSやMMSはどうだ?」

携帯電話番号あてにメッセージを送ることができるサービスだ。パソコンの前にかじりついていた捜査員が答える。

「五分おきにメールを送っていますが、反応ありません」

交渉できず、内部の様子も全くわからない。この状況に岡本は絶望しているかと思ったが、すぐに気を取り直した様子で、直近にいる部下に「とにかく赤倉紘子・勝の情報が欲しい。なんでもいいからと府中署に連絡を入れてくれ」と指示を出した。

それなら自分が、と五味が手を挙げた。岡本は静かなまなざしで五味を見据えたが、にわか一課長付の五味の存在を疎ましく思う苦々しさが、口元に出ている。

「府中署の強行犯係で、三人の容疑者を洗っている捜査員とすぐ連絡がつきます。電話しますか」

「では、お願いします。こっちは赤倉勝のヤサを洗っている捜査員を捕まえます」

岡本は備え付けの電話の受話器を上げ、五味はスマホで綾乃に電話を掛けた。

岡本の電話より、五味と綾乃の通話の方が長くかかった。綾乃はいま、添島満子――紘子のかつての姑《しゅうとめ》の自宅に向かっている最中だった。報告を聞き、電話を切った。こちらをじっと見ていた岡本が、すぐに口を開く。

「赤倉勝の元サヤである北池袋山坂組での情報だ。赤倉勝は出所してすぐ、よほど生活に困ったようで、すでに破門されている山坂組を直接訪れている。ブローニング・ハイパワーのダブル・アクション銃を二丁、売りにきたそうだ。三十万で引き取ってくれ、と」

ブローニング・ハイパワー。ダブル・アクションなら、弾倉内の銃弾は十四発。二丁分だから最高で二十八発。これまでに発砲されたのはまだ一発だから、下手をすると赤倉は、二十七発も弾を残して立てこもっていることになる。

岡本もその点を承知しているようだ。更に険しい表情になりながら、続ける。

「だが、組側の言い値は五万」

「ブローニング二丁が五万とは……値切りすぎだ」

「そう。五万じゃ家賃も払えないと、結局は取引不成立だ」

「山坂組はかつての軍師にずいぶん冷たい。結局、破門の理由は？」

「口をつぐんでいる。いずれにせよ、三多摩刑事じゃっつけないだろ。本村一課長が、本部組対で山坂組の事情をよく知る刑事に内情を探らせているそうだ。で、そっちは」

岡本は五味を顎《あご》で促した。

「添島尚志の後妻・添島留美が、かつての不倫関係をゲロったようです。尚志とは、紘子が双子を妊娠中から関係があったと」

岡本はよくあることと、ほんの少し眉《まゆ》を寄せただけだった。

「──事件があったのは双子が三歳の時だろ」

「ええ。不倫関係は四年にも及んでいた」

「離婚を待ちきれなかった留美が、大和を殺して紘子に罪を着せて夫を奪った、という線が出てきたのか」

「府中署の捜査員はその線をきっぱり否定しています」

留美は第一発見者であり、部屋に駆け付けたときにはすでに大和は死亡──部屋には紘子と広和しかいなかった、と。

「そりゃ、犯人ならそう言う」

岡本は急《せ》いた様子で、五味に尋ねた。

「五味教官。突入の決断をしていいと思うか」

「まだ早い」

五味は即答した。

「相手は元マルBでその道では軍師と言われていた男だ。下手に突入して、どんな罠《わな》が仕掛けられているかわからない」

内部の様子を探られまいと、これでもかこれでもかと対策をしているのだ。

だが、岡本は「罠ねぇ」と鼻で笑う。

「赤倉の目的は本当に紘子の冤罪《えんざい》を晴らすだけなのか。文通で知り合って獄中結婚した女のためだけに、ここまでするか」

言って岡本は、続けざまに煙草を吸う。事件関係者の名前がすらすらと出てくる。さすが、もう人間関係の概要は頭の中に入っているようだ。

「こんな手間のかかる犯罪をするメリットが、赤倉の側に一切ないじゃないか」

確かに、女に入れ込んでしまって、という筋読みはできない。文通と無立ち会い面会だけで、そこまで男を翻弄《ほんろう》することができるか。できる女はいるだろうが、紘子はそういうタイプではない。気が強くて自己主張が激しい女は男をうまく転がせない。

一方の赤倉は長らく独身だったようで、色恋沙汰《ざた》で浮名を流したという証言はなく、ひたすらに組に忠誠を誓った軍師。女で身を滅ぼすタイプではない。

「そもそも立てこもっているのは本当に赤倉勝か？」

「ベテラン逮捕術教官の高杉が制圧されているんだ。紘子にそれができたとは――」

「それ以上言わない方が」と岡本は紳士的な身振りで五味を止めた。「本村一課長の顔に泥を塗ることになりますよ」

つまり、五味の筋読みが間違っていると言いたいのだろう。五味は苛立《いらだ》った。

「勿体《もったい》ぶらず、わかったことがあるなら報告してください」

「五味教官、監視カメラの映像は見たか」

「学校の施設課に分析を任せたきりです。犯人の姿が映っていたんですか」

岡本はデスクの方に向き直り、モニター映像を再生した。

「教場棟内の監視カメラだ」

五味はモニターを見た。ふいに川路広場から姿を現した、上下黒のスーツの女性。白いブラウスにパンプス、黒のハンドバッグ。式典にやってきた卒業生家族のように見える。彼女はサングラスにベージュのつば広帽をかぶっていた。監視カメラに顔を晒《さら》さないためだろうが、この時期はまだ日焼け対策でこんな格好をする女性は少なくない。目立って違和感があるほどではなかった。大柄で、歩き方に脱走受刑者とは思えない堂々としたものがある。目を引くのは拡声器を手で持っていること。

卒業生家族を装っているように見えるが、正門の監視カメラ映像はすでに分析済みだと岡本は言う。

「当番の隙をついたり人込みに紛れて侵入したりした人物は皆無で、こういう姿の女性も通過していない」

だがこの女――背格好は赤倉紘子と一致している。そしてどこにも赤倉勝と思《おぼ》しき男の姿はなかった。教場に立てこもっているのは赤倉紘子ひとりなのか。

「この人物はどこから降ってわいたんです」

「よくわかっていない。川路広場の方から教場棟に入ったようなのだが――」

五味は映像の時刻を見た。午前十二時十分。川路広場は記念撮影の卒業生とその家族の数千人でごった返していた。五味や高杉がテントを設営していたころにはもう、犯人は忍び込んでいた――。

「教場棟に入る前はこんな格好をしていなかったようで、川路広場を写した監視カメラではまだ姿が確認できていない」

つば広帽のせいで顔が隠れているので顔認証は使用できないだろう。

「歩容認証システムを使いましたか」

人の歩き方を分析し、特定の人物を大衆の中から探し出す技術だ。

「勿論《もちろん》。だが一致はなかった。変装に合わせて靴を替えたのかもしれない。靴が変われば歩容は変わってしまう」

まだまだ監視カメラの分析には時間がかかるようだ。腕を組み、考えこんだ五味を見て、岡本は「本当の問題はそこじゃない」と五味を正面から見据え、尋ねた。

「五味教官、高杉助教の人となりを知りたいんだが」

意を含んだ尋ね方だった。明らかに高杉に疑念を抱いている。高杉を庇《かば》う言葉が数珠《じゅず》繋《つな》ぎに出てきそうになった。気配を察したように、岡本は手のひらで遮ると「先にこれを見てもらう」と言って、改めてモニターを操作した。

それは、教場棟五階の中央階段付近に設置された監視カメラ映像だった。十二時十一分、先ほどの、サングラスにつば広帽をかぶった女性はなんの迷いもなく中央階段の五階までたどり着く。まっすぐ長田教場めがけて歩き、扉を開けて素早く中に入った。

その後十分以上、動きはない。音声は記録されていないので、教場で何らかの抵抗があったとしてもただ沈黙しているようにしか見えない。

十二時二十四分。

高杉が中央階段を軽やかに駆け上がってきた。なんの躊躇《ちゅうちょ》もなく長田教場の扉を開ける。半分以上見切れているが、扉の向こうに映った教場の中はもうブラインドが下ろされ、真っ暗だった。高杉が驚いたように一歩退き、硬直してしまう背中が映っている。何を見て、何を言われたのか――高杉はやがて、後ろ手に扉を閉めてしまった。

「扉を開けてから閉めるまで、実に五秒」

再び意を含ませて、岡本は言う。

「次に高杉助教が姿を現すのは、三分後のことだ」

早送り。高杉は教場の椅子を片手に持ち、伏し目がちに教場の外に出てきた。扉を開けっぱなしにしているが、ただ暗闇がぽっかりを穴を開けているのみで、誰の姿も見えない。高杉はカメラの方に近づいてきて、その真下に椅子を置いた。椅子に上がる。高杉の大きな顔が、レンズいっぱいに広がった。高杉の手が伸びてくる。

映像が切れた。

「以降、中央階段に設置された各階段の監視カメラはすべて高杉助教が電源を切って回っている」

五味の無言をいいことに、岡本が畳みかける。

「どの映像にも、高杉助教が紘子にけん銃で脅されている様子がうかがえない。彼は自主的にやっているようにしか——」

「中では学生たちが人質になっているんです。彼らに銃口が向けられているとなったら、やる他ないでしょう」

「だが、一階から五階の中央階段にある防犯カメラ全ての電源を切って回っている。しめて十分以上かかっていた。その間、なぜ他の教官・助教に助けを求めなかったんだ」

岡本の言う通りだった。一階まで降りてきていたのなら——一階の中央階段の目の前に川路広場につながる外階段がある。五味はその目と鼻の先でテント設営作業をしていた。なぜ「五味、大変だ」と一声かけてくれなかったのか。

「最近の高杉助教の様子に、なにか変化は？」

嫌な聞き方だった。尋問される側にいると感じる。

「五味教官とは、家庭を巻き込んで複雑な事情があったようですね」

さすが、特殊捜査係を率いる人物だ。犯人だけではなく、人質側の人間をも一瞬で丸裸にする情報収集能力がある。五味は正直に答えた。

「ええ。私は高杉の娘を養育しています。彼がそれを知ったのは——つまり、彼が実子の存在を知ったのはつい四か月前のことです。だからと言って——」

高杉を庇う隙を与えず、岡本が遮った。言ったもん勝ちと言わんばかりに。

「五味教官は初動捜査の段階で、学校関係者に協力者がいると言いましたね。だからこそ、卒業式の参列客をすぐに解放せず、いまだに学生棟や術科棟に閉じ込めている」

つい五味も口調が荒くなる。

「高杉が立てこもり現場に入ってしまったのは偶然だ。学生の何人かが教場棟に残ったままだと知らされて、それじゃ俺が呼んでくると高杉が——」

「率先して教場棟に入った」

五味は閉口し、ただ岡本を見る。岡本はここぞとばかりに続ける。

「学生三人に教場の鍵《かぎ》を渡したのも、高杉助教だ。最初から人質にするつもりで——」

「教場で昼食を取っていいと許可したのは私です。高杉じゃない」

「しかも彼は扉を開けて五秒で扉を閉めている。犯人がブローニングを向けて学生たちを脅していたとはいえ、たったの五秒で制圧をあきらめ、従う道を選んでいる——正直、私に言わせれば学生を呼びに行く体裁で扉を開けてびっくりしたように見えるこの背中は全て、後に監視カメラを分析されることを見越したパフォーマンスだ」

聞くに堪えない。五味は乱暴に椅子を引いて立ちあがり、前線本部を出た。行先を聞かれるでもない。岡本は五味の進言など最初から聞くつもりがなかったのだ。

五味は本館を出て、術科棟に向かった。

共犯者は高杉ではない。他にいる。早急に共犯者の存在を突き止めなければ――。


三井亜希助教は術科棟五階体育館で参列客の身元確認の統括をしていた。

五味を見ると、手元の名簿を捲りながら早速報告する。

「まずは卒業生家族ですが、その確認はもう済んでいます」

さすが、事前申請でもともと名簿があるだけに、早い。

「結果、朝、正門を通過した際のチェックは受けたけれど、いまは不在の家族が八名いました」

時間の都合で、卒業式典のみで帰宅した者たちだろう。正門の練交当番は入ってくる者は厳しくチェックするが、出ていく者をいちいち咎《とが》めない。

「この帰宅した八人のうちの誰かに成りすまして、犯人は中に入ったんでしょうか」

亜希が言うが、五味は首を横に振る。

「また戻ってきた参列者は、いずれにせよ正門の練交当番の目に留まる。見学団体の方はどう？」

「撮影をやめようとせず、取材まで始めようとするマスコミ関係者もいて手を焼いていますけど、名簿と現在員は完全一致しています。この見学団体のうち、警察の外郭組織ではない団体のメンバーは、マエやマルBとの関連がないかチェックさせましたが、該当はありませんでした」

「残るは東海食品の委託職員、植木職人と磯田ボイラーの作業員だな」

特に磯田ボイラーの連中は射撃場で作業していたこともあり、五味は強く警戒させたのだが、いまのところ身元の怪しい人物はいないと言う。

「他、出入り票に記載があった他業者は殆《ほとん》ど、事件前に退館が確認できています」

五味は階段で三階に降りた。この剣道場に、委託職員たちが集められている。地下足袋《たび》をはいて胡坐《あぐら》をかいている五人組は、植木職人だろう。揃いのつなぎ姿の団体は、磯田ボイラーの職員。排煙装置のフィルターを交換中だったということもあって、みな作業着が真っ黒で、困惑したように剣道場の床に座り込んでいる。

そして、白のエプロン姿——食堂で働いている東海食品の職員は、会社側に提出させた名簿によると、今日三十三名が出勤していた。二十五名が食堂で働く者で、老若男女入り混じる派遣やパート職員らしい。五名が売店勤務——黒いエプロンをしてレジに立っているおばさん連中だ。残り三名は東海食品の正社員で、派遣職員たちを統括しつつ、食堂に二名、売店に一名、配置されている。

身元確認をしていた堤が、五味を見つけて慌てた様子でやってきた。手には、企業側から示された名簿のコピーが握られている。

「どうだ、職員の中に不審者は」

「いまのところ人数は揃っておりまして、免許証等で確認しましたが身分を偽っていそうな者もいませんでした。ただ、ひとつ不可解なことがわかりまして」

言って堤はちらりと、道場の片隅でひそひそと電話している制服警察官を見た。塩見だ。堤はそのまま、名簿の一番下にあった出入り票のコピーを出す。

「なんでお前が、練交の出入り票を確認しているんだ」

正門の練習交番に置かれている出入り票の確認は、練交当番がやっている。堤らには委託職員の身元確認をと話したのだ。

「それがですね、昼前にひとり、東海食品の関係者として、練交を通過した者がいたんです」

言って堤は、その鉛筆書きの文字を指さした。大きく堂々とした文字で氏名欄に『塩見悦子』と記されている。電話で話し込んでいる塩見の背中に目がいった。出入り票のコピーをもう一度確認する。所属欄は空白。訪問相手先の欄に『東海食品　山田様』とあった。

「この山田《やまだ》というのは？」

「売店の責任者です」

入館時刻の欄は『十一時五十五分』。首から下げる入館許可証の番号は、００２番。徒歩で来たのか駐車場の番号は空白で、退館時刻も未記入。

五味は強く、確認した。

「この塩見悦子《えつこ》という人物の所在は？」

「わかっていません。校内のどこにもいません」

　五味は舌打ちした。練交当番はこの出入り票の中で行方不明になっている人物を、なぜすぐに不審に思わず報告しなかったのか――。

「江口の奴。見逃したか」

「いえ、相手先が東海食品になっていましたので、術科棟に集められた人々の中にこの女性も含まれていると、江口は思ったようです。それに、不審に思えと思う方が難しいかもしれません」

　塩見悦子という名前と、いま、焦燥した背中をこちらに見せて誰かと連絡を取っている塩見の背中を見れば、合点はいく。

「この人物は、塩見の関係者を名乗っていたんだな」

「ええ、母親だと。前日のうちにアポを取って、正門練交を通過していたんです」

　五味は堤に「この東海食品の山田という人を呼んできてくれ」と背中を押す。塩見が電話を切り、入れ違いで五味の下にやってきた。まず、頭を下げた。

「お騒がせしています。母――ここにある塩見悦子にたったいま電話確認をしましたが、実家の山梨県大月《おおつき》市に在宅中で、何の話かさっぱりわからない、といった様子でした」

「お前の母親の名前が勝手に使われたんだろうな」

「なぜ――」と塩見が唇をかみしめる。

「万が一、この人物が立てこもり犯だとしたら、犯人はお前やお前の母親を認知していた、ということになってくる」

　塩見が唇をかみしめる力が強くなる。

「思い当たる節がないか、考えてみろ」

　堤が東海食品の山田を連れてきた。五味も時々売店を利用するので、顔は知っている。黒いエプロンをした中年女性だ。本当は椅子などに座ってじっくりと話を聞きたいが、時間がないので立ったまま聴取する。

「この塩見悦子を名乗る女性ですが、なんの用事で山田さんを訪ねてきたんです？」

「ええ、あの、売店で買った品物が不良品だったとかで。その交換をしてくれと」

　売店は一般的に学生が食料品や日用雑貨、文具、補助教材などを買い求める場所ではあるが、一般向けの警視庁グッズ、いわゆる土産品も扱っている。ピーポくん人形やキーホルダーなどもそうだし、警視庁のロゴが入ったお菓子やまんじゅう、人気キャラとのコラボグッズなども売っている。

　普段、学生が買うことは少ないが、正月や盆休みなどの長期休暇の前は、実家や地元に帰る際の土産物として購入していく。また、今日のように卒業式典などで外部の人間がやってくるときなども、土産物は飛ぶように売れるので、取り扱いがある。

　その売店で不良品交換を申し出て、正門を正式に突破する――。

　警察学校に不審がられずに入るには、あらかじめアポを取って、正門の練習交番管理者に話を通しておく必要がある。それ以外は強行突破しかない。強行突破で警察官だらけの施設に飛び込む馬鹿はいない。だから犯人は売店の不良品交換という手を使った。しかも、現役警察官の母親の名前を使って。

軍師・赤倉め――。またしても敵ながらあっぱれと、五味はため息をついた。

「ちなみにそれは、どんな商品です」

「ピーポくんのキーホルダーなんですけど。留め金のフックが壊れているから交換してくれと。電話があったのは昨晩八時頃です。警視庁の大代表から転送されてきて――」

紘子の雑記帳に警視庁の大代表番号があったのは、このためだ。警察学校もこの売店も、直通の電話番号を公表していないし、レシートにも印字がない。ホームページなどでも、警察学校内の問い合わせはまず大代表の番号へと誘導される。

売店責任者の山田は電話口で不良品について謝罪し、商品交換のためにレシートと不良品を持ってきてほしいと相手に頼んだ。

「声は女性だったんですね」

「ええ。なんだか、公衆電話からかけているみたいな感じがあって――ほら、何十秒かごとに、ガチャガチャ音がするでしょ」

紘子は脱走した後、赤倉の指示に従って公衆電話からかけたのだろう。山田は続ける。

「売店まで辿《たど》り着くには正門を抜けなきゃいけませんよね。当番の方に話を通しておかなきゃならないので、名前を聞いて、それからいつごろ来られるのかも――」

「今日の正午を指定したのは、山田さんですか」

「いえ、塩見さんの方です。私は一旦《いったん》はお断りしたんです。今日は卒業式で、昼間は売店で土産物を買う卒業生家族で混み合いますから。でも、この日のこの時間しか都合がつかないとおっしゃるので。こちらも、不良品を販売してしまって、わざわざ交換に来てもらうことになっちゃいますから、そこはすぐに折れました」

その後、売店の山田は内線で練交管理者にこの旨を告げた。それは当日の当番の者たちにもきちんと申し送りされていたのだろう。江口も含め、アポ通りにやってきた『塩見悦子』を、なんの疑いもなく通してしまった。

江口によると、正門練交で『塩見悦子』はロングヘアにジーンズ、派手な花柄のブラウスに黒縁眼鏡をかけ、「洒落《しゃれ》たミセス」と言った様子だったという。脱走後、広く周知された灰色の囚人服にショートカット、ノーメイクの紘子とは印象があまりに違うので、ピンとこなかったのだろう。

しかも、東海食品の山田のアポを取った人物で塩見の母となれば、通してしまっても致し方ない。そもそも脱走受刑者が警察施設に近づくとは考えられない中で、こんな手の込んだ方法で正々堂々と中に入るとは思わないだろう。彼女を通してしまった当番を、誰も責められない。

そして紘子は立てこもり事件発覚後、顔認証システムで追跡されるのを恐れ、すぐに校内のトイレで卒業式参列客を装ったスーツ姿に着替えた。靴はスニーカーからパンプスに変わっている。卒業式典のある今日、この格好なら校内で誰にも咎《とが》められない。

わざわざ塩見の母親の名を使ったのは、売店の品を確かに購入できる人物である必要があったからだ。警察学校内部は一般開放されておらず、関係者しか入れない閉鎖的な場所だ。警察関係者しか入れない場所にある売店の品を交換するのだから、かつて警察学校に入ったことがある人物として警察側に認知されていないと、交換に来ること自体、怪しまれてしまう。

だがこれでひとつ、捜査の対象が絞り込まれた。

五味は山田に礼を言い、傍らに立つ塩見に視線を移した。

「塩見」

「はい——すいません」

「謝らなくていい。なぜお前の母親の名前が使われたのか。お前かお前の母親と犯人になんらかの接点があった可能性がある」

「僕はまだしも、母が脱走受刑者と関わりがあるとは……地方都市に住む普通の専業主婦で、人間関係も地元の大月に限定されています」

「それなら、お前しかいない」

「そうなりますが、母親の名前をそうペラペラとしゃべりません。そもそも聞かれませんし」

「だが、調べられたのかもしれない」

相手は、ＳＩＴの科学捜査を欺くことができるほどの情報通なのだ。

「お前、どこかで赤倉と接点はないのか。交番勤務中でもなんでも、この夫婦と……いや、紘子はまだムショの中だから接点を持つことはできない。だが、赤倉ならいくらでもお前と接点を持てたはずだ」

「ですが、心当たりはありませんし、そもそもどうして僕をターゲットにしたのか」

堤らと行動を共にしていた相川が、心配そうに五味と塩見に声をかけてきた。

「あの、俺、思ったことがあるんですけど」

「なんだ」

「もしかしたら、半年前の悪夢再び、ってことなんじゃないですか」

53教場を陥れる――。

「そう画策した奴がいっぱいいたじゃないすか」

一二八九期でのトラブルだ。それで相川の関係者が殺害され、ひとりは警察官という身分を追われ、ひとりは逮捕されてしまった……。堤もやってきて、相川の話に乗る。

「そもそも、なんで立てこもり場所が旧53教場なんでしょう。学生が残っていた教場は他にもたくさんあったはずです」

教官はどう思うのか――かつての学生たち三人の目が、教えを乞《こ》うように五味に向けられる。五味はきっぱりと言った。

「共通点は、長田だな」

え、と一同の目が驚愕《きょうがく》で見開かれる。

「侵入に利用された塩見は、一二八九期長田教場の場長だった。そして旧53教場はいま、一二九三期長田教場が使用している」

「真のターゲットは長田教官ということですか」

相川が急《せ》いて尋ねてくる。

「そこまで飛躍しない。長田に恨みを持つ者が赤倉に協力し、情報を流している——おそらく、警察学校退職者だ」

しかも、犯人は真犯人を53教場へ突き出せと言っていた——。

「あの場所が53教場と呼ばれていたことを知っている者で、なおかつ塩見の母親の名前がわかる者——どう考えても、一二八九期長田教場の退職者としか思えない」

何人いた、と五味は場長だった塩見に尋ねる。塩見は硬い表情のまま、即答した。

「八人です」

「いまでも連絡を取っているか」

いいえ、自分は——と塩見は首を横に振る。

「教場の仲間に確認してきます。誰か連絡を取っている奴がいるかもしれない」

前につんのめる勢いの塩見の肩を、五味は摑《つか》んだ。

「待て。共犯者としての条件はまだある——」

タイミングよく警察学校の卒業式の前日に、紘子の移送が行われたことを考える必要がある。

「通常、受刑者の移送は刑務所の都合で行われる。紘子だけでなく赤倉もコントロールできなかったはずだ。だが、赤倉の計画では確かに警察学校の卒業式を狙って準備した跡が見える」

「つまり――刑務所側に移送日を指定できるだけの影響力を持った人物もまた、今回の件の共犯者、ということですか」

堤が論点を整理し、言う。相川はこんがらがった顔だ。塩見が即座に否定した。

「一二八九期長田教場の退職者はほとんど新卒者ですよ。刑務所に影響力を持った人物がいるとは思えません」

塩見の指摘通りだと五味も思う。するとこっちの件は、栃木刑務所の職員に協力者がいたということか。五味は塩見を行かせ、すぐにスマホを出した。大至急、捜査員を栃木刑務所にやって協力者がいないか捜査をしてくれと、本村に掛け合う。剣道場を出ようとした五味を、相川が止める。

「教官はこれから、どこへ？」

「赤倉紘子の侵入方法がわかった。そして他に不審な出入りがない以上、赤倉勝はあの立てこもり現場にいないと断定できる」

「でも、犯行声明は男性の声でした」

「ケータイの通話の声だろう」

赤倉の携帯電話の電源が入ったのは午後一時ごろ。公衆電話と五分ほど通話している。

電話を掛けたのは紘子ではなく勝で、犯行声明を電話越しに読み上げるためだったのだ。

「つまり――」

「中にいるのは学生三人に屈強な助教官の四人。一方の立てこもり犯は、摂食障害を装ってやせ細った女性ただ一人だ」

たとえブローニングを持っていたとしても、普通の主婦でここ三年は豚箱にいた紘子に、けん銃使用が可能だとは思えない。制圧できる。

「SITに突入してもらう」

五味は本村が待機する校長室の捜査指揮本部へ急いだ。


一五四五が作戦実行時刻となった。

岡本は本館の前線本部でゴーサインを出す。現場では、旧53教場の前後の扉を木槌《きづち》で打ち破り、SITが突入予定だ。同時に、屋上から降下ロープで降りた突入部隊が窓ガラスを破壊し、一斉に中に入る。いたってベーシックな突入作戦となった。

標準的な作戦ではあるが、例外だったのは突入隊員全員が肩からMP5――機関銃を下げていることだ。通常の立てこもりなら、さすまたや警杖《けいじょう》が使われるが、相手はブローニング二丁を所持している上、すでに一発、発砲している。

屋上では降下ロープを下ろすための滑車設置作業などが、黒ずくめの防御服姿のSIT隊員によって淡々と行われている。

川路広場を挟んで向かいの学生棟では、ベランダに出た学生たちがＳＩＴの突入が近いと知るや、スマホを窓に向けて騒ぎ始めた。

学生たちに見せたらモチベーションが上がるのではないかと思うが、立てこもり犯が外の反応を見て突入を察してしまっては困る。学生棟の窓はすべてカーテンが閉じられた。それは術科棟も同じで、ここに集められた外部団体の人々、特にマスコミ連中が術科棟の廊下の窓から撮影しないよう、窓に目隠しがされた。彼らの管理を任された職員や学生たちも厳戒態勢に入る。

五味は岡本のいる前線本部ではなく、規制線すぐ目の前の中央階段前で待機していることにした。危険だが、救出された学生たちをまずは抱きとめてやりたいという思いが勝った。念のために防弾チョッキと、帯革を装着してニューナンブをぶら下げた。ポリカーボネート製の大盾が規制線前にずらりと並ぶ。

岡本以下、ＳＩＴの連中はみな腰から下げたホルスターにオートマチックけん銃のベレッタを下げている。五味の装備は若干心細かったが――これを使わずに済むように祈るばかりだ。

一五四〇。前線本部に、府中署の刑事課長・吉村警部が入った。

一五四二。校長の要請で駆け付けた府中消防署の救急車が、正門から音もなく入ってきた。けが人が出た場合にすぐ搬出できるよう、教場棟と本館を繋《つな》ぐ通路脇に待機してもらう。最悪、銃撃戦になってけが人が出た場合に備え、全部で五台がやってきた。

「作戦一分前――」

岡本のカウントダウンが始まる。五味の耳にも無線が入っている。慣れているからだろう、岡本は咳払い《せきばら》一つなく、落ち着いた声で数を数えていく。

「三十秒前――」

木槌を二人がかりで抱える突入部隊が、腰を低く落とし、構える。その背後で二列縦隊になった六名の突入部隊員が、一斉に防弾ヘルメットのシールドを下げた。前後扉それぞれに八名、合計十六名がここから突入。窓からの突入は六名だ。

計、二十二名による突入作戦だった。

「十秒前」

岡本がどこまでも淡々と、カウントダウンする声。さっきまで咳払いする者や震えたため息をつく者もいたが、いまはもうなにも、聞こえない。

静寂。

「突入五秒前。四、三、二、一」

突入、と放った岡本の声は最後まで落ち着き払い、冷静だった。木槌がほぼ同時に放たれ、一発で教場の扉が吹き飛ぶ。隊員がMP5の銃口を構え、どっと教場内に突入していく。中は真っ暗で何も見えない。五味は思わず規制線を越えそうになって、大盾を構えたSIT隊員に肩を摑まれた。

怒号が聞こえる。何を言っているのかはわからない。窓が一斉に割られたのか、ガラスが飛び散る盛大な音が耳をつんざく。そして、ブラインドが破壊される、プラスチックの破壊音がやかましい。降下部隊が教場へなだれ込んできた。隊員がふり払うブラインドの隙間から光が入り、教場内が見渡せるようになった。

「え？」

「どこにいる」

「いないぞ」

慌てた声がいくつか無線から漏れた後「人質、一名確保！」という声が聞こえた。伝令、復唱のために、「人質一名確保！」の声が方々で喜びを持って繰り返される。わずかに安堵《あんど》したが、五味はどんどん気が急いていく。

あと三人は？　犯人は？

銃声やもみ合う声はなく、戸惑う声ばかりが聞こえる。五味は耐えきれず、規制線をまたいで現場に入った。

そして――普段と代わり映えしない教場を見て、茫然《ぼうぜん》と立ち尽くした。

窓辺には学生たちの道着があちこちに引っ掛けられていて、その奥にはアルミホイルのようなものが何枚もブラインドの上から垂れ下がっている。いまは突入でボロボロに破れているが、これがサーモグラフィックカメラで内部を探ることを阻止していたようだ。

教場の、四十個ある机と椅子は殆《ほとん》どが定位置に並んでいる。蠅が耳のそばを飛び回るようなブーンという音がしつこく耳に絡む。

ＳＩＴ隊員に拘束縄を解かれ、保護されたのは、松島だった。五味を見て、その胸に飛び込んでくる。抱きとめた。

「教官……！」

元気そうだ。怪我をしている様子はない。だが――。

松島が座らされていたのは、教卓の横に置いた椅子だった。荒縄が落ちている。これで拘束されていたのだ。教卓の上に、ブローニングと二つ折り携帯電話が、置かれていた。

そして、他、誰もいない。

松島以外の人質――中沢、久保田もいないし、高杉もいない。

塩見の母親の名を名乗って侵入した、赤倉紘子の姿もない。

「松島――これは一体、どういうことだ」

「教官、すいません……ブローニングを撃ったのは、この僕です」

松島の言い草は、自首した犯人のようだった。そのまま、五味の腕のなかで頽《くずお》れる。

ブーン。

まだ耳元で、蠅がしつこく飛んでいる。手で顔や耳の前を振り払いながら周囲を見て、音の正体がやっとわかった。

廊下側の壁に、ピンク色のローターが貼り付けられている。性玩具《がんぐ》だ。この振動でコンクリートマイクによる傍受を防いでいたのだろう。他の何でもなくこのピンク色の性玩具を使用するところが、彼らしい、と思った。

そのブーンという音は、赤倉勝のせせら笑いそのものだった。

第五章　追われた者たち

綾乃の腕時計は午後四時十五分前を指していた。

西日が強く差し込んで目を刺激する。綾乃はサンシェードを下ろした。

第一発見者だったことが判明した添島留美は、偽証罪に問われる可能性もあるため、一旦《いったん》、西新井警察署に引き渡した。

世間には発表されていないが、警察の間では警察学校の立てこもり事件は認知されている。西新井警察署長は紘子の事件の再捜査の手筈《てはず》を整えているようで、強行犯係の前川が留美の身柄を引き取った。

面パトは足立区の西隣にある北区十条《じゅうじょう》の住宅地に入っていた。

隣の三浦は厳しい表情で宮城交番の日報に目を通している。事件当時、現場に駆け付けた交番警察官の報告が事細かに記してある。

「添島留美は第一発見者だったわけだが――紘子は〝自分が殺した〟と放心状態で呟《つぶや》いていて、広和にいたっては〝僕のせい、僕のせい〟か。確かに日報にもそういう風に記してある」

綾乃は目を丸くした。

「調書の証言と全然違うじゃないですか。広和は駆け付けた警察官に〝ママのせい〟と訴えたと、確かに記してありましたよ」

三浦は調書を引っ張りだした。綾乃が言った箇所を確かに見つけ出し、指ではじく。

「まさか――早急に幕引きを図るために、証言を変えやがったな」

三浦は、調書の最後にある担当警部補の署名【栗原弥生】を、意味ありげに綾乃に示した。

「この女こそ絞る必要がありそうだな」

「いまでも彼女、いるんですかね。捜査一課に」

「課長に連絡を入れる。今回の件の元凶を作った女刑事を府中署へ引っ張り出せってな」

杜撰《ずさん》な捜査のせいで紘子が府中で事件を起こしたのだから、栗原弥生は府中署管内で市中引き回しの刑だ、と三浦は鼻息が荒い。

三浦が課長に連絡を入れたが、繋がらなかった。そうこうしているうちに、添島尚志の実家に到着する。別の捜査員へ電話した三浦が、シートベルトを外しながら言った。

「ついさっき、ＳＩＴが教場に突入したらしいぞ」

吉村課長は前線本部に入っているらしい。だから連絡がつかないのだろう。

で、結果は――と綾乃は前のめりになる。

「まだ報告はないそうだ。府中署の方には一五四五に突入すると一報が入ったきりだ」

綾乃は時計を見た。十五時五十分――。五味に電話をかけたいが、出られる状況ではないだろう。銃撃戦になどなっていなければいいと願いつつ、綾乃は車を降りた。

添島満子の自宅は通りに面したごく普通の一軒家だった。

だがもうここに、彼女はいない。満子は事件発生の一年後に、病死していた。紘子や勝はその事実を知ってか知らずか、彼女を容疑者のひとりとした。

満子の夫・添島卓郎《たくろう》はもう定年退職し、一人で暮らしている。呼び鈴を鳴らした。アポを取っていたのですんなり扉が開いた。警察手帳を示し、名乗る。卓郎はそれに一瞬目を通しただけで、どうでもよさそうに引き返した。左手の扉へ入る。

「どうぞ。男ひとりで散らかってますけど」

通されたのはダイニングの奥の和室だった。豪華な仏壇には満子と思《おぼ》しき女性の遺影と、大和の笑顔の遺影が並んでいた。三歳で命を奪われた大和の愛くるしい笑顔は、胸に迫るものがある。綾乃は死んでいる大和を写真で見ただけだ。遺影の周辺にはお菓子やジュースが山積みになっている。仏壇周りの手厚さに、卓郎の孫や妻に対する深い愛情を感じた。

同時に、詫《わ》びしさも。

仏壇に手を合わせた綾乃と三浦が向き直るのも待たずして、卓郎は「むなしい毎日ですよ」とぽつりと言った。テレビの方を向いてあぐらをかいて座っているが、テレビはついていない。

「あの嫁が全てを奪った。それに飽き足らずに今度は脱獄だと。反吐《へど》が出る——」

どの言葉を使っても罵《のの》り足りないといった様子だ。

「奥様は事件の半年後にお亡くなりになっていますね」

「脳梗塞《のうこうそく》でね。予後が悪く、あっという間に体が弱って最終的には肺炎で死にました。最後まで、残された尚志や広和《ひろと》を心配していたけど、あの世にひとりぼっちの大和がかわいそうだと、死に急いでいるようにも見えて……」

卓郎の瞳《ひとみ》に涙が浮かぶ。

「奥様に安心してほしい一心で、息子さんは再婚を早めたとも言っていましたが」

卓郎は苦々しい表情を崩さない。

「そんなの表向きの理由だって刑事さんも気づいてるでしょ。あんな性質《たち》の悪い女と結婚して子供を殺されて、半年もしないうちに今度はこぶつきと再婚するなんて——」

あのバカ息子め、と卓郎は悪態をつく。一方で、留美本人に対してはそう悪い感情は持っていないようだ。「こぶつきの中古だろうけど」と罵るも、フォローはする。

「まあ、気立てはいいし、料理もうまいし、大人しくて従順だ。最初から留美さんと結婚していれば、妻もこんなに早く死ぬことはなかっただろうし、私だって——」

盛大な溜息《ためいき》が漏れる。そして、立ち上がった。

「で？　あの大バカ者の元嫁が、満子を真犯人だと言って脱走しているとか」

「正確には他に容疑者だと訴えている人物が二名います」

「誰って」

「それは捜査情報でして、言えません」

「どうせうちの倅《せがれ》と、留美さんでしょ」

他に誰がいるんだと卓郎は吐き捨てるように言って、仏壇の引き出しから黒い手帳を取り出した。『2015年』と金文字で印字されている。

「うちのに嫌疑がかかっているなんて腹立たしいが、なにかアリバイとかそういうの、証明してやれないかと思ってね。妻の遺品を見直していたら――これが」

手袋をして、丁重に受け取る。

「事件のあった年の手帳ですね。中を拝見しても？」

「だからそうしろと言っている」

卓郎は紘子に対するいら立ちを、いちいち綾乃にぶつけてくる。女性警察官は一般市民から八つ当たりされることが非常に多い。いつものことだと受け流す。三浦もそう感じたのか、内容確認を綾乃に任せ、聴取を引き継いだ。

「憶《おぼ》えている範囲で構いませんので、紘子さんと満子さん、つまりは嫁姑《しゅうとめ》の仲はどうだったのか、お話し願えますか」

「ええ」と卓郎は再び座布団に腰を下ろすと、三浦に向き直った。

「まあ、はっきり言って仲は最悪ですよ。私の頃なんかは、嫁はいびられる方だったでしょ。このご時世は逆。満子の方がいびられてた」

あいつはかわいそうな女だ、と卓郎は顎《あご》で満子の遺影を指して言う。

「私の母はとっくに他界しましたけど、同居でね。嫁に来た満子は毎日いびられていた。それでも両親の介護はしっかりやって、看取《みと》りましたよ。尚志も結婚して――あの頃はちょっと我の強そうな娘だなと思った程度で、結婚に反対するほどでもなかった。だが孫が生まれて――あの嫁が手抜き料理ばかりで、食事が菓子パンばっかりと聞いて。うちのは気の毒がって、手作りパンとかお煮しめとか作って持って行ってやったり……」

卓郎から嗚咽《おえつ》が漏れる。卓郎はダイニングチェアの背もたれにかかっていた手ぬぐいを引っ張って、乱暴に涙をぬぐう。

「――ここから足立区の息子さんのマンションまで、車で十五分ほどでしたね。自宅も近いですし、頻繁に行き来があったんでしょうか」

「あの嫁が里帰りから帰ってからは、満子が毎日のように手伝いに行っていましたよ。だけど双子が一歳にならないうちに、保育園に預けると言い出して。子供は三歳までは母親が育てるべきだろうと、私も妻も大反対したんですがね。尚志さんの薄給じゃやっていけないんです、ってきっぱり言われて、こっちは返す言葉もなかったよ」

古い価値観を嫁に押し付けるタイプの義父母のようだが、紘子も負けていない。

「では、紘子さんは働きに出ていたんですか」

「ええ。かわいそうに、まだ乳離れもしていない双子が〝ママー〟と泣き叫ぶのを保育士に押し付けて、カフェでアルバイトをしていました」

　仕事をしていたという情報は調書にはなかったが、確かに北千住《きたせんじゅ》のカフェで働いていたと卓郎は言う。足立区宮城から北千住は電車とバスで三十分ほどだ。

「働いていたのはいつごろまでですか」

「いつまでって、事件のあったその日までだよ」

　容疑者の職業すらきちんと調べていなかったのかと、綾乃は当時の捜査員を腹立たしく思う。栗原弥生警部補――。

「まああの嫁、倅の低賃金を嘆き、双子を育てながらカフェでアルバイトする自らの身と専業主婦の妻とを比べては、卑屈な態度ばっかりだったよ」

　お義母《かあ》さんはいい、家計の心配をせず、お義父《とう》さんの潤沢な年金と退職金で生活できる。私はそうはいかない、なにせ尚志さんが安月給の割に早朝から深夜までいない、ひとりで子育てと家事と家計を担っているこの不条理……。

「満子は優しい奴でちょっと気の弱いところがあるからさ。うちの息子のせいで苦労をかけるねって、あの嫁に頭下げてばっかり。しょっちゅう保育園のお迎えとか、休日の子守とか引き受けてたよ」

　ある週末には、カフェの正社員登用試験があるからと、満子に子守を頼んだらしい。尚志は納期が近いと休日も仕事に出ているから、夫には頼めないのだろう。

「満子はあいつのうちに行って、スーツをぱりっと着こなしたあの嫁を送り出したらしいよ、将来的にはカフェの店長になって店をこうしたいだとか、売り上げがどうだこうだと。けどさ、なんだそりゃって話だろ」

綾乃は何が悪いのかわからず、眉《まゆ》を顰《ひそ》める。

「女なんか、昇進しなくていいんだよ。男を昇進させるために家庭を守り支えるのが仕事だろ。自分が昇進するために子供を姑に預けるなんて、本末転倒だろう」

卓郎の言い方には、元嫁へのいら立ちを働く女性である綾乃にぶつけているような節があった。さすがに腹立たしく思っていると、嚙《か》みつくなよ、と三浦が目でけん制し、強引に話を逸《そ》らした。

「事件のあった当日四日を含め、二月二日から七日まで一週間『尚志宅泊まり』とありますが、これは？」

調書にも、そして第一発見者の留美の証言からも、自宅の現場に満子がいたという証言は全く出ていない。

「事件のあった日、奥様は現場にいらっしゃったんですか」

「いたよ。でも事件直前に帰宅してきた」

――ずいぶん都合がいい話だ。

卓郎は綾乃の怪しむ視線を感じたのか、不愉快そうに声を荒らげて説明した。

「そもそもなんで手伝いに呼ばれたって、尚志の浮気を疑って尚志を自宅から追い出しておいて、でも結局ひとりじゃ双子の育児や家事に手が回らないし、カフェのシフトに入れないからって、それでうちのを呼びつけたんだよ。ありえない嫁だろ⁉」

　卓郎は怒りが収まらない。一言発するごとにヒートアップしていくようだ。

「だいたいあのマンションは倅の名義で借りて、倅が家賃を払ってんのに、なんで倅が追い出される？　出て行きたきゃお前が出て行けよって話だ」

「――それでも、満子さんは家事・育児を手伝うために泊まっていたんですね」

「ああ。あんときゃ確か双子が三歳のイヤイヤ期で、特に広和の夜泣きがひどくってな。ひとりが泣くともう一人が起きて収拾がつかなくなる。あの嫁は仕事に障るからどうしても夜はちゃんと寝ておきたいと、夜泣きの子をうちのに押し付けて、自分はガアガア口開けて寝てんだよ」

　どこまでも元嫁の悪口が止まらない。綾乃は若干うんざりしつつ、話を戻した。

「だとしたら、満子さんは事件のあった夜も泊まって子守をする予定だったんですよね」

「ああ。そうだよ」

「なぜ泊まらずに帰宅してしまったんですか」

「あの嫁が追い出したからに決まってるだろ……！」

　苛立《いらだ》たし気に言って、とうとう卓郎は立ち上がった。冷蔵庫を乱暴に開けて、缶ビールを出す。一口飲んで、ダイニングチェアに座ってしまった。もう和室で客人の相手をするつもりがないようだ。紘子に対する怒りでそれどころではないのだろう。

「自分から呼び寄せておいて、満子さんを追い出した？」

「そうさ。もう妻を、公園で——人の目があるところで散々叱責《しっせき》したらしい。それでもう満子は疲れ切って、涙目でうちに帰ってきたんだ」

大和が死んだと連絡があったのは、その三時間後のことだった——と卓郎は背中を丸めて、乱暴に手ぬぐいで涙をぬぐった。

「——紘子さんと満子さんが揉《も》めたのはなぜでしょう。ご存知ですか」

いくらか洟《はな》をすったのち、卓郎は記憶をたどるような遠い目で言う。

「確か——こんな日に公園で遊ばせるだなんて、ありえないと。そうだ。ほら、前日に西新井大師で通り魔事件があったろ」

「ええ。犯人はまだ逃亡中でした」

「確か、もう翌日には埼玉に逃げてたんだ、警察がすぐ捕まえないから」

と三浦ではなく綾乃を白い目で見た後、続ける。

「そのあおりで、公立の小中学校は全部、休校になったんだ。双子は公立の保育園に通っていたから、保育園も休園になっちまって。大和や広和の面倒も、朝から晩まで満子が見ていることになったんだ。だけどさ——」

息が切れたのか、疲れたような息継ぎをして、卓郎は続ける。

「あのせせこましい家で、走り回る双子の男児を一日中面倒見るのは誰だって手に余るよ。いたずらもいっぱいするし、室内だからこそ危ないことだってする。だから満子は、近所の公園で存分に双子を遊ばせてたんだよ。そこへ、カフェの制服姿のあの嫁が激怒してやってきた」

卓郎はもうビールを飲み干し、憎々し気にビールの空き缶を握りつぶす。

「通り魔がこの界隈《かいわい》を闊歩《かっぽ》していたというのに、どうして外出するんですか、ってな具合だよ。仕事の合間に自宅に電話をいれた紘子が、誰も出ないんでまさかうちが襲われたかと妄想して、自宅へすっとんで帰ったんだ。で、近所の公園で遊んでいるのを見つけて、激昂《げっこう》したというわけだよ」

そこには何人もの母子《おやこ》連れがいたらしい、と卓郎は言う。

「確かに通り魔事件があったかもしれないけど、それでも子供は外で遊びたいだろ、ましてや学校も保育園もお休みっていう状態だ。事実、公園は子供や母親でにぎわっていたのによ。そんな中で、満子はあの嫁からひどい叱責を受けて——もう無理、と自宅に帰ってきたんだ。おばあちゃーんって、満子を呼び戻そうとする大和や広和の声が聞こえていたけれど、振り返る気力もなかったと。そして落ち込んで自宅に帰って三時間後、大和が死んだ、あの鬼嫁に殺されたと聞いて満子は——」

卓郎は感情を昂《たかぶ》らせ、わっと泣き出した。手ぬぐいが口の中に入ってしまいそうなほどにあてて、声が外に漏れないようにしている。

「……それからもう、満子がまともに眠れた日はないよ。毎晩毎晩〝大和！〟って叫んで目が覚めて、さめざめと布団の中で泣くんだよ。あの時、おばあちゃーんと満子を呼び止めた大和は、怖いお母さんのところへ置いていかないでと、助けを求めたかったに決まっている。それなのに、私が逃げてしまったからと、満子は自分を責めて責めて、脳の血管が詰まってぶっ倒れて死んじまった」

むせび泣く卓郎に、これ以上の聴取は無理そうだった。そこに、妻を庇《かば》おうと嘘をつくような余裕も見えない。満子が卓郎に嘘をついていない限り、概《おおむ》ねこれが事実だろう。

添島の実家を後にする。

面パトに乗り込んだ。三浦が深いため息をついた。

「子供が犠牲になる事件はホント、たまらん」

綾乃は車を発進させながら、思いきって言う。

「満子が容疑者として挙げられている以上、こういう筋読みができるかなと、思っていたんです――大和を殺したのは満子だが、駆け付けた尚志が実母を庇うため、放心状態の紘子に罪をきせようとした」

「すると第一発見者・留美の証言と食い違う。そこに姑《しゅうとめ》がいたという証言はなかった」

「妻の座を狙っていた留美にとって、満子は将来の姑ですよ。守ろうとするんじゃないですか」

「満子が気を病んであっという間に死んでしまったのも、自分が殺したという自覚があって、だが周りに守られて――ということか」

言って三浦は何度も首を横に振った。

「あの遺影——人のよさそうなおばあちゃんの顔だったぜ。孫を手にかけるかなぁ。でお前、どこ行く」

「足立区宮城に戻っています」

「いよいよ本丸、添島尚志を追及するんだな」

「その前に、一旦《いったん》別行動です」

綾乃は赤信号で停車し、サイドブレーキをぎゅっと引き上げながら言った。

「卓郎の証言の裏を取りたいです。事件当日の昼、満子は公園で、公衆の面前で紘子に罵《のの》しられたと証言しています。あの日は通り魔事件翌日で犯人が逃走中、パトカーが近隣を巡回しているような特異な一日でした。当時のことを覚えている母親がいるかもしれません。同じ公園に行って、証言を取ってきてもらえませんか」

いよいよ捜査を仕切るようになりやがって、と三浦は嫌味を言ったが、拒否しない。

「で、お前は何をする」

「私は——歩きます」

五味から電話がかかってきた。時刻は十六時十五分を指していた。

五味はひとり、川路広場に出しっぱなしになった可動式朝礼台に腰かけていた。川路広場にはついさっきまで、強い西日が降り注いでいた。川路大警視の銅像の影が長くコンクリートの地面に延びていたが、いま、日差しは本館の陰に隠れた。

突入後、そこで見た光景を電話で綾乃に報告している。冤罪《えんざい》捜査の最前線に立つ彼女にすぐ一報を入れられなかったのは、ひとり立てこもり現場に残って錯乱状態だった松島から聴取をしていたからだ。

「立てこもり現場から犯人と人質が、消えた⁉　どういうことですか」

五味は顔の半分を左手でこすりながら、「そういうことだよ」と力なく答えた。

「松島たちは旧53教場で三人で飯を食っていた。そこへ、売店の品物の返品交換をするアポを取り警察学校に堂々と入った女が突然現れ、ブローニングを三人に向け従うように脅した。松島たちは言われた通り、ブラインドを閉め、拡声器を固定し、換気口を塞《ふさ》ぎ、サーモグラフィックカメラ対策のためのアルミホイルを五本分、窓に垂らし――壁にはコンクリートマイクによる傍受を阻止するために性玩具《がんぐ》を貼り付けさせた」

「性玩具……」

「大人のおもちゃだよ。ローターとか、バイブレーターとか……」

なんで関係が始まったばかりの恋人とこんな話をしなきゃならないんだと、五味はため息をつく。

「それで――ブローニングで脅されるまま、立てこもりの準備をさせられている真っ最中に高杉が飛び込んできた」

「高杉さんは制圧しなかったんですか」

「ああ——相手が銃器を持っていたからだろうと松島は言うが、率先して犯人の指示に従っていたらしい。事実、中沢は制圧のチャンスを狙って久保田や松島とタイミングを計っていたようなんだが、それを阻止したのは高杉だ」

綾乃は二度びっくりと言った様子だった。

「あの高杉さんに限って……逮捕術のプロフェッショナルですよ」

「俺もその点が引っかかっている」

「それで、犯人や高杉さんたちは？」

「すべての設置を終えた一二三五、松島を教場に残してとっととトンずらだ」

「——つまり、ブローニングが発砲され、犯行声明が読み上げられたときにはもう、立てこもり現場に犯人はいなかったと。そういうことですか」

「ああ。松島は拘束されたまま、だが右手だけは自由に使える状態で取り残されていた。携帯電話とブローニングを持たされ、電話がかかってきたらその指示に従うように言われた。もし指示に従わなかったら、人質三人の命はないと脅され、高杉にも絶対に俺がなんとかするから、いまは犯人の指示に従えと釘《くぎ》を刺された」

やがて、十二時五十八分、多磨霊園近くの斎場の公衆電話から、電話がかかってきた。しゃがれた男の声。赤倉勝だろう。赤倉はブローニングを窓に向かって発砲するように命令。犯行声明を読み上げるので、注目を集めるためにまずブローニングを発砲し、電話口を拡声器に近づけるよう指示したという。

捜査員が件《くだん》の公衆電話の場所へ飛んだが、赤倉の姿はもうなく、足取りは不明だ。

「電話越しに脅された程度で、実際に発砲したなんて……。その松島って学生が嘘をついているとは――」

「嘘をつくような学生ではないと信じたいが、退職問題を抱えていて、複雑な状況下にあった。いまはまだ何とも言えない状況だ」

綾乃は矢継ぎ早に質問してくる。

「それにしても、何のための発砲だったんでしょう。注目させるためにしては大げさです。人質は従順だった上、立てこもり現場にもいなかった。なんのために松島君に発砲させたんですか」

「恐らくは捜査かく乱のためだろう。みなが立てこもりに気が付いたときにはもう、立てこもりは解消されていた。その発覚を一秒でも遅らせるための発砲だ。事実、発砲があったからこそ教場棟を即座に封鎖し、川路広場に集まった人々の安全を優先してそちらの誘導を先に行った。しばらくは誰も教場棟には近づけさせなかった」

なおかつ、立てこもり現場に犯人がいないという事実の発覚を遅らせるために、アルミホイルだのローターだのを使って捜査妨害準備を万端にしていた。すべては逃走時間を稼ぐためだ。

「それで――犯人と人質はいまどこに」

「現在、校内を大捜索中だが、たぶんもう校内にはいないだろう」

「そんなに簡単に脱出できますか。犯人は侵入するために、わざわざ売店での不良品交換とかいうアポまで取って周到に準備していたんですよね」

「敢《あ》えて堂々と正門から外に出たんじゃないかと思っている」

五味もSITも、犯人がどうやって中に侵入したのかに重点を置いて捜査してきた。

「だから、監視カメラ映像も十二時二十分以前の物に絞って確認していた」

「つまり、十二時二十分以降の監視カメラ映像はノータッチだったんですね」

くそ、と五味は改めて悔しさがあふれ、拳《こぶし》を握りしめた。

「いま、大急ぎで事件発覚後の防犯カメラ映像を確認している。じきに、脱出方法もわかるはずだが――問題は」

「ええ。高杉さんですね」

高杉がなぜ制圧されてしまったのか――という疑問は当初からあった。立てこもっているのは元マルBの赤倉勝でブローニングを持っている、という理由でなんとか納得はできた。だが高杉たちをブローニングで脅したのは、けん銃を撃ったことなどないはずの赤倉紘子ひとりと判明した。しかも高杉は直接の脅しを受けず、川路広場近くまで下りてきて監視カメラ映像を切っているのだ。

なぜ抵抗し逮捕しないのか。なぜここまで従順に犯人に従っているのか。

五味は綾乃との通話を切り、本館に戻った。

犯人との交渉に立つはずだった前線本部は空っぽだった。特殊捜査係の岡本らはいま、校内を駆けずり回り、犯人や残りの人質たちを捜している。

五味はモニターの前に座り、十二時二十四分以降の高杉の動きを中心に見ていく。

高杉は人質になった直後、じかに脅されているわけでもないのに、率先して監視カメラの電源を切って回っていた。中央階段の五階から一階まですべての監視カメラを――。

十二時二十七分の五階中央階段を手始めに、だいたい一、二分間隔で各階の映像を切っていく。最後は、一階のグラウンド側の外階段の監視カメラ映像だ。その反対側には川路広場に出られる外階段がある。五味はすぐそこにいたのに――。

なぜ、ここのカメラを切る必要があったのだろう。そしてその次はどこのカメラを切ったのか――顔認証システムが次に高杉の顔のアップをとらえたのは、グラウンドの片隅にある模擬家屋の入り口のものだった。

五味ははたと気が付いた。

高杉の、意味もなくカメラの電源を切っていく行為――その全てに意味があったのだ。

中沢は拘束縄で擦り剝《む》けた手首をさすりながら、とうとう扉に手を掛けた。鍵《かぎ》を開けて、ドアノブを回そうとする。

「待てよ、本当にいいのか……！」

いまだにいい子ぶって〝人質役〟をやっている久保田は、頰にはがれかけの粘着テープを垂らしながら、自分で自分の足首に拘束縄を巻いている。

時間をかけて拘束縄から逃れた中沢は、すぐさま久保田の拘束も解いてやった。だが、久保田は脱出の土壇場になって「やっぱり最後まで人質役を全《まっと》うすべきだよ」と言い出した。そして結局また、自らの足を拘束している。一度はがして粘着力のないガムテープをまた自ら口に貼るほどだった。

「馬鹿だな、お前は。警官なのに何もしなかったのかと、絶対に五味からペナルティを食らうぞ」

「逆だよ、人質役が脱走したとなっちゃ、五味教官の模擬捜査授業が台無しじゃないか、あとでこっぴどくペナルティを食らうのは、中沢の方だよ」

「大人しく人質役をしてほしいのなら、そのシナリオを先に俺たちに見せるべきだろ」

「見せたら模擬捜査にならないじゃないか」

「だからこそだよ、こっちも人質として自主的に行動しないと、絶対に怒られる」

久保田は考えこんだ。

「──やっぱりそうなのかな」

と、拘束縄を結ぶ手を緩める。だが、「いやいや」と、縄をまた足首に回し始めた。

「やっぱり僕は残るよ。行く前に、手首の縄を縛ってくれよ」

「自分でやれよ、知らねぇよ」

「後ろ手にはできないよ。それから口のガムテープ新しいの貼ってくれよ」

ったくもう──と中沢は久保田を縛りなおした。腹立たしかったのできつく締め上げる。痛い、と久保田が雌猿のような甲高い声を上げた。その口を床に転がっていたガムテープで塞ぎ、中沢はようやく、扉の前に立った。ドアノブをひねり、押す。

──開かない。

「え、なんで？」

体当たりするが、びくともしない。

「なんで開かないんだよ……！　くそっ」

三度目の体当たりでようやく扉が少し開いたが、たったの二センチほどだ。その隙間から、スチール棚のようなものが倒れているのが見えた。棚そのものは軽そうだが、向かいの壁にひっかかり、ツッパリ棒のような役割を果たしている。どうやっても指一本入れられるかどうかの隙間しか開かない。

「なんだよ──模擬捜査なのにここまでするか、普通」

やけくそになって中沢は扉を蹴《け》った。

「こうなったら窓だな」

東を向いた窓がある。日がもう落ち始めているのか、カーテンの隙間から見える窓の外は薄暗い。カーテンを開け、鍵を開錠して窓を開け放った。昼間の暑さの隙間にひんやりした風が入ってくる。昼と夜の空気が入れ替わっていた。すがすがしい気分になったが、下を見て──「そうだった」と中沢はがっくりと首を垂れた。

ここは二階だ。下はコンクリートではなく土の地面で、草木が生えている。クッションにはなるだろうが五メートル近く高さがある。

「——飛び降りるしかないか」

まだ久保田が何か言っている。大方、怪我をするからやめておけ、と言っているのだろう。それなら、怪我をしないように降りるのみだ。

中沢は、自身の体を拘束していた荒縄を摑《つか》んだ。どこか、中沢の体重を支えられるフックや突っ張りがないだろうか。

——なにもない。

この部屋には家具の一つも置いていない。仕方なくカーテンレールに拘束縄とコードを何重にも結びつけた。全体重をかけて引っ張ってみる。結び目が固くなる一方で、アルミのレールが頼りなくゆがむ。もたもたしている暇はない。

「よし。これで下へ降りるぞ」

久保田が首を横に振って、もごもごと訴えてくる。

「やめろ、危ないとでも言っているのか。何もしないお前が一番、危ないんだよ!」

久保田は教場では保健係だ。係を降ろされたら——なんていう危機感を覚えたことがないから、呑気《のんき》に人質役なんかやっていられる。

中沢は拘束縄を引きながら、窓の下枠にまたがった。もう一度、精いっぱい力を込めて引く。大丈夫、たかだか五メートル。途中でレールが外れたとしても、地面までの距離はそう高くはないはずだ。

窓の外を見る。ここから見えるのは警察学校のグラウンドと、教場棟のみだ。日が落ちるころにはペナルティのマラソンを消化する学生たちがここでランニングをしているのだが、珍しく今日はひとりもグラウンドに出ていない。教場棟の方も、しいんと静まり返っていた。

ここは、警察学校のグラウンドの片隅にある、模擬家屋だ。

五味の模擬捜査はこの家屋で行われる。犯罪現場を再現した実際の捜査をここで行うのだ。また鑑識捜査授業でも、現場見取り図を描いたり、ゲソ痕《こん》採取などの実践が、ここで行われる。

中沢と久保田は「これは模擬捜査で、お前たちは人質役だから、救出がくるまでここでおとなしく待っていろ」と高杉に言われた。そしてきつく荒縄で拘束されて放置されていたのだ。

どこからか、男の声が複数聞こえてきた。

「あそこだっ」

「シェルフをどけろ、ここにいるはずだ！」

男たちの声は、扉の向こうから聞こえてくるものだった。スチール棚をどかす音が聞こえる。

――おそらく、共犯者役がやってきたのだ。逃げる寸前だったのに、ここでまた捕まってしまったら大ペナルティだ。中沢は反射的に窓枠を蹴り、窓の外に躍り出た。

縄が軋《きし》む。レールがぐにゃりと曲がったのか、体が少しガクンと落ちる。

扉が開いた。顔をのぞかせ、血相を変えて飛び込んできたのは、五味だった。

──教官の五味が共犯者役なのか？

「中沢！　何やってるんだお前！」

状況がよくわからない。ただ、この世で最も恐れている人物がやってきたという猛烈な嫌悪感が勝った。

「中沢、待て！」

待たない。あんただけには捕まりたくない。壁を蹴りながら、ロープで下に向かう。半分も降りないうちに、レールが外れたのだろう、中沢は落下し、背中から地面に叩《たた》きつけられた。


久保田は無事、救出された。

だが、落下した中沢は無事とは言いがたかった。腰と頭を打ち、軽い脳震盪《のうしんとう》を起こしたようで、いまは保健室で休んでいる。幸い、意識はあるので大事には至らなそうだ。五味は一旦《いったん》、とにかく、人質のうち最も心配だった学生の三人はこれで無事保護した。安堵《あんど》のため息をつく。

やはり、教場棟内の監視カメラの電源を切って回っていた高杉の行動に、意図があったのだ。あれは犯人に指示されたのではなく、人質の学生たちの居場所を五味に示す行動だった。犯人にはこうやって嘯《うそぶ》くことができる。

「あとで監視カメラを見れば、脱出したことがすぐばれる。逃走ルート上にある監視カメラ映像は切っておくべきだ」

そして高杉は——中央階段にあるすべての監視カメラの電源を切って回った。一階の階段の次に彼が電源を落としたのは、グラウンド側に出る外階段前の監視カメラ。続いて彼がカメラに映り込み、電源を切った様子が確認できたのは、模擬家屋の出入り口に一台だけある、監視カメラ映像だった。

こうして、五味は中沢と久保田の監禁場所を突き止めたのだが、どうやら二人は高杉から「これは模擬捜査。お前たちは人質役だから大人しくしていろ」と指示されていたようだ。犯人には、逃亡をして回るなら人質は少ない方がいい、とでも助言したのだろう。高杉はこうして学生を解放させ、自分ひとりが人質になった。紘子に協力的に動いているようにも見えるが、こうすることで犯人の信頼を得て、学生たちの解放につなげた、とも言える。

「模擬捜査の人質役と言っておけば、しばらくあいつらは助けを求めず、大人しくしているはずだ。立てこもり犯が外に脱出しているなどと、警察はすぐには気づかないだろう」と説得すれば犯人を信頼させコントロールできる。

久保田は従順に高杉の指示に従っていたようだが、中沢は五味を共犯者役と思い込み、救助に入ったのに逃げ出した。

久保田の証言で、概《おおむ》ね、最初に救出された松島の証言の裏取りができた。問題は、高杉が中沢と久保田を模擬家屋で解放した後、紘子と共にどこへ消えたか、だ。

医務室で寝ている中沢を見舞う傍らで、五味は紘子の雑記帳の画像をくまなく見る。どうやって警察学校を脱出したのか。なにか方法や手段のヒントがここに残っているはずだ。そしてそれがレシピや飲食店情報として転記されている。不自然な住所、不自然な電話番号がないか。綾乃が付箋《ふせん》をつけ謎が残ったままの部分を優先的に見ていく。

⑧ベーカリー　フォーテン
足立区晴見町5―14―1。
ベージュのサンドイッチがお勧め。
焼き上がり時間、10：30、11：30、13：30、14：30。

綾乃の付箋にはこう記してある。『足立区に晴見町はない。住所、店舗含め架空』

また、綾乃は品川区の老舗割烹《しにせかっぽう》『美乃』についても付箋を貼っていた。

㉝老舗割烹『美乃』
品川区田越4丁目56

綾乃の付箋での注意書きの通り、番号が㉝へ飛んでいる上、田越という地区は品川区内にはないし、店も存在しないようだ。

　これらはいったいなんの暗号だ――。

「五味教官」

医務室の理事官に声を掛けられ、はっと我に返る。理事官は保健室の電話の受話器を握っており、気の毒そうに五味に言った。

「校長がお呼びです。大至急校長室に来い、と……」

本当に五味に用があるのは橋部校長ではなく、本村だろう。

五味は本館の保健室を出て、校長室に向かった。

突入後、犯人も人質もいないことがわかり、本村は頭に血が上っているはずだ。

校長室をノックし、名乗る。承諾を得て中に入った。

本村は最初にここに駆け付けた三時間前と全く同じ体勢で、応接ソファに座っていた。

「学生二人の容態は？」

「一人は無傷です。脱走を試みていたひとりは模擬家屋の二階から落下して頭や腰を打っており、いまは休ませています。様子を見て、事情を聴きます」

「ふむ。で？　五味。犯人がいないというのは一体どういうことだ」

五味は最敬礼で頭を下げた。

「申し訳ありません」

「どうやって脱走したのか。そしてなぜ脱走したのか、お前の見解は？」

「――正直申しまして動機の方はさっぱりわかっておりません」

冤罪《えんざい》事件の再捜査を訴えておいて、人質をけん銃で脅して立てこもり、誰も傷つけていないとはいえ発砲までさせる。正直、やっていることの意味がわからなかった。

「発砲は銃器の所持を遥《はる》かに上回る重罪です。冤罪が晴れたところで、また豚箱に逆戻りです。紘子が本当に冤罪だったとして、脱走したこと、立てこもって要求を出したことはかろうじて情状酌量の余地があるでしょうが、発砲なんかさせたら元も子もない」

「だが、撃ったのは人質の学生だったんだろ」

「撃ったのが誰であろうと、それを相手に強要した時点で間接正犯となります。そもそも、真犯人を53教場へ突き出せと言っていたのに、立てこもり現場を空っぽにしてしまって、どうやってその後の冤罪捜査の進展を把握しようとしていたのか――」

本村は相槌《あいづち》ひとつ打たず、じっと五味を見ている。いま、誰に責任を取らせるのかを吟味しているのだろう。岡本か、五味か。

「動機の方は見当がつかない、という口ぶりだったが、手口ならわかっている、ということか」

五味はスマホを出し、紘子の雑記帳の画像を示した。この雑記帳に逃走・立てこもりに関して様々なヒントが残っていたことを話す。ベーカリー『フォーテン』や老舗割烹『美乃』が何を意味するのか――。

「面白い。暗号のようだな。で？　解けないのか」

いま必死に解いているところを呼び出されて邪魔されている、とは言えず、五味は黙り込んだ。

ノック音がする。橋部校長が「入れ」と厳しい口調でひとりの学生を中に通した。こんな日に練交当番だった、不運すぎる江口だ。制靴を鳴らして背筋を伸ばすと、本村に敬礼した。

「警視庁南大沢署地域課所属、現在は初任補習科におります、江口怜央巡査です」

「君か――脱走受刑者をやすやすと招き入れた大馬鹿者は」

江口は震えあがり、謝罪する。五味が庇《かば》った。

「ここで江口を責めるのは酷です、あれほどまでに巧妙に準備されていたら、疑わずに通してしまっても仕方ない」

本村は容赦ない。

「脱走受刑者を警察学校に招き入れてしまう馬鹿な巡査だ、当然、彼は目の前で脱走を許してしまったともいえるんじゃないか」

江口は恐れおののきつつも、否定した。

「まさか、そんな馬鹿なことはしませんっ。確かに、塩見悦子と名乗った彼女を通してしまいましたが、その後、正門から不審者は誰も出していません」

本村が五味を見た。

「お前、事件発覚直後に、すぐ正門を閉めさせたそうだが？」

「はい。十三時ごろのことです」

「だが実際に、立てこもり犯はもっと前に学校を出ていた可能性が高い。そうだな」

「はい――」

今度は江口が五味を庇うように、恐る恐るではあるが、必死な様子で訴える。

「ですが、犯人が正門を通った正午から、事件発覚十三時までに、不審者の出入りは一切ありませんでした。たぶん塀を越えたとか、東門から脱出したんじゃ……」

本村は射るように江口を見つめたまま、目の前の電話の受話器を取った。前線本部の岡本を呼び出している。

岡本は三十秒で校長室にすっ飛んできた。

犯人に逃げられたという失態は、にわか一課長付の五味より、専門捜査員の岡本の方に重くのしかかっている。岡本は額に玉の汗をびっしりとかいていた。

本村は早速、厭味《いやみ》ったらしく岡本に尋ねた。

「岡本係長、このひよっこ巡査に校内監視カメラ映像の分析結果を教えてやって」

岡本は江口ではなく五味を一瞥《いちべつ》し、報告をあげた。

「現在、正門、東門、警察大学校と繋《つな》がる北門、すべての監視カメラ映像を確認していますが、不審者の出入りは一切ありませんでした」

江口はどこか恍惚《こうこつ》と言った。

「まさに神隠し――」

五味が叱ろうとして、本村の雷が落ちた。

「なんだその言い草は、他人事《ひとごと》か！　これは映画でも小説でもないんだぞ、現実に起こっているんだ！」

五味は江口の制帽をかなぐり捨てて、その後頭部を下に押した。自分も頭を下げる。

「江口は私の教場出身の学生です。指導が行き届いておらず、大変申し訳ありません」

本村は何も言わない。仕方がないから、頭を下げ続けた。

むなしく、校長室のぴかぴかの床を見続ける。どっかと足をついた本村の焦げ茶色の革靴が目に入った。この、警察組織独特の責任のなすり合いの時間が、ひたすら勿体《もったい》ない。頭を下げ続けるが必死に働かせもする。軍師・赤倉はどのように脱出作戦を立てたのか。

晴見町にあるベーカリー『フォーテン』のベージュのサンドイッチ。
㉝品川区田越4丁目56の老舗割烹『美乃』――。
紘子は、入るときは正門から堂々と入った。出るときも、こちらを欺くように真正面から出ていったのではないか。正門練交脇で、当番の敬礼を受けながら、正々堂々と正門を出ていける人物――。

五味の視界の中に、本村の向かいのソファに座った橋部校長の黒い革靴も目に入った。

五味ははたと思いつき、顔を上げた。

「校長――事件発覚後、卒業式にやってきた来賓が事件に巻き込まれていないか心配しておられましたね」

「当たり前だろう。万が一、警視総監殿が人質になんてなったら……」

「彼らはすでに、学校を出た後だったんですね」

遮った五味に鼻白みつつも、校長は頷《うなず》いた。

「そうだ。吉野《よしの》警視総監、並びに東京都公安委員の松本《まつもと》先生――」

老舗割烹《しにせかっぽう》『美乃』は「よしの」と読む――吉野警視総監のことか。

五味は本村の腕を思わずつかんだ。

「すぐに吉野警視総監の所在確認を……!」

本村だけでなく、岡本もぽかんとしている。だが、本村は反射的にスマホを出していた。五味は江口に向き直った。

「江口。来賓の車を通したな。それは何時だった」

「えーっ、憶《おぼ》えてませんけど、殆《ほとん》どが事件前に帰られましたよ」

「事件発覚前の十三時以前、ということか」

「はい。えぇっと確か、川路広場で『この道』の合唱があったころに、すべての来賓の車が校門を出ました」

車……!
㉝品川区田越4丁目56。これは車のナンバーか。

「江口、練交当番なら来賓の車のナンバーも控えていたな」

「もちろんです。お通しするときに気を遣う必要がありますので」

言って、懐からメモ帳を出した。来賓は五名いたが、その全員の車のナンバーが控えてあった。吉野警視総監のハイヤーのナンバーは、品川33た4―56。

全ての数字が一致する。品川区の住所を戸越ではなく架空の田越と記したのはナンバーのひらがな「た」を意味していたからか。

真っ青になった本村は、スマホを耳に当てたまま、五味に厳しく問う。

「犯人は、警視総監殿のハイヤーを乗っ取って校門を出たということか」

そうだと頷きかけて、五味はふと考えこんだ。

高杉が人質として行動を共にしている。監視カメラの件にしろ、機転を利かせ犯人をうまく転がしてコントロールしているようにも見える。その高杉が、警視総監の車の乗っ取りに協力するだろうか。教場の乗っ取りは許しても、警視総監のハイヤーはやりすぎだと紘子を止めるはずだ。

五味はポケットに突っ込んだままの、卒業式任務分担表を見た。今日の講堂での卒業式に列席した来賓一覧を見る。

警視総監、東京都公安委員、本部地域部長、警察官友の会会長、東京湾岸署署長――。

五味は江口に向き直り、強く肩を揺すって尋ねる。

「お前、確かにこの五人すべてのハイヤーを通したんだな？」

公安委員、地域部長、署長にも、全て運転手付きのハイヤーがあてがわれている。

「え、ええ。でも乗っ取られているような車はありませんでしたよ。だいたいみなさん、運転手付きで、後部座席に乗られていますよね。スモーク貼られているので、後部座席まで見えません。ナンバーで、誰それの車だなとかわかる程度で、いちいち車内を見せてくださいとは言えませんし」

本村が電話を切った。顔つきに安堵《あんど》が見えた。

「警視総監殿は本部に戻っている。地域部長は秋の交通安全キャンペーンで新宿署だ、湾岸署署長もとっくに署に戻っていた」

残るは東京都公安委員と、警察官友の会会長。校長が慌ただしく引き出しから電話帳を出し、老眼鏡をかけて連絡をとろうとする。

「今日列席した松本公安委員は、医学界の重鎮だ。同じく、運転手付きのハイヤーで来ていたと思う。いま電話を掛けてみる」

「警察官友の会会長は誰です？」

「ＯＢの乾《いぬい》さんという方だ。最終階級警視正、丸の内署長を務めて定年退職した」

警察官友の会は全国都道府県にあり、現場警察官を激励し士気を高めることを目的に活動している。機関紙の発行、慰問、各種奨励賞や記念品の贈与などを行い、卒業式に列席し記念品を授与することもその活動の一環だ。会員の殆どがノンキャリ警察官ＯＢだが、企業のトップや著名人がその名を連ねることもある。

校長が電話で所在確認をしているが、その表情がぱっと明るくなる。どうやら、松本公安委員の所在確認ができたようだ。

「あの〜」

江口が首を傾げ、飄々《ひょうひょう》と言う。

「そういえば、警察官友の会会長の車の鍵《かぎ》を練交でお預かりしていたのですが、その鍵は高杉助教が持っていきました。自分が駐車場から出す、と言って」

五味は絶句。本村は怒りで腰を浮かせ、校長は顔面蒼白《そうはく》で受話器を落とした。一瞬訪れた張り詰めた沈黙に、江口は「えっ、えっ？」と視線を泳がせてばかりだ。

「――江口。お前、人質が誰なのか、知らないのか？」

「え、いやだって、高杉助教が人質になったのって、鍵を渡した後のことですよね。立てこもり事件発生は十三時、高杉助教に鍵を渡して助教が正門を出たのは、事件前の十二時五十分ごろのことですよ」

江口は全く、事件の流れを把握できていない。確かに捜査本部が設置されているわけでもなく、警察学校にいる警察官全員に捜査情報が共有されたわけでもない。だが……あまりに鈍感すぎる。

「だからと言ってそんな大事な情報を、どうして高杉が人質になっているとわかった時点で報告しないんだ！　腕立《つか》て腹筋百回マラソン百周じゃ済まされないミスだぞ！」

思わず江口の襟ぐりを掴み上げてしまう。自分のこめかみに青筋が立っているのがわかる。

「五味。落ち着け。お前が育てた警察官は所詮《しょせん》そこまでだ、ということだ」

本村は怒りを通り越して呆《あき》れたように言い、すぐに岡本に緊急配備を敷くよう伝えた。しかし校長室を出ようとした岡本を「まだ行くな」と呼び止めると、本村は江口に向き直った。

「君、江口君と言ったか」

「は、はい……！」

江口は、落ちた制帽を拾い、かぶりなおして、敬礼する。

「お前、そこで正座していろ」

「えっ。ええ……!?」

五味に助けを求めるように、江口が視線を送るが——五味はフォローできない。

「通常なら降格にして僻《へき》地《ち》に飛ばしてやりたいところだが、あいにくお前はまだ階級の底。巡査より下がないからな。そこで私がいいと言うまで正座していろ」

まるで小学生に対する仕打ちのようだ。江口は屈辱に顔を歪《ゆが》ませながらも「はいっ」と敬礼し、その場に素早く正座した。

本村はメモ帳を取り出し、つらつらと何かを書き始めた。素早く破り取ると、五味に示す。五味は思わず目を眇めた。

「これは——」

茶類　ペットボトル　五十本　缶コーヒー等　五十本。

軽食　サンドイッチ　おにぎりなど　五十個ずつ。

「あとは校外での捜査になる。岡本たちの士気を高めてもらわねばならないだろ。お前、買い出しに行ってこい」

五味はそのメモを受け取らず、ただ本村を見返す。捜査を外れろ、ということか。

「岡本。あとは頼んだぞ。期待に応《こた》えろ」

岡本は五味をちらりと一瞥《いちべつ》し、最敬礼の後、出ていく。

「腕が痛い、五味。メモを早く受け取れ。ただの教官は現場の捜査員を支えろ」

五味はリストを乱暴につかみ取った。

「――大量ですね。荷物運びに手伝いの警察官を一人連れていっても？」

本村は好きにしろと言いたいのか、ソファにかけた腕が肩を竦《すく》めたように軽く動いただけだった。

五味は警察学校の車両の鍵を備品科で受け取ると、川路広場を突っ切り、術科棟へ向かった。三階へ上がる。ここは、事件発覚直後より殺気立った空気になっていた。

卒業式参列客たちは術科棟に缶詰にされて四時間近い。いつ帰れるのか、トイレに行きたい、お腹が空《す》いた――。脱走されては困るので、トイレ等もいちいち巡査がついているようだ。堤が疲れ切った様子で、五味の下へ駆け寄ってきた。

「教官、まだ捜査はしばらくかかるんでしょうか」

「振り出しに戻ったばかりだよ」

何度も、何度も。軍師・赤倉に裏をかかれてしまう。

くそ、と手に持った買い物リストを握り潰《つぶ》す。

「塩見はいるか」

堤が、塩見を呼ぶ。彼は術科棟の中の人々を見張りながらも、かつての教場仲間数人で寄り集まっていた。呼ばれて五味の下に駆け寄ってきたが、その表情は浮かない。

「退職した八人に連絡をつけようとしたのですが、一人も捕まらなくて――」

平日の昼間だ。再就職したのであれば仕事中で電話に出られないだろうし、追われた組織に残る者からの電話など、優先して出ようとは思わないだろう。

「一旦《いったん》それは後だ。こっちへ来い」

出入り口の下駄箱前まで連れ出したところで、言う。

「お前、寮の部屋に戻って、スーツに着替えてこい」

「えっ」

「外出するぞ。俺も着替えてくる。駐車場で待ってろ」

術科棟前で別れた。

五味も本館の更衣室でスーツに着替えた。いまでは通勤でしか着用しなくなったスーツだが、捜査一課時代から愛用しているものだ。警察制服からスーツに着替えるのは毎日のことなのに、なぜか今日は、教官から刑事に戻っていくような感覚があった。

警察手帳をスーツの内ポケットにいれ、ナスカンで留める。

本館前の駐車場に出た。塩見はもう、上下黒のリクルートスーツ姿で待っていた。

「教官。僕が運転します」

五味は鍵を預け、助手席に乗り込んだ。エンジンを掛けた塩見が言う。

「買い出しですよね」

「なんで知ってる」

「ここで待っていたら、校長に声をかけられて。買い出しついでにこれもって……」

栄養ドリンク四ダースとメモに書いてあった。

向かいのドラッグストアでいいですか、と塩見が尋ねてくる。大量の買い出しなので、朝日町通りを挟んで向かいにある店でも、車を出すことに疑問を感じていないようだ。

「僕が買ってきますんで、教官は中で待っててもらっていいですよ」

リストをくれと手を出してくる。バックミラー越しに、本館の校長室前の廊下でこちらを見ている本村に気がついた。

五味はそのリストをその場で細かく破いた。

「えっ……教官」

助手席の窓の外に放つ。花吹雪のように紙片が舞った。

「塩見。捜査に行くぞ」

「――いやいや。えっ？」

「え、って何度言えば気が済む。ただの買い出しなら自教場の学生を使う。わざわざお前を指名した意味を察しろ」

塩見は母親の名前を犯人に使用されている。れっきとした事件関係者なのだ。

「──わかりました」

塩見はサイドブレーキを下げた。車を急発進させる。バックミラーに、こちらを見る本村の姿がしばらく見えた。咎《とが》める色はない。あれは校長を始め周囲の捜査員に対するただの制裁アピールであり、五味に発破をかけたのだ。

本村はまだ五味の捜査に期待している。

隅田川にかかる小台橋《おだいばし》を渡るのは、これで三度目だった。

綾乃は、添島の自宅のリバープレミアムからその勤務先である荒川区西尾久《にしおぐ》にある建設会社までの道のりを、何度も歩いていた。隅田川をまたいでいるので区は違うが、通勤は徒歩圏内で、三つのルートがある。だいたいどのルートも十〜十五分前後で到着できる。

隅田川が夕日を反射して眩《まぶ》しい。

一日が終わろうとしている。

早く事件にピリオドを打たなくてはと焦るが、焦ったら栗原弥生と同じ轍《てつ》を踏むと、急《せ》いてしまう気持ちを必死に抑える。

綾乃は三つのルートの確認を全て終えると、コインパーキングに停めた面パトに乗り込んだ。宮城氷川神社脇の公園で聞き込みをしている三浦に、電話を入れる。

「もしもし。三浦さん、聞き込みの成果はどうです」

「いやー。夕方になって子供はたくさんいるんだがな、小学生ばっかり増えちまって、親の姿がない」

小学生の公園遊びにいちいち母親は付き添わないだろう。

「これから添島尚志の勤務先で聴取しますが、三浦さんどうします」

「もう少し粘る。日が落ちてきたら、やれ夕飯だもう帰って来いと、母親が迎えに来るかもしれない」

綾乃は電話を切り、すぐさま車を出した。四度目は車で、緑色のアーチ型の小台橋を渡る。都電荒川線小台停留場と、宮《みや》ノ前《まえ》停留場の間に、尚志が勤める『有限会社宮ノ前建設』はあった。簡素なプレハブ小屋のような事務所が奥にあるのみで、敷地の殆《ほとん》どは駐車場と資材置き場だ。その向こうに都電荒川線の路面電車が、一両編成でのんびりと行き来する。

綾乃はあいている駐車場に車を置かせてもらい、事務所の引き戸を開けた。

「失礼します、お忙しいところ恐れ入ります。府中署の」

ああ、と立ち上がったのは眼鏡から派手なチェーンを垂らした初老の女性だった。この棟梁《とうりょう》——社長の妻のようで、事務を一手に引き受けているらしい。すでに電話で手配済みだったので、夫人はすんなりと『二〇一五年勤怠管理票』を見せてくれた。事件当日の、添島の勤務実態を確認するためだ。夫人は紐綴《ひもと》じされた分厚い冊子の該当箇所に付箋《ふせん》まで貼っておいてくれたので、確認はすぐ取れた。

「――事件のあった二月四日。出勤は朝七時二十七分。退勤は十七時三分」

事件のせいだろう、翌日からは欠勤が十日ほど続いている。前月分を確認したが、退勤は殆ど午後九時以降で、事件当日の午後五時退勤は異様な早さだった。

「この日のことはよく覚えてるわよー」

夫人は親し気に、積み上げられた書類に腕をつき、話しかけてきた。眼鏡を取る。

「添島君、トラックで戻ってきたばかりで、資材の積み下ろしをしていたのよ。だけど緊急の電話があったのか、今日はスイマセンって血相変えて退勤していったの。大和君が亡くなったと連絡が入ったのは翌日のことでねえ……」

紘子の通信記録は確認済みだが、紘子が当日、尚志に電話をかけた記録は残っていない。固定電話からもだ。留美本人の証言通り、留美からの電話で事件を知ったのだろう。

「紘子さん、いい子だったのにねぇ。子育てしてたらいろいろあって、かっとなっちゃったんだろうけど。子供を突き飛ばすのはよくないわね」

この夫人は紘子のことを知っているようだ。

「奥さん、赤倉――いえ、添島紘子と面識が？」

「ええ。うちは家族ぐるみだから。初夏は従業員とその家族でキャンプ、冬には温泉旅行があるのよ、毎年」

　給料が少ないと紘子は文句を言っていたらしいが、会社の羽振りはいいのだろうか。

「双子の育児を必死にがんばっていてね。キャンプでも、双子の男の子を前に抱っこ、後ろにおんぶして、一生懸命遊んでやってたわよ。はきはきしていて明るくて、私は好きな娘だったけどねぇ。あの留美っていう後妻よりよっぽどましよ」

　夫人は口角を歪《ゆが》ませて言う。井戸端会議好きの女性が誰かの悪口を言うとき、たいていこんな顔になる。

「――そうですか。留美さんとも、家族ぐるみで？」

「まあね。ああいう、大人しくて従順そうな顔している女が一番怖いのよ。ねえ私ね、実はちょっとだけ相談に乗っていたの」

　添島君の不倫――と、とっておきの話をするように夫人は言う。

「紘子さんから、ですか」

「うん。慰安旅行の時に酔っぱらっちゃった紘子さんがね、拘束時間が長いのに給料が安すぎるって。あはは、若いからぼろっと言っちゃったのよねー」

　その態度をいまはもう咎めてはいない様子で、夫人は続ける。

「当時は私も腹が立っちゃってね。後日、彼女を呼び出して個人的に注意したの。そうしたら、あっちが言う額面とこっちが支払っている額面が全然違うじゃない。うちはこんな小さな会社だから、給与明細も手書きなのよ。添島君、私が書いた額面を改竄《かいざん》して、妻にちゃんと給料渡してなかったの！」

　これまで添島家の人間を中心に聞き込みに回っていたからか、初めて紘子を庇《かば》う人間が現れた。綾乃は前のめりになり、尋ねた。

「それは、確かなんですね」

「確かよ。夫からきつく添島君に注意してもらったわよ。さすがに明細の改竄は犯罪でしょ。添島君ももう泣きながら素直に謝っていたけど、家計に入れなかった金を酒とかギャンブルとかにつぎ込んでいる様子もないし、どうしたのかしらって思ってたら……」

　夫人は腰を浮かせて綾乃に耳打ちした。

「どうやら、愛人に渡していたらしいの。月、七万も」

「──どうやってそれを知ったんですか」

「愛人が妻に昇格して、本人がぽろっと言っちゃったのよ。まだシングルマザーだったとき、元の夫がリストラされて、突然養育費が入らなくなって困った時期があったらしくてね。それを添島さんに助けてもらっていたって」

　月、七万円。

　紘子がアルバイトをしていた北千住のカフェでは、すでに西新井署の署員が詳細を調べているが、紘子の月額給与はだいたい十万円前後と聞いた。その全額を家計に入れていたようだから、とどのつまり、紘子が愛人の生活を支えていたようなものだ。隣に住む、親切なママ友の仮面をまとった夫の愛人——。

「紘子はそれを知っていたんでしょうか」

「勿論《もちろん》、知らなかったと思うけど、給料のちょろまかしが発覚したのは、事件の数日前のことなの。私は別居していると知らなかったもんだから、おそらくはしばらく、家庭内は修羅場だろうなと思ったわ。だから、子供が頭を打って死んだって聞いたときは、夫婦間のバトルに巻き込まれたんじゃないかと思っちゃったぐらい」

綾乃は面パトで宮城氷川神社へ戻った。

もう日の入りが近い。公園では、これから塾に行く、もしくは習い事を終えて帰ってきたらしい小学校の中・高学年の子供たちが、学習塾やスクールのロゴが入ったバッグをベンチに置き、遊具に寄り集まってDSやスマホをいじって遊んでいる。

三浦は三人連れの母親たちと話し込んでいた。母親たちは、身振り手振りが激しく夢中で何かを伝えている。綾乃がいま入って話の流れをせき止めるのはよくないと思い、車内で待っていることにした。

建設会社夫人の推理がふと頭をもたげる。

——大和の死は、夫婦喧嘩《げんか》に巻き込まれた末に起こったことではないのか。

綾乃は、事件当初の、栗原弥生警部補が記した調書にもう一度、目を通した。

夫・添島尚志の通報は十八時五分。これは通信指令本部に記録が残っているはずで、捜査に都合の良いように改竄はできなかったはず。真実と見ていいだろう。一方、実際に尚志が会社を出たのは十七時三分。これは午後五時二分に添島に一報を入れたという留美の証言と一致する。徒歩でどんなに遅くとも二十分以上はかからないはずだから、十七時二十五分ごろまでには自宅に到着できたはずだ。

だが、通報はその約四十分後の十八時五分。

この四十分の間に、大和の死に関して何らかの偽装がされたのではないか。

綾乃は大きくため息をつき、目頭をもんだ。

自分の足を使い、きちんと裏取り捜査をしていたら、添島の空白の四十分に気が付いたはずだ。西新井大師事件に戻りたかった気持ちはわかるが、同じ女性刑事としてこんな杜撰《ずさん》な調書をあげた栗原弥生に腹が立って仕方がない。

もし本当に冤罪《えんざい》だったら、収監された紘子が失った広和との時間は永遠に戻ってはこない。しかも広和はすっかり新しい母親になじんでいる。紘子が入る隙はない。なにより、大和を殺した真犯人を野放しにしていることになる。

綾乃は更に、添付の資料を捲り続ける。他にも、裏取り不足のものがあるはずだ。

現場写真、解剖所見――綾乃は、幼い大和の検屍写真を見た。冷たいステンレスの解剖台にうつぶせにされた、裸の小さな体。体はきれいで、日常的に虐待を受けていたような痣《あざ》や傷はなく、比較的肉付きもよい。夫婦仲は最悪だったはずだが、母や祖母に愛情を注いでもらっていたからこその体格だと感じる。身長・体重とも、三歳児の平均よりやや大きい。

頭部の傷は予想以上に小さかった。患部周辺の、剃髪《ていはつ》された傷口の画像を見る。頭頂部より後ろにあるその傷口は裂傷によって五センチほどぱっくりと割れており、周囲が紫色に変色していた。少し陥没しているのもわかる。

綾乃は書類を捲った。患部からは木材の微物が検出されていたことが記されている。ブナの木の成分だった。だが、この成分分析結果が出たのは、送検から十日たった二月十五日のことだった。恐らく、栗原弥生はこの分析結果にすら目を通していなかっただろう。

綾乃は現場写真を見返した。大和が倒れていた、ダイニングテーブル。大和の血痕《けっこん》が付着し、若干傷がついた、ダイニングテーブルの角のアップ写真もある。

——おかしい。

綾乃はもう一度、大和の致命傷の患部から検出された微物の成分一覧表を見た。ブナの木の成分以外、何も出ていない。

綾乃は写真の中のダイニングテーブルを見直した。ごく普通の大量生産品に見える。キッチン全体を写したものでは、ダイニングの照明で表面が反射している。つまり、水濡《ぬ》れや劣化を防ぐためになんらかの塗装がされているもので、無垢《むく》材ではない。

だが、大和の患部から出た微物はブナのみ。塗装剤に使用されるウレタンやラッカーの成分が全く検出されていない。この解剖所見は犯罪事実と矛盾する。

三浦が車に戻ってきた。

「いまのママ三人組、当日のことはさすが通り魔事件があったときだからよく覚えていた。だが、どうも卓郎の話と合わない」

みな口を揃えるのは、注意を呼び掛ける巡回パトカーが街を回り、当時は物々しい雰囲気だったこと。双子の男児を連れたおばあさんがいた記憶はおぼろげにあるようだが、後から来た嫁に公衆の面前で叱責《しっせき》されるとか、そういったトラブルについては誰も覚えていなかった。

「——卓郎の証言通りなら、記憶に残っていてもおかしくないですよね。双子の子供が遊んでいたことを覚えているくらいなら」

「ああ。たぶん、公衆の面前で叱責なんかしてないんだよ。お母さん、危ないですから公園では遊ばせないでください、いやでも子供たちが……」

しゃべりながらだんだん口真似のようになってきた三浦が、声音を変えて嫁姑《しゅうとめ》二役を演じる。

「ならもういいです、私が家でみています、あらそう、じゃ私は帰るわね。——てな感じのやりとりぐらいしかなかったんじゃないのか」

「おばーちゃん、と大和が満子に助けを求めたというのは？」

「おばーちゃんバイバイってだけかも」

綾乃は大いに頷《うなず》き、自分が確認してきたことを話した。事件当日、尚志に空白の四十分があること。凶器となったダイニングテーブルの成分と患部から出た成分が一致しないこと。

「なんてこった――凶器は別にある、ってことか」

「恐らく、ブナの木でできた無垢材です。現場写真では、無垢材と思《おぼ》しき家具が見当たりません。頭をぶつけたのではなく、ブナの無垢材でできたなにかで頭部を殴られて亡くなったのかも」

「――なんだよ。過失致死どころか、殺人じゃねぇか」

「そういうことになるかもしれません」

「いまあの家をガサ入れしても――もうねぇだろうな」

「ええ。凶器はもう廃棄している可能性が高いです。所轄の鑑識にプリントアウトされていない当時の現場写真のデータが残っているかも。一旦《いったん》西新井署に戻って、確認してみましょう」


店に入った瞬間、昭和を感じる。

カランコロンとドアベルが鳴り、利用客の煙草の煙がわっと全身に絡みつく。まだこういう店が都心にあるのかと、五味は煙に目を細めながら店の奥へ進んだ。後ろから塩見がついてくる。

東池袋の雑居ビル二階にある、古い喫茶店が待ち合わせ場所だった。通り沿いの窓は全てステンドグラスになっており、外から差し込む光は薄暗い。天井から各テーブルに垂れ下がるランプの光も心細《こころぼそ》かった。

目当ての男は、奥の厨房《ちゅうぼう》前の席で、漫画を読んでいるという。それを目印に来てくれと言われていた。男は、本部組対にいる五味の同期の刑事の情報屋だ。池袋界隈《かいわい》を根城にする反社会勢力に詳しいブローカーだった。

事前の話通り、男は、奥の薄暗いテーブルで漫画を読んでいた。スキンヘッドに色付き眼鏡。いかにもその筋の人間と言った風情だ。読んでいる漫画は『すごいよ!! マサルさん』というギャグマンガだった。赤倉勝とかけているつもりらしい。

五味は無言で向かいの席に座る。隣の塩見がスーツの懐に手を入れた。名刺か警察手帳を出そうとしていたようだが、五味は止めた。こういう場では御法度だ。

「トーマさんですね。協力、ありがとうございます」

五味は重々しく、頭を下げた。相手は漫画を閉じ、色付き眼鏡の奥の細い瞳《ひとみ》をこちらに投げかける。トーマが苗字《みょうじ》なのか名前なのか、それともニックネームなのかは知らない。二十代にも見えるし四十代にも見えるのは堅気ではない男の特徴でもある。トーマはつるつるの頭を撫《な》でながら言った。

「あれ、普通の刑事がきた。警察学校の先生じゃないの」

見てくれを裏切り、ずいぶん声が高い。隣の塩見が噴き出しそうになっているので、慌ててその太ももをつねった。

「ええ、私は教官です」

「俺のことはすぐにわかった？」

「その漫画のタイトルで」

「そうそう。勝さん、組にいるときよくこれ読んで笑ってた。それ思い出してさ」

見てくれと声の高さのギャップは、塩見にはツボだったようだ。笑いを堪《こら》えようと肩を細かく震わせている。トーマは塩見の反応に気づかず、ぺらぺらと続けた。

「それで、江川《えがわ》さんから聞いてびっくり。勝さん、女の脱獄を手伝っているんだって？」


江川とは、トーマを紹介してくれた組対の刑事だ。

「彼は今年の二月まで府中刑務所に服役していたんですが、破門の経緯をトーマさんは知っていますか」

「破門もなにも、もう山坂組は看板掲げているだけで内部はスカスカだよ。もうあれは暴力団の看板をぶら下げたただの半グレだ、ってみんな言っている」

トーマは昨今の暴力団の内情を、嘆かわしいと言わんばかりに説明した。

「いまは暴対法とかなんちゃら条例ですっかりヤクザは骨抜きにされちゃったでしょ。シノギなんかピーク時の三分の一以下。みんな生き残りに必死で、高齢で使い物にならなくなっている組員をばっさばっさリストラしているのよ」

かつての暴力団といえば任侠《にんきょう》が基本。組に尽くしてきた老齢組員を決して見捨てることはなく、最後まで面倒を見るのが常だった。だがそれも、シノギがあり、資金が潤沢にあっての話だ。金がなければ、もはや力を失った高齢組員にやる金なんかない、というわけか。

「しかし赤倉は軍師と言われた男でしょう。高齢だとはいえ、武闘派と違ってまだまだ組にとって使い道があると思いますが」

「軍師ゆえの、というところじゃないの。シノギの種類が変わってきたことで、いまの組の在り方と勝さんの考え方に相違が出てきたのが原因でしょうよ」

さっき言ったでしょ、とトーマは胸を寄せるようにして身を乗り出してくる。

「いまはもう、山坂組の看板をぶら下げた半グレ集団だって」

「半グレが組を仕切っていると？」

「組長と若頭は確かに揃っているけど、発言力なんか殆《ほとん》どなくて、杯を交わしていない〝業務提携〟している半グレに殆ど運営権を取られちゃってるの」

「その半グレの資金源は？」

「オレ詐欺」

なるほどな、と五味はため息をついた。

高齢者を食い物にする詐欺の被害額は増える一方で、警察も摘発に努めているが壊滅の目処《めど》は立っていない。手口は巧妙化の一途をたどっている上、オレ詐欺集団には独特の組織運営がありそのほとんどを半グレが仕切っている。

暴力団は基本的に詐欺はしない。それは任侠という考えから大きく外れるからだ。だが、暴対法や条例による締め付けでシノギにありつけない彼らは、オレ詐欺組織を牛耳る半グレ集団と手を組みつつある、ということか。

「勝さんはさ、自分がお勤めに入っている間に、山坂組がとうとうオレ詐欺に加担するようになったと聞いて大激怒よ。母体の立仁会の重鎮に、オレ詐欺やってる組員を破門するように働きかけたらしいんだけど、立仁会の方は上納金欲しさにオレ詐欺に目をつむって、勝さんの方を切ってしまった、ってわけよ」

破門の理由を警察に口にできないわけだと、五味は頷く。隣の塩見はもうトーマの声の高さに慣れたのか、興味深そうに現在の反社会勢力の構図をメモしている。塩見の懐のスマホが、メールを受信したような短いバイブ音を連発していたが、塩見は無視してペンを走らせる。

五味はトーマに礼を言い、席を立った。伝票を摑《つか》んでレジで金を払う。物足りなそうな顔の塩見に「もうあれで十分わかった」と五味は言う。

「どういうことです」

近隣のコインパーキングに停めた車両に戻る。五味は助手席に座り、シートベルトを締めながら答えた。

「赤倉が今回のことを起こした動機だよ」

「動機——妻の冤罪《えんざい》を晴らす、ということじゃ？」

「そこまで深い夫婦愛があると思うか。文通と無立ち会い面会だけで婚姻した。紘子にとっては脱獄の知恵を借りたいがための入籍だが、赤倉には利点がない。金にもならないんだ」

「けれど、軍師として再びアングラ世界に名を馳《は》せることはできるかも」

「名を馳せられるだけじゃ組にいれないってことは、いまのトーマの話でわかったろ。山坂組の懐事情は相当厳しいし、不条理な理由で組から破門されたのに、それでも赤倉は出所後、ブローニングを買ってくれと山坂組を頼っている」

「二丁五万円というとんでもない金額を提示されたという話でしたね」

「ああ。そしてアパートを家賃滞納で追い出され、ホームレスになった」

刑務所の紘子とは、私書箱を通じて文通していたらしい。私書箱はヤサを警察に探られないためではなく、本当に家を借りる金がなくホームレスになっていたから、利用せざるをえなかったのだろう。

「動機だけでなく、赤倉の杜撰《ずさん》な計画にどうにも矛盾を感じていたんだが――」

「あれのどこが杜撰ですか。窓をアルミホイルで覆うとか、大人のおもちゃを壁につけるとか、警視総監の車を乗っ取るとか――それはさすがに失敗したようですけど、めちゃくちゃ緻密《ちみつ》な計画立てていているじゃないですか」

「立てこもりから逃亡まではな。だが、紘子の冤罪事件捜査についてはどうだ？　冤罪を捜査しろと宣言したときにはもう立てこもり現場にはいなかった。現場から消えてしまったら、捜査の進捗《しんちょく》状況を知ることができない。警察と交渉できないじゃないか」

「冤罪事件の捜査がどう進展しようと、赤倉勝にとってはどうでもよかった、ということですか」

「そう。一連の事件の流れを見ても、立てこもりまでは緻密な計画を立てているのに、逃亡後のことや冤罪事件捜査の展開次第でどう決着をつけるのか、その点について匙《さじ》を投げているように見えるのは、どうでもいいと思っていたからに他ならない」

「立てこもり事件を起こしたけれど、冤罪かどうかはどうでもよかった？」

「うん。そして立てこもり犯としては罪が重くなることばかりしている。立てこもり場所として警察施設を狙う、人質は全員警察官、違法所持けん銃の発砲の強要。そして、当初の計画では警視総監の車を乗っ取ろうとしていた。罪は重くなる一方だ」

「――つまり」

「ああ。恐らく赤倉勝は、刑務所に戻りたいんだ」

赤倉勝は今年の二月まで府中刑務所にいた。

府中刑務所は主に、東京拘置所で裁かれた既決囚のうちで累犯が収容される施設だ。前科四犯の赤倉は、初犯こそ黒羽《くろばね》刑務所だったが、残りは三回とも府中刑務所に収容されていた。

府中刑務所、と思って五味はすぐさま、紘子の雑記帳の画像を見直した。綾乃が付箋《ふせん》を貼った不自然な部分で、最後まで、解釈ができなかった一か所がある。

ベーカリー　フォーテン。

足立区晴見町――ベージュのサンドイッチ。そして十時半を筆頭に記された四つの〝焼き上がり時間〟。

府中刑務所は府中市晴見町にある。五味は改めて、スマホで住所を調べてみた。

府中市晴見町4―10。

「なるほど。フォーテンという店名は住所そのものだったのか」

塩見はすぐさま車のエンジンをかけて、府中刑務所へ車を出そうとする。その行動とは裏腹に、納得いかない様子で五味に尋ねた。

「つまり、紘子の逃亡先は府中刑務所、ということですか」

「他には暗号が記された箇所はないから、そうとしか推論できないが」

「変ですよね。刑務所に逃亡……」

「ネックはこの〝ベージュのサンドイッチ〟と、焼き上がり時間だな。これが何を意味するのか――」

「とにかく、府中刑務所に向かいましょう」

すでに日は落ち、あたりは薄暗い。バックミラーに白い月が昇っているのが見える。

五味は府中刑務所に電話をかけて、赤倉をよく知る刑務官から話を聞けないかとアポを取った。電話対応に出た事務員は驚愕《きょうがく》の声を上げた。

「えっ、いまニュースでやっている警官連れ去り事件の件で、ってことですか」

どうやら、夕方になってようやく警視庁は事件を発表したようだ。だが警察学校の教場で立てこもった、という事実をすっ飛ばして、警察官とそのOBが人質になって連れ去られたとしか報道していないらしい。事実を突き詰めれば誰も立てこもっていなかったので、嘘ではない。

五味への発破のかけ方にしろ、マスコミ発表の内容にしろ、本村は実に巧妙だ。

電話を切り、塩見に言う。

「府中刑務所は紘子の件、対岸の火事といった様子だった」

「──つまり、紘子がそこに逃亡した様子はないってことですよね」

塩見は眉間《みけん》にしわを寄せ、難しい顔をする。

「ベージュのサンドイッチ、それから焼き上がり時間の意味、なんですかね」

「その前に、お前の母親の名前が使われた件だ。改めて、心当たりは？」

「いや、それが──辞めた八人のうち、親しくしていたのはいないので、母親の名前を告げた覚えはないです」

「恋人関係はどうだ。彼女になら、将来的なものも含めて母親の話をしたりしないか。その辞めた八人と共通の友人がいれば──」

塩見は渋い顔になった。再び、塩見のジャケットの内側の方から、スマホの短いバイブの音が聞こえ始める。大量のメッセージを受信している音だ。

「お前、恋人は」

「――一応いますけど、警察学校での共通の友人はいないです」

「さっきからやかましくメッセージを送ってくるのは、恋人か」

ああすいません、と塩見は信号待ちを利用して、スマホを出した。ちらりと横目で画面を見る。「親戚《しんせき》のおばさんです」と答えたが、登録名には「葉子」とあった。

五味の視線を敏感に察し、塩見は言い訳する。

「葉子《ようこ》っていうのは本当に親戚のおばさんですよ。母の妹。ほら見てください」

塩見は言って、スマホを五味に渡した。『お母さんがショック受けて私に電話かけてきたよ。悦ちゃんの名前が犯罪に使われているってホントなの』という内容のものが言葉を変えてずらっと並んでいる。葉子というアカウント名からのメッセージだが、顔写真を見ると確かに中年のおばさんだ。

「紛らわしい」

「ほんと、SNSでやり取りすると、こういうことありますよね」

メールと違い、SNSでは相手先の表示名をこちらで登録できない。五味は父母の番号を「父」「母」と登録しているので、電話がかかってくれば「父」「母」と表示されるが、SNSでは相手が自分の名前で登録していれば、その名前がディスプレイに表示される。

五味ははたと思いつき、顎《あご》に手をやりながら尋ねた。

「もしかして——お前も母親とSNSでやり取りしているか」

「ええ、母も去年からスマホに変えたので……」と言ったところで、塩見は「あっ！」と気づいたように叫んだ。

「母からメッセージが来れば『悦子』って表示されます」

「——協力者は、お前のスマホを見て母親の名前を知ったのかもしれんな」

「俺のスマホを知らぬ間に盗み見ていた、ってことですか」

「外出先なんかで、不用意にスマホをいじりながら飯を食ったり、スマホを置いたままトイレに行ったりとか——」

「さすがに後者はないですが、基本的に俺、食事中はスマホいじっちゃいます。ただ、学食はスマホ禁止ですよね」

「学習班の奴らはどうだ」

「学習室もスマホ禁止ですよ」

　スマホや携帯電話の使用は週末の外出時、または平日の自由時間のみ寮の個室で使用が許されている。

「いや、外出時は基本、班行動で学習班の奴らと一緒だろ。その時の外食で、とか」

　塩見は首を激しく横に振った。

「うちの班に退職者はいません」

「それじゃ、お前の寮の個室によく遊びに来ていた退職者とか、いないか？」

「うーん。基本的に、退職者はみな場長だった俺に一度相談に来ますから、八人全員、俺のスマホを見ることはできたと思います」

五味は頭を抱えた。

「なんだよ、全く絞れないじゃないか」

塩見と一旦《いったん》運転を替わる。塩見は退職者八人と連絡がついたか、学校に残っている教場の仲間に電話をかけた。いまのところ、三人と連絡がついたらしい。うち二人はすでに再就職しており、もう一人は無職のまま、実家でフラフラしているという。

電話を切った塩見に五味はまた、ため息をついた。

「それだけの情報じゃ、共犯者かどうか絞り切れないな」

「再就職していた二人は容疑者から外していいんじゃないですか？　事件発生時の昼間は仕事中だったはずですよ」

「ただ警察学校内部の情報を与えただけの共犯者だぞ。アリバイは関係ない」

そうでした、と塩見はため息をついた。

結局、共犯者が八人のうち誰なのか絞り切れないまま、車は府中刑務所に到着した。おおよそ刑務所らしくないベージュ色の外塀を右に見つつ、外門を通過して面会人専用の駐車場に車を停めた。

「外壁、ベージュなんですね」

でも、〝ベージュのサンドイッチ〟に繋《つな》がりそうで繋がらない、と首を傾げる。正門へ向かった。

「どうも、お世話になっております」

アポを取っていた府中刑務所の刑務官は、正門で五味と塩見を迎え入れた。モダンなレンガ造りの建物が正面にそびえ、赤い御影石に彫られた『府中刑務所』という立派な銘板が添えられている。この美しい外観は、許可を得て警備員が立つ外門を通過しないと、見ることができない。

　出迎えた刑務官は、敬礼ではなく制帽を取って軽く会釈するような挨拶《あいさつ》をした。名刺交換する。相手は細川《ほそかわ》という、第四区11工場担当の刑務官だった。出役から還室――つまり、房を出て工場で作業をしてまた房に戻るまで、工場担当刑務官は一日の大半を受刑者とともに過ごす。刑務官の中でも花形の役職らしい。受刑者から〝オヤジさん〟と親しみを持って呼ばれる存在だ。

　細川刑務官の制帽の下からはロマンスグレーの髪が覗《のぞ》く。もう定年間近のベテランといった様子だった。

「赤倉とは長い付き合いなんですよ」

　言いながら五味と塩見を連れて、外塀沿いの道を西へ――JR武蔵野《むさしの》線北府中駅がある方へ向かって歩き出した。高い塀の中は望めないが、道の反対側は職員専用の官舎がずらりと並ぶ。昭和のニュータウンのような光景だった。

「自分もまだ、赤倉と初めて会ったときは二十代のペーペーでしたよ。そのころからの付き合いで、なんだか今回の件を聞いて、他人事《ひとごと》でいられなくって」

やがて、西側の外門を出ると、JR武蔵野線が見えてきた。外塀と武蔵野線に挟まれた府中街道を、北へ歩く。最近は見かけることが少なくなった長い貨物列車が、のんびりと行き過ぎていく。

「出所のたびに、もう来るなよって言うんですけどね。赤倉は決まってこう言う、また来る、俺はそういう組織にいるんだ、ってね。やれやれな男だった――あそこです」

細川刑務官は目の前を示した。巨大なコンクリートの扉があるが、ベージュ色なので威圧感はない。

「満期を迎えると、いつも受刑者はこの出入り口から出所です。私が赤倉を最後に見送ったのも、ここでした。ちょっと入ってみます？」

細川刑務官の表情はどこか無邪気だ。

彼は、今回赤倉が起こした事件の動機に気が付いているのだと五味は思った。

細川刑務官は腰につけた無線で扉を開けるように監視塔へ指示した。巨大なコンクリートの壁が開く。どうぞと促されたが、その先まったく同じようなコンクリートの扉がまたお目見えする。二重構造になっているのだろう。

「片方が完全に閉じないと、もう片方は絶対に開かない構造になっているんです」

誇らしげに言った細川刑務官だが、二つ目の扉を開けるつもりはないようだ。五味と塩見はベージュ色の二重扉の間に挟まれた、広々とした空間に、立ち尽くした。

電車が通過する音が遠くから聞こえる。さっきまではやかましいほどだったが、二重扉の空間にいると、空は繋がっているのに不思議と音が遠くなる。娑婆《しゃば》と監獄を繋ぐ、不思議な空間だなと五味は思ったが……。

ベージュのサンドイッチ。

この空間のことだ。

五味は慌てて、スマホを出して紘子の雑記帳の画像を表示させた。細川刑務官に示す。

「この〝焼き上がり時間〟、何を意味するかわかりますか」

これは紘子の雑記帳で、一連の事件を暗号化したものだとも付け足す。細川刑務官は懐から老眼鏡を出して目を細め、十時半から始まる四つの時間を見る。

「例えば、刑務所内でこの二重扉が開く時間とか」

「ここが開く時間は不定期ですよ。受刑者の出所とか移送とかでしか、開けませんから

――あ、でもこれ、たぶんあれかな」

府中刑務所文化祭、と細川刑務官は言う。

「毎年文化の日にやるんですよ。外門を開けて、官舎のある方を一般開放するんです。刑務作業品を販売したり、刑務官のバンド演奏があったり。警察関係のブースもありますよ。白バイやパトカーの試乗とか。イベントの中で一番人気があるのが、プリズン・ツアーです」

この場所から一般人を塀の中に通し、工場や風呂場《ふろば》、運動場などを一般公開するのだ

という。

「もちろん、受刑者は房にいますので接触はありませんがね。確かプリズン・ツアーの出発時刻が、この〝焼き上がり時間〟と同じです。十時半から始まり一時間おきで、十二時台は昼食時で職員の数が足りないのでやっていない。受付は十四時までなので、最後のツアーは十四時半出発で終わりです。文化祭自体が、十五時までなので」

暗号が解けた——と五味は思ったが、塩見は不可解な顔をするばかりだ。

「それはわかりましたが、逃亡先にはなりえませんし、文化祭は一か月先ですよね。一体このプリズン・ツアーでなにをするつもりだったんでしょう」

「いや——この暗号が解けたことで、一連の事件最大の謎が解けた」

もう一人の協力者は誰なのか。

「僕の母親の名前を突き止めて、赤倉勝に教えた人物がわかったんですか」

「尚且《なおか》つ、紘子が八王子医療刑務所へ移送される日取りを指定できた人物、と話しただろ」

やっぱりそんな人物いませんよ、と塩見は首を傾げる。

「刑務所の事情をコントロールできる人物で、尚且つ警察学校の行事にまで詳しい人物なんて——」

「ああ。いない。いなかったんだよ」

「——え？」

「移送時期をコントロールすることは不可能だ。だが秋ごろに移送が行われるとある程度目論見《もくろみ》を立てて、その期間内に、府中市内で人が集まる行事を選抜したんだ」

それが、警察学校の卒業式と、府中刑務所の文化祭。

話についていくのがやっとという感じの細川刑務官は目を丸くする。

「まさか——それじゃ、移送がもっと後だったら、うちの文化祭で立てこもりをするつもりだったってことですか」

「でしょうね。このプリズン・ツアーはだいたい一度に何人を中に連れて入るんですか」

「一回のツアーの定員は三十名です」

「この〝ベージュのサンドイッチ〟に入ったところで、立てこもりをするつもりだったのかも」

「まさか、監視塔から丸見えの場所で、簡単に銃撃できますよ」

「紘子はブローニングを二丁持っています。人質を取っていれば手出しはできないでしょう。そもそも、実際には警察学校の教場に立てこもったほどなんです。警察官を出し抜く計画を立てたから、刑務官だって難しくないと紘子は——いや、赤倉は考えたに違いありません」

五味の意見に、塩見は首を傾げる。

「いやでも、実際は立てこもりと見せかけて警視総監を人質に逃走しようとしていたんですよね。こんな、監視塔から丸見えの場所じゃ逃げられませんよ」

「……うちの所長を道連れにしようとしていたのかな」

細川刑務官も言ったが、五味は否定した。

「いえ、雑記帳の情報にはもう車のナンバーと思《おぼ》しき記載はなかった。もしかしたら、逃げているつもりはないのかも」

わからない、と塩見や細川刑務官が首をひねって、五味を見つめる。

五味は細川刑務官に尋ねた。

「ところで細川刑務官はなぜ我々をここに？　赤倉にとってここがなにか重要な意味を持つ場所だと思ったからですよね？」

もちろんです、と細川刑務官は大きく頷《うなず》いたが、一方で自信がなさそうにこめかみを掻《か》く。

「赤倉を最後に見た場所がここだった上に、その時の光景がなんとも言えずわびしいものだったので――」

赤倉のかつての出所光景は壮観だった、と細川刑務官は言う。

「ずらーっと組員が頭を下げて並んで、待ってるんです。遠くには黒塗りのベンツが待機していて〝赤倉先輩、お勤め、ご苦労様でしたーっ！〟って控えの奴らが列をなしてざざっと一斉に頭を下げる。塀の中じゃ小柄で目立たなかった赤倉が、塀の外に出た途端、暴力団幹部としての威厳みたいなもんが急に漂う。それでもう、私の方なんか振り返りもせずに、下っ端が開けたベンツの扉の中に颯爽《さっそう》と入って、さーっといなくなっちゃう。組員恒例の出所光景なんですがね。それが二月——」

最後の二重扉が開いた瞬間、そこに広がる光景を見て、赤倉はたじろいだという。

「——誰もいなかった。ときたま通行人と、車が通って、いまみたいに電車がくる程度で。誰もいない。満期出所しても誰の迎えもないなんて受刑者は結構いるけど、赤倉の場合はこれまでの豪華な出迎えの列があったから、余計にわびしく思えて。私、思わずその場で言っちゃったくらいです、組に電話してやろうかって」

「赤倉は破門されたことを知らなかったんですか」

そういうことだ、と細川刑務官は大きく頷いた。赤倉にとってこの〝ベージュのサンドイッチ〟は娑婆に居場所がないことを痛感させられた場所、象徴、ということか。刑務所に戻りたい、赤倉の……。

「赤倉の奴、ひとりで駅の方へ歩き出したはいいけど、この界隈《かいわい》をひとりで歩いたことなんかないし、準備もしていなかったから、何度も立ち止まってきょろきょろして、私に助けを求めるように振り返ってた。北府中駅から電車に乗って北朝霞《きたあさか》で乗り換えれば、池袋に出られるぞって教えたんだ。そうしたら、こんなしょぼい駅をスタート地点にしたくないと。どこかでかい駅はないかと聞くから、京王線府中駅まで出れば、デパートやシネコンなんかもある、と教えてやった」

すると赤倉は「ひとり出所祝いに映画でも観るよ」と自嘲《じちょう》して歩き出した。

「あの背中——私も長く刑務官やってるけど、あんなわびしい背中を見たことない。寒い日だったし——二月二十日。晴れてたんだけど、木枯らしが強く吹きつける日でさ」

隣の塩見に大きな反応があった。細川刑務官に食らいつく。

「赤倉の出所日が二月二十日？　本当ですか！」

「ええ、あなた方から一報を受けて、改めて書類を確認しましたから」

塩見は今度、五味に食らいついた。

「五味教官、繋《つな》がりました！　今年の二月二十日。俺が警察学校でやらかした——」

忘れるはずがない。

「ボイコット騒動を起こした日か」

「はい。そしてあの日は、長田教場から八人目の退職者が出た日でした」

退職者が出たことを告げる掲示板の前に茫然《ぼうぜん》と佇《たたず》んでいた塩見——その追い詰められた背中と、何かを決意してぎゅっと握られた拳《こぶし》を、五味はよく覚えている。

「退職者は新井省吾《あらいしょうご》巡査。二月二十日——俺は退職することになった新井を正門で見送ったのですが、赤倉と似たようなことを言っていました。長田教場は監獄だった、と。そして——」

ひとり出所祝いに映画でも観てくる。

新井はそう言って、府中駅方面へ歩き出したという。

第六章　凶悪な聖母

綾乃は三浦を伴い、足立区内にあるショッピングモールに足を運んでいた。

つい二十分ほど前まで、じっとパソコンにかじりついて画像を確認していたので、目がちかちかする。目頭をもみながらエスカレーターを上がった。

大和の頭部の傷に残された微物から、大和はダイニングテーブルの角に頭をぶつけたのではなく、ブナの無垢《むく》材を使った何かとの接触で脳挫傷《のうざしょう》を起こしたと推理できる。西新井署に戻り、千枚近く撮影された当時の現場鑑識写真をくまなく見た。ブナの無垢材でできた家具や物が現場になかったか探す。前川ら強行犯係だけでなく、刑事課員が総出で作業を手伝ってくれた。

当然、この作業は徒労に終わる可能性があった。

尚志か留美か満子か——誰が犯人だったとしても、紘子に罪をかぶせて過失致死と見せるための偽証だとしたら、当然、凶器を通報前に廃棄している可能性が高い。それでも、綾乃は確認作業を続けた。刑事捜査は1の真実をあぶりだすため、99の無駄を一つずつ潰《つぶ》していく作業なのだ。

「これ、無垢材っぽくないすか」

作業から一時間ほどして、前川が声を上げた。うつぶせに倒れている大和を、L字キッチンから写したものだ。リビングの方に木製のレールのおもちゃがひょうたん形に組まれた状態で置きっぱなしになっている。

「確かに——子供向けのおもちゃに無垢材って、結構あるよな。口に入れても安全ってアピールして」

薄っぺらなレールでは凶器になりえないが、その上を走る汽車なら——。だが、汽車のおもちゃはどの鑑識写真にも写っていない。そもそも、乳幼児向けのおもちゃで人を撲殺できるか。それで綾乃と三浦は足立区内のショッピングモール内のおもちゃ売り場にやってきたのだ。

平日の午後八時前。親子連れが買い物をするには遅い時間だからか、おもちゃ屋に客の姿はない。暇そうに店先に突っ立っていた店員が、乳幼児向けコーナーへ案内してくれた。「これですね」と店員が陳列棚から引っ張り出したのは、ずいぶん大きな箱だった。綾乃も手伝うとずっしりと重たい。

「この中に、直線、カーブ、二股《ふたまた》とかのレールが全部で三十個と、連結できる汽車が二つ入っています」

実物を袋から出してくれた。汽車は上部に、子供が握ることができる取っ手がついていた。これなら咄嗟《とっさ》の撲殺に使える——と振り上げてみる。

「──予想以上に軽いですね」

商品説明を見る。汽車の重量は三百グラムとあった。綾乃はがっくりと肩を落とした。

「これじゃ子供の頭であっても、とても撲殺まではいきません」

三浦もおもちゃを手に取り、振り下ろしてみる。

「そうだな──大人がどれだけ力を入れても、ひどくて頭蓋骨《ずがいこつ》骨折ぐらいか」

綾乃はあきらめきれず、店員に食い下がった。

「このシリーズのおもちゃで、もう少しサイズが大きいものとか、一キロ近くあるような付属品はないですか」

店員はきっぱりと首を横に振った。

「ないですね。あっても重量はせいぜい五百グラム程度かと思います。安全上の問題もありますし、一キロも重さがあったら乳幼児は遊べませんからね」

ですよね、と綾乃はがっくりとうなだれた。三浦はまだ、あきらめない。

「他のおもちゃはどうでしょう。ブナの無垢材を使用したもので、それ相当の重量があるもの。尚且つ、三歳児前後が利用するようなおもちゃ」

店員は厳しい表情で、首を傾げた。

「いや〜、ないと思いますよ。乳幼児向けで一キロ超えるおもちゃ……一般にそういうものが流通しているとは思えません」

綾乃ははたと顔を上げた。

「一般には流通していない。でも手作りなら——」

三浦もすぐピンときたようだ。

「そういえば、添島尚志は佳音にキッチンのおもちゃを手作りしてやったと……」

綾乃はつい二時間前に宮ノ前建設の駐車場で見た、材木置き場を思い出した。建築材ならブナの木は安価だし大量にあるはずだ。

綾乃は思わず上司の腕を摑《つか》んだ。

「すぐ宮ノ前建設に戻りましょう！」

面パトに乗り込み、再び隅田川を渡る。運転席でアクセルを強く踏んでしまいそうになる。助手席の三浦はもっと前のめりで、サイレンを屋根の上に出して「飛ばせ、飛ばせ」と綾乃を急《せ》かした。

サイレンを鳴らして乱暴に車を駐車場に入れた。敷地内にある自宅から棟梁《とうりょう》の夫人がなにごとかと顔を出した。運転席から降りてきた綾乃を見て、また来たの、という顔をする。

「何度もすいません、奥さん。もう一つ、大至急でお聞きしたいことがありまして」

「いいわよ、事務所へ入って」

事務所内は現場から戻った職人たちが缶コーヒー片手に休憩していた。その片隅にある応接スペースに案内されたが、綾乃はソファに腰を下ろす時間ももったいなくて、尋ねた。

「添島さん、ここの廃材を使って手作りのおもちゃを作っていたと思うんですけど」

「ええ、手先が器用だし不倫はしても子煩悩だからね。キッチン台とか、汽車のおもちゃを作っていたわ」

「汽車――ブナの無垢材とかを使ったんじゃないですか⁉」

前のめりになった綾乃にびっくりして、夫人は首を傾げた。

「ブナかどうかはわからないわ。でもブナは安価でフローリングによく使用されるから、うちに大量に廃材や角材があるわよ」

「汽車のおもちゃ。どんなものでした？」

「確か、自宅に木製の汽車のレールのおもちゃがあって、でも広和《ひろと》君が汽車だけ壊しちゃったの。それで、新しく汽車を作ってと、双子にせがまれたって言っていたわ」

せっかく作るんだからでかいものにして、と言われていた、と夫人は笑う。

「添島君はそれで、二階建ての豪華な汽車を作っていたわよ。やすりまでかけてね」

「二階建て――それ、重量がどれくらいあったとか、わかりますか？」

「重かったわよ〜。一キロのダンベルぐらいあって、紘子さんに〝重すぎて危ない〟って叱られてたわ。子供たちは大喜びだったけどね」

三浦に確認する。

「添島家に手作りのおもちゃ、なかったですよね」

「もう広和は使う年齢じゃないからな」

「せっかく作ったのに捨てるのは不自然ですよ——事件の四か月後には、留美の妊娠が発覚しているんですから」

「だが、なかった」

「ええ。捨てたんです」

「凶器だからか」

綾乃は大きく、頷《うなず》いたが——現物はもうない。ならば、再現するしかない。綾乃は夫人の方へ再度、向き直った。

「そのおもちゃの形状や大きさをなんとか思い出せませんか。紙と鉛筆を——」

イラストに書き起こし、ブナの角材を使用して警察が自力で作る。そう言おうとしたのだが、夫人は老眼鏡をかけて、二つ折り携帯電話をピコピコと不器用そうに動かす。

「写真を撮ったのよ。確か残っていたはず——」

綾乃も三浦も同時に「写真⁉」と夫人の肩にしがみつきそうになった。

「ええ。早く完成を見たいからって、紘子さんが双子を連れてここまでやってきたのよ。危ないからあっち行ってろって添島君が言うのに、双子は一生懸命首を伸ばして、添島君がやすりをかけるのを見ていて。かわいかったのよ〜。だからつい、写真を撮ったの」

あった、これね、と夫人は改めてその写真を見て頬を緩ませる。三浦と綾乃に画像を示した。

夫人は古い二つ折り携帯電話を使用しており、画像はかなり粗い。丸椅子に座って汽車にやすりをかけているらしい添島の真剣な顔が斜め上から写っている。双子が身を乗り出しておもちゃを見ている横顔もある。実にほほえましい写真だが――三浦は失望のため息を抑えられない。

汽車の形状がよくわからない。添島はそれを太ももの間に挟み、軍手の手で作業をしている。ブナの無垢材の一部が少し見えている程度だ。しかも画像が粗い。三浦はすがるように尋ねた。

「奥さん、他に画像はないですか」

「これだけよ、ごめんなさいね」

大丈夫――と綾乃は肩を落とす三浦を強い瞳《ひとみ》で見た。

「ここ、見てください。もう一人、写真を撮っている人物がいます」

その姿は見切れてしまって写っていないが、確かに、スマホを持った腕が写っている。正面から添島の作業と子供たちの興味津々の横顔を、とらえている。夫人も頷いた。

「この手は紘子さんだわね。彼女は確か何枚も撮ってたわよ、写真」

「このスマホはいま……」

三浦が綾乃を見た。

「恐らく、栃木刑務所が領置して、いまは府中署です」

まだ画像が残っているかもしれない。府中に戻る――綾乃は踵《きびす》を返した。

新井省吾元巡査の実家は立川市にあった。

警察学校退職者——組織に本格的に入る前の段階ではじかれてしまう学生は少なからずいて、ひと教場だいたいひとりか二人は辞める。塩見が場長を務めていた一二八九期長田教場などは多い例で、前半の三か月だけで八人が辞めた。

二月二十日、長田への抗議も込めて塩見は大盾訓練のボイコット騒動を起こし、長田は一旦《いったん》、教官職を外された。その後はずっと五味が自教場と長田教場の両方の面倒を見ていた。それから長田教場では、退職者はひとりも出ていない。

それで満足していた自分を、五味は恥じた。

あの時、追われた者へのフォローが殆《ほとん》ど頭になかった。新井巡査はあと一日耐えていたら、まだ警察官だったかもしれない。いや、新井が辞めなかったら、塩見は動かなかったともいえる。突き詰めて考えていけば、新井が長田だけでなく塩見や五味にも恨みを募らせていたことは容易に想像できる。

だからこそ、乗っ取り現場は旧53教場でなければならなかった。

警察学校の正門を、大荷物を抱えて出ていく——映画でも観る、と言って立ち寄ったのが、実家のあるJR立川駅へ向かう途中にある府中駅前の映画館だったのだろうか。

同じ日、赤倉も府中駅前の映画館へひとり、向かっている。

どちらも組織を追われた孤独な身だったことは間違いない。

アポは取らずに、新井の実家に向かった。

彼はいま容疑者のひとりであり、逃亡の恐れがあるからだ。

扉を開けた母親と思《おぼ》しき女性は、五味と塩見が一斉に警察手帳を示し「ご子息の省吾君はおられますか」と尋ねた時、どこかほっとしたように破顔した。

「あら——もしかして、迎えに来てくださったんですか」

警察学校。また戻れたらいいのにと夫と話していたんですよ、と母親は微笑む。

「ありがとうございます、これからもよろしくお願いします」

頭を下げられてしまった。

「すいません、省吾はいまちょうど面接から帰ってきたところで……今日もうまくいかなかったみたいで」

と、階段の方を見る。

「では、二階の部屋に直接伺います」

「どうぞ元気づけてやってください。突き当りの部屋です。後からお茶を——」

「いえ、お母さん、結構です。本当に」

塩見が説得するように断った。

揃って二階へ上がる。

突き当りの部屋をノックし、返事を聞かずに五味は扉を開けた。新井はまだリクルートスーツ姿で、力なくネクタイを取ったところだった。「勝手に入ってくんな！」と反射的に怒鳴ったが、そこに立つ二人の男を見て、口を閉ざした。そのまま視線を宙に浮かせ――ふっと、笑う。

いずれ警察がここに来ると、わかっていた顔だった。そして「よりによって」と呟《つぶや》く。よりによって、正式な刑事でなく、あの時新井を見捨てた教官の五味と、新井がギブアップするまで動かなかった場長の塩見が来た――そんな風に思っているに違いない。声をかけあぐねている五味より早く、塩見がぽつりと声をかけた。

「髪――伸びたな」

新井はベッドに腰かけ、長く伸びて横に流している髪をかき上げた。

「五分刈りなんて、二度とするかよ。お前も、もうちょっと長い方が似合うよ」

「これ以上は無理だ。交番にいるから」

「そうだな。外勤警察官は見てくれをうるさく言われるからな。あ、五味教官、お久しぶりです。どうぞテキトーに座って下さい」

いかにもいま気づいたような風情で、新井は乱暴に頭を下げる。その一連の動作のどこにも、警察礼式の名残がない。必死にそれをかなぐり捨ててきた八か月だったのか、と思う。

五味は座りながら窓辺にある簡素なデスクに視線を飛ばした。

中小企業診断士の資格取得のテキストがずらりと並んでいた。そういえば新井は簿記の資格も持っている。将来は本部捜査二課で知能犯捜査に携わりたい、と言っていた。

脱税や粉飾決算などの解明に必要な貸借対照表なども理解できる様子だった。一方で、術科が苦手で長田のペナルティに苦しんでいた。ひどい筋肉痛で鉛筆を握れない日もあった。乱れた字で提出した日誌『こころの環《わ》』を見て、長田は「こんな汚い字で提出するな」と更にペナルティを科していた。そして新井は指導の緩かった五味教場を羨《うらや》み——その羨望《せんぼう》の眼差《まなざ》しすらも長田は目ざとく見つけて激しく叱責《しっせき》した。

新井が五味の視線の先を追い、長い髪をかき上げた。忙《せわ》しなく貧乏ゆすりしながら言う。

「コンサル系の企業回ってるんですけど——いっつも面談で落ちるんすよ。え、警察を一年もたないで辞めたの、って。それからはなんか、根性ナシみたいな扱いを受けちゃうもんで、こっちも腹立っちゃうじゃないですか。それでいつも、落とされちゃう」

でもさ——と激しく足を揺らして言う。

「教官のパワハラがひどくてって言ったって、警察学校ってそういう場所でしょ、みんな普通に耐えているんでしょ、みたいな顔で返してくる。俺がよっぽどの根性ナシみたいな顔で。警察ってずるいですよね」

新井は五味たちから顔を背けたまま、警察を糾弾する。

「警察学校、自殺者めっちゃいるじゃないですか。教場から飛び降りたとか、教場で首吊《つ》ったとか。飛田給の駅で電車に飛び込んでぐちゃぐちゃになったのだっているでしょ。そういの、ぜーんぜん公表しないんですね」

「自殺はいちいち報道されないことくらい、わかるだろう。けん銃を使ったとかよほど特異な方法でない限り、身元の報道はされない」

「なら、俺もう声を大にして言いたいです。警察学校在籍者で、自殺しようとしている奴、是非とも射撃場で頭撃ち抜いて自殺してくれ、って」

塩見は五味の斜め後ろで、じっと唇をかみしめている。

「そしたら、世間は警察学校脱落者に対して、こんな蔑《さげす》んだ態度取らないと思うんだけどな……つうか、なんで言わないんです」

床に座っている五味と塩見をベッドに座った新井が見下ろし、言い放った。まるであちらが刑事で、こちらが容疑者のようだ。

「はっきり聞いてくださいよ、犯罪者に協力しただろ、って。でもあれだ。二人とも、俺に対する申し訳なさがあるから、しおらしくしているってことですよね。あと一日、あとたった一日、急いでくれたら、俺は五味教場に入れたんじゃないんですか！」

新井が感情を爆発させた。警察官でいられたのに、と目から涙が噴き出す。

「塩見。ボイコットすんのおせぇよ。俺の退職見届けてからじゃなくて、俺が退職を決意したときに言ってくれたら――ボイコットする、長田を辞めさせるって。そうしたら俺、辞めなかったぜ。学校の外周を酸欠者が続出しても走り続けていたんだろ。俺も一緒に走りたかったよ、お前と……！」

「だからって犯罪者に協力していいことにならない！」

塩見が厳しく、言い返した。

「うるせぇよ、上から目線はやめろ、いつまでも優等生ぶりやがって――」

「なんだと！」

双方がほぼ同時に立ち上がり、互いにワイシャツの襟首をつかみあう。

「認めるんだな」

殴り合いをけん制すべく、五味は静かに言葉を放った。

「赤倉勝に塩見の母親の名を教え――教場の場所、恐らくは警察学校の内部構造や正門への入り方など、立てこもりのアドバイスをしたと。認めるな」

新井は塩見から手を離した。だが、塩見はなかなか新井を摑《つか》む手を離さない。怒りではない感情が塩見に渦巻いているのがわかる――新井の襟首をつかんだまま、ただうなだれている。

「わざわざ旧53教場を立てこもり現場に選ばせたのは、お前の私怨《しえん》ってことか」

「いま長田教場が入っているんでしょう。うってつけだと、誰だって思いますよ」

新井は不貞腐《ふてくさ》れたように笑い、顎《あご》で部屋の隅を指した。

「――見てくださいよ、あの荷物」

五味の背後――部屋の扉のすぐわきに、黒い布製のキャリーバッグに黒いビジネスバッグ、スポーツバッグが重なって置いてある。

「八か月前にあそこに置いたきり、手、つけてないんです。悔しくて悔しくて――中に、警察官時代のものが全部、詰まってる。教科書もジャージも、U首シャツも、警察制服も。警察官になるんだってがんばってたあの日々が全部、あそこに詰まってて。あと一日、あとたったの一日耐えていたらって――」

重い沈黙が狭い室内を席巻する。たった一日で、その八か月後には警察官と犯罪者に分かれてしまった、塩見と新井。

「それ引きずって、駅まで歩くの、一度経験してみたらいいですよ。これは退職者しか味わえない。無事卒業した者は、迎えの車で所轄の待機寮へひとっ飛びでしょ。駅まで大荷物を引きずって歩くなんてしないじゃないですか。歩道が途切れるたびにドッタンバッタン荷物が左右にぐらぐら揺れて、だんだんむなしくなっていく。あの時は、すぐに優越感に浸ることをしないと、脱落者だという烙印《らくいん》に心が打ちひしがれそうだった」

そしてあの日、新井は府中駅前のシネコンに入った。

キャリーケースの荷物をシアターに持ち込むと邪魔になる。新井はそれをシネコン入り口の受付に預け、映画を楽しんだ――。

わざとらしく大笑いして、新井は続ける。

「すっごい普通に映画、楽しんじゃって。警察学校時代は確かに週末になれば外出できますけど、映画観に行く余裕なんかないじゃないですか。そういう息抜きが許されないくらい、課題やペナルティマラソンが山ほどあるでしょ。うわーすっげぇ久々にリラックスした、って大満足で映画館出て。で、ベビーカーとかがずらっと並ぶ中に、俺の荷物が置いてあるわけです。ポケットには、引き換え番号が書かれたプラスチックの札が入ってる。またあれを引きずって帰る——いや、警察学校脱落者の自分はあのお荷物を永遠に引きずるんだなと思ったら——やんなっちゃって」

新井は荷物を引き取らず、シネコンを出てしまったという。

エスカレーターを駆け下りたところで、声をかけてきた男がいた。シネコンのマークの入った紙コップで飲み物をチュウチュウ吸いながら——それでもドスの利いた声でこう迫ったという。

「荷物置いてきただろ。爆弾テロでも起こすつもりなのか、って」

それが、赤倉だった。赤倉は偶然同じ映画を観ており、新井が荷物を置きざりにしたのを見ていたのだ。

「赤倉さんは、あの荷物を前にした俺の葛藤《かっとう》や迷いを、爆弾テロリストの躊躇《ちゅうちょ》だと思っちゃったみたいで。俺の腕を引いて、本気で囁《ささや》くんだ。無差別に人を殺すこたないだろ、もしよかったら、あの爆弾を俺にくんねぇか、って。長年忠誠を誓ってきた組に裏切られたから、いまからお前の爆弾で組の事務所を爆破すると。ガチで言ってきて——」

今度は新井がそんなことやめろと、説得する番だった。それをきっかけに二人は昼食を共にし、そのまま府中界隈《かいわい》の飲み屋をはしごし——すっかり意気投合した。

組を追われた暴力団員と、組織を追われた警察官。

互いに殆《ほとん》ど警戒心はなかったようだ。揃って組織にそっぽを向かれたのだからむしろ、その敵対する勢力に流れ込みたくなる、そんな心情だったのだろう。

「それでも、俺はやっぱり元マルBとあまり深くつきあえないなぁというのがあって……たまに赤倉さんから電話があったけど、無視してたんです。あっちも、俺は所詮《しょせん》堅気の人間だからということで、しつこくつきまとうことはなかったです」

「――それが、なぜ共犯関係に？」

「面接、十社目落ちた記念ですよ」

新井は開き直ったように言った。

「十社ぐらいって五味教官の世代は思うかもしれないですけど、こんな売り手市場の世の中で一社も引っかからないなんて、もうお前は社会のゴミだと言われているようなもんでしょう。しかもその原因が全部『警察学校に耐えられなかった人材など民間企業で使えるはずがない』って感じで。もうやけっぱちで、その日も映画を観て――赤倉さん、どうしているかな元気かなとふと思い出したら、後ろの席に赤倉さんが座っていたんです。向こうもびっくりしていて。なんか、縁を感じて――」

軍師・赤倉のことだ。脱獄、立てこもり計画に新井の手を借りるべく、彼をつけ回してタイミングを計り、再会を演出したのだろう。また二人ははしご酒をし、三軒目の店でとうとう犯罪計画を持ち掛けられた。

「赤倉さんはこう言いました。お前が面接でいつも失敗するのは、警察学校に耐えられなかったせいじゃないって。お前が警察学校生活に耐えられなかったことをいつまでも引け目に感じて卑屈になっているからだと。その弱いところを面接官は見抜いているんだと」

　警察学校に対してけじめをつけねぇと、これから何社受けてもどっこも受かんねぇぞ。赤倉はそう迫ったという。

「でもけじめをつけるって具体的に、と赤倉さんに方策を聞いたときに、初めて、立てこもり計画があることを知らされました。俺は――やばいことに巻き込まれるって逃げ出すどころか――むしろ、しょぼい飲み屋の小さな丸椅子に乗った尻《しり》に、ぐっと重力が増すのを感じましたよ。腰を落ち着ける、という表現がありますけど、ほんと、あんな感じ。ようやく、自分が腰を落ち着ける方法を見つけたと。警察学校に復讐《ふくしゅう》できれば、俺は必ず次のステップに進める。そんな気がした。いや、そう確信した」

「復讐できる確率は半々だったんじゃないのか」

　移送のタイミング次第では、警察学校の卒業式ではなく、府中刑務所の文化祭が狙われていたはずだ。だが、新井は五味の言葉の意味がわからないようだった。

　なるほど――赤倉は確実に新井に協力させるため、府中刑務所を狙う計画の一部は話さなかったようだ。新井はもう全てを放棄したと言わんばかりに、両手両足を投げ出してベッドに仰向《あおむ》けに寝転がった。塩見が立ち上がった。

「五味教官――ワッパ、掛けていいっすか」

　五味は驚いて「持ってきているのか」と塩見を見た。買い出しのための外出だと思っていたはずだ。

「俺の教場仲間が共犯者だと、五味教官は言ったじゃないですか。わかったらすぐそいつのところに飛んで行ってワッパ掛けるって思ってたんで。それが、場長の俺の責任です。だからベルトに付けていました」

言いながら、リクルートスーツのジャケットの裾《すそ》をちらりと上げた。手錠を収めるためのホルスターが取り付けられている。塩見は手錠を取り出した。

まだリクルートスーツしか持っていない新人巡査が、ワッパを掛ける。かつての教場の仲間に。塩見のその初々しさがあまりに痛かった。

新井は抵抗しない。両腕なんかいらないからどうぞ、という様子でベッドに投げ出している。塩見がその腕に手錠を掛けようとして、五味は止めた。

「待て。塩見。お前、これまでワッパ掛けの経験は？」

「――まだ現場では、ないです」

「新井」

新井から返事はなかったが、背けた顔――その顎が、震えている。

「塩見の初めてのワッパ掛けの相手が、本当にお前でいいのか。この先の警察人生でその重い事実を、塩見に背負わせていくつもりなのか」

どうでもいい、と吐き捨てるような返答があったが、聞き取るのがやっとというほど、小さな声だった。どうでもよくないのだ。

「――お前自身もそうだぞ。かつての教場時代の仲間にワッパを掛けられたという屈辱を更に背負って、この先生きていくつもりなのか？」

先に嗚咽《おえつ》を漏らしたのは、塩見だった。手錠を開いた状態のまま――祈るようにそれを両手で包み、そのましゃがみ込んでしまった。新井は「なんだよ青春ドラマかよこれ」と、両手で腹を押さえて、体をよじらせて笑った。嘘っぽく。やがてそのまま体を丸め、号泣した。

「警察は、捜査に協力的な容疑者には手錠は掛けない。お前はどうだ」

新井は嗚咽で返事ができないようだ。

「脱獄・立てこもり事件の全計画の詳細を教えろ。いま、赤倉勝は。そして赤倉紘子は、どこにいる」

「女の方は知らないです」

新井はしゃくりあげながらも言った。

「――勝さんは、今日も映画を観ているはずです」

府中市唯一のシネマコンプレックス、TOHOシネマズは駅と直結する複合ショッピング施設の最上階にあった。

施設内には大規模玩具《がんぐ》チェーン店や乳幼児向けのプレイルームがあるため、平日夜でもベビーカーを押す母親や子連れの客が見えた。どこで夕飯を食べようかとレストラン街に集う。その合間を、ＳＩＴのごつい防弾ベストを着用した捜査員たちが行きかい、府中署の地域課警察官が忙しく規制線を張っていく。複合ショッピングモール内の平穏な空気が、警察官の投入数が増えるにしたがって犯罪現場特有の尖《とが》った空気に入れ替わっていく。

上映スケジュールを狂わせたくない支配人と、全ての客を外に出し、安全に捕り物を行いたい岡本との間で激しい攻防があったが――結局、本村の鶴の一声で、支配人側に都合のいいような結論が下った。

赤倉の居場所を突き止めた五味と塩見が映画館内に入り、速やかに赤倉を確保しろ、というものだった。けん銃帯同許可は下りなかった。一般の観客がいる映画館内だし、そもそも赤倉勝本人がけん銃を所持している可能性は限りなく低い。彼が所持していた二丁のブローニングは、一丁は松島が持たされていたものですでに回収済み。もう一丁は、高杉と警察官友の会会長を連れ回す紘子が持っているはずだ。

なにより、今回の事件を起こした赤倉の動機がはっきりしていることが大きかった。

――逮捕され、刑務所に戻りたい。

赤倉は七十歳。もうすでに生きて娑婆《しゃば》に戻れないほどの罪を重ねていた。

彼は多磨霊園近くの公衆電話から犯行声明を出したのち、まっすぐこの映画館に来て、後はずっと映画を観ていたようだ――映画館の防犯カメラに写る赤倉は、娑婆での最後の一日を謳歌《おうか》するように、派手な格好をしていた。中折れ帽にアロハシャツ、ジーンズ。首にはマジシャンが好みそうな、トランプが踊るカラフルな柄のスカーフを巻いていた。

全席指定なので、赤倉勝の座席の位置も把握できている。

他の観客の邪魔にならないよう、映画が終わるのを七番スクリーンの出入り口で待つことにした。赤倉が観ていたのは、実写版くまのプーさんだった。大人になったクリストファー・ロビンがプーと再会する感動モノらしい。エンディングロールが始まるのと同時に、半分くらい埋まっていた観客が出口に集まり、外へ流れていく。上映が完全に終了するまで待ちきれず、五味は塩見を伴って中へ入った。

薄暗いなか、中央やや後方の座席にいる赤倉を視認する。中折れ帽を膝《ひざ》の上に置き、禿《は》げあがった頭を晒《さら》し——映画に感動したのか、涙を拭《ぬぐ》って洟《はな》をかんでいた。

五味はスクリーン右手から、塩見は反対側に回り、近づく。赤倉を挟むようにして、両隣に座った。

赤倉は濡《ぬ》れた鼻の穴にティッシュをねじ込んで拭《ふ》きながら言う。

「無粋だねぇ〜。シアターの明かりがつくまで待てなかったの」

五味と塩見を刑事と見越しての発言だった。五味は即座に言い返した。

「待てませんね。赤倉紘子が警察官と警察官ＯＢを人質に逃走したままです。早く彼女を止めたい」

「えっ、警察官ＯＢ？　警視総監は無理だったの」

残念だなぁ、とつまらなそうに赤倉は言う。そして、続けた。

「三年前の真犯人がわかれば自動的に止まるよ、彼女は」

まだ紘子の事件の真犯人を突き止められない警察が悪い、と言いたげな口調で、のんきに映画の話を始めた。

「いやあ、たまにはファミリー向けの映画もいいね。サメとかエイリアンとか出てくるグロテスクなものが続いていたから、最後にハートフルなもので〆《しめ》ができてよかった。俺、何年くらい食らう？」

五味は身を乗り出し、塩見に答えを促した。彼にはいい勉強になる。

「――銃刀法違反、脱獄、人質略取・監禁、銃器の発砲の強要、立てこもり……」

「それは紘子ちゃんの方だろ。俺だよ、俺」

「ええっと、銃刀法違反以外に、それらの幇助《ほうじょ》、教唆犯ということで――」

「うんうん。トータル何年よ？」

お菓子を待つ子供のような顔で、赤倉は目を嬉々《きき》とさせている。

「ほぼ正犯と同じ量刑になるかと。トータルで懲役十五年くらいでしょうが、相手が警察組織ということで、一般に量刑が二～三割増しになると思われます。十八、九年。しかも前科四犯の累犯ということも鑑《かんが》みると、更に二、三年追加される可能性もあります」

素晴らしい！　と赤倉は気風《きっぷ》の良い声を上げた。

「いや、運が良かった。警察学校の卒業式の前日が移送日になったなんて」

刑務所間での受刑者の移送というのは例年、春と秋に行われることが多いんだと赤倉は言う。そして、紘子のいる栃木刑務所が属する関東管区で、医療刑務所は八王子医療刑務所のみ。春頃から重度の摂食障害のふりをしていれば、秋には八王子に移送されると踏んだのだ。そして、教唆犯の赤倉の罪がより重くなるように、派手な立てこもり事件を演出する必要があった――ピックアップされたのが、警察学校の卒業式と府中刑務所の文化祭。

「もし移送日が一日遅かったら、十一月三日の文化祭まで紘子ちゃんを多摩川に匿《かくま》わなきゃいけなくなるからね」

赤倉はいま、多摩川河川敷でホームレス生活を送っているらしい。

「あの掘っ立て小屋、いつ撤去されるかわかんねぇし、ホームレスだらけのところで紘子ちゃんが一か月近く潜伏生活に耐えられるかなぁと思ってたんだけど」

まあ、彼女はそれでもやると言ったけどね、息子との親子関係をどうしても取り戻したい、と――。言った赤倉はふと不安そうに「紘子ちゃんはどの程度罪に問われる？」と尋ねた。塩見が答える。

「彼女の冤罪《えんざい》が確定した場合は、情状酌量の余地がなきにしもあらずで、紘子には執行猶予がつく可能性があります」

素晴らしい素晴らしい、と赤倉はまた連呼する。

「紘子ちゃんはそうじゃなきゃね。でも俺は中途半端に十年とかじゃ、困る。このご時世、ポックリ死なせてもらえないだろ。八十で娑婆に放り出されるくらいなら、死刑でいいんだよ、もう。でも人様を殺すことなんかできやしねぇしさ。傷つけるのももう嫌だよ。誰かを救って娑婆とおさらばできるなら、本望じゃないの」

誰かを救う——紘子の冤罪を晴らすことを言っているようだ。

派手な身なりをしているが、アロハシャツの袖《そで》から伸びる腕は骨と皮だけだった。その側面に彫られていた昇り龍《りゅう》の入れ墨は、皮膚のたるみと変色ですっかり勢いを失っている。

「——ああ、腹減ったな。朝からコーラとポップコーンしか食ってねぇんだよ」

腹が減ってはどんな映画も楽しめない、とシートに埋もれる。

「自由より飯。そう思わないかい、刑事さんよ。まさかこんな世の中になるとはなぁ。娑婆では臭い飯どころか、飯そのものにありつけないんだから」

エンドロールの音楽が鳴りやみ、劇場に沈黙が訪れた。スクリーンが暗転する。全てのファンタジーは、終わったのだ。

明かりがついた。残酷な現実世界に浮かびあった赤倉は、痩せ細り、疲れ果てた老人だった。

「さあ、行くか。刑事さん。取調室で官弁をいっぱい食わせてくれ」

紘子ちゃんの居場所は飯の後に話す——赤倉はよろよろと、立ち上がった。

リバープレミアム七〇八号室での、添島尚志宅の家宅捜索令状は最短で裁判所から許可が下りた。

同時進行で脱獄・人質逃走事件が続いているからだ。すべては、大和を殺害した凶器を探すためだが、もうこの家にはないとわかっている。それでもやるのは万が一の可能性を潰《つぶ》すためであり、そして――添島へ容赦なくプレッシャーをかけるためでもあった。

家宅捜索に立ち会っているのは添島と、広和のみだ。長女の佳音と幼子の岳和は、一旦《いったん》西新井署で保護された。

広和の部屋にも家宅捜索が入り、学習机の引き出しをひっくり返され、ノートや教科書を逐一調べられる。引き出しには、こっそり持って帰ってきたのか、どんぐりや木の枝などのほか、虫の死骸《しがい》のようなものまであった。綾乃はおぞましく思ったが、子供に馴《な》れた捜査員たちは「たくましいお子さんですね」と活発な広和に目尻《めじり》を下げた。

宝物をひっくり返され不機嫌な広和の肩を添島が抱くが――その指先が震えている。動揺が凄《すさ》まじい。綾乃は添島を更に揺さぶるべく追及を開始した。

「事件当時、ここにあったダイニングテーブルですが、鑑識の調べで人気家具量販店が販売している大量生産品と型が一致しました」

そんなことまで調べられるのかと、添島は驚いた様子だった。

「材質はタモ材。ブナではありませんでした」

添島は言い訳したそうに、口を開けたが――何も出ない。うなだれてしまう。

「それでこのご自宅に当時、ブナの無垢《むく》材の物がなかったか調べたんです。結果――」

言って綾乃は、バッグからブナの角材で作られた、汽車のおもちゃを取り出した。

添島の目が、驚愕《きょうがく》で見開かれた。

添島の腰のあたりにも、仰天する目が見える——広和だ。

「——どうやって見つけたの！」

叫んだ広和の口を、添島が慌てたように塞《ふさ》いだ。まくしたてるように言う。

「確かに、俺が作ったものとよく似ていますけど。実物ではないでしょう」

広和の反応が引っかかったが、綾乃は説明した。

「確かに実物ではありませんが、紘子さんが撮影していた画像から、実物とおおむね同じものを再現したんです」

紘子の領置品は府中署が押収したままで、その中にスマホもあった。件《くだん》の画像を探し出し、宮ノ前建設の職人たちに手伝ってもらって、汽車のおもちゃを再現したのだ。

「重さは一・三キロもありましたよ。子供の頭を撲殺するのに十分な重量があります」

「だからと言って、これがなんの証拠になると——」

「あなたには事件当夜、空白の四十分がある。会社を十七時すぎに出たあなたは十七時半前にはこの自宅に到着していたはず。それなのに通報は十八時五分。この四十分間、あなたは何をしていたの。言いなさい！」

追及を強める綾乃に、小さな抵抗があった。

「もうあっちへ行け！」

広和が血相を変えて綾乃の腰をパンチしていた。

「パパをいじめるな！　言っただろ、大和は俺のせいで死んだ、パパもママも関係ない、俺のせいで……！」

「広和、やめなさい！　しゃべるな……！」

添島が綾乃から広和を引き離そうとしたが――三浦が間に入った。広和は三浦の顔を見て、泣きだした。まるで赤ん坊のように顔を真っ赤にして泣く。三浦の首にしっかりと腕を回し、ひっしと抱きついた。三浦は広和を抱き上げると、綾乃に言った。

「落ち着かせてくる」

「――すいません」

三浦と広和が出ていく。現場は凍り付いたような沈黙が下りていた。

綾乃は大きなため息をつき「添島さん」と答えを促した。

添島はもう脱力して、プレイマットの上にしゃがみ込んでいた。「広和は関係ない」と呪文《じゅもん》のように繰り返す。綾乃も屈《かが》んで、添島を勇気づけるように促した。

「添島さん？　話してください」

「五時過ぎに留美から電話があったんです、紘子が大和を殺したと――慌てた様子で」

抑揚なく添島は話し始めた。壊れたおもちゃが、吹き込まれた定型台詞《せりふ》を繰り返すような、不気味さがあった。

「救急車を呼べと言ったら、もう息をしていないし冷たいと。私が呼んだら、どうやって部屋に入ったのか怪しまれる、と留美は慌てている。俺がタクシー捕まえてマンションに帰ったのは午後五時二十分過ぎです」

玄関の前で留美が広和を抱きしめて、座り込んでいたという。

「中に入ると、ダイニングテーブルの下に大和が倒れていた。抱き上げたら、首がガクッと後ろに垂れてしまって——薄目を開けたきり息をしていないし、心臓の鼓動も聞こえなかった。キッチンにもたれかかるように、紘子が座り込んでいた。手に、血の付いた汽車のおもちゃを握りしめたまま、かっと目を見開いて、ぶるぶる震えていた」

綾乃は失望のため息をついた。あくまで紘子が犯人と、言い張るようだ。脳内だけ三年前にトリップした様子の添島は怒りを爆発させる。

「よりによって、俺の作ったおもちゃで大和を殺すなんて……！　確かに俺は紘子を裏切ったが、裏切らせたのはアイツだ！　あんな気の強い攻撃的な女、どんな男が相手でも逃げ出したくなる。仕事でくたくたになって帰宅した途端に延々、育児の愚痴を聞かされて」

アドバイスをすれば〝あなたは口ばっかり！〟と糾弾、黙って聞いていれば〝なにか言うことはないの！〟と怒鳴られる——。

「もうずっと、ずっとだよ。ずっと我慢してきた。恋人だったころは明るくて活発で太陽のような女性だと思っていたのに、妊娠した途端に攻撃的になって——砂漠の真ん中にひとり放り出されたような結婚生活だった。じりじりと強すぎる太陽に焼かれてただ消耗していくような……。耐え難くて」

　そして添島は隣にあったオアシス――留美の下へ逃げ込んだ、というわけか。

「凶器を握りしめていたのは紘子さんだった。本当ですか」

「本当だ！　そして俺は、紘子の手から凶器を取った。ビニール袋に入れて留美に渡して、留美の部屋に一旦、隠してもらった。警察の捜査が入るはずがないから……。凶器はその次のごみの日に捨てたよ。それから――ダイニングテーブルの角を軽くトンカチで叩《たた》いて、大和の頭の傷口に手をやった。手についた血を、へこんだテーブルの角にこすりつけた」

「おかしいですよ、添島さん」

「なにがおかしい」

「あなたは紘子さんを憎んでいたのに、なぜ庇《かば》ったんです。殺人を、より量刑の低い過失致死になるような偽装をしたということは、庇ったということですよね」

「違う。俺が庇った――いや、守りたかったのは、広和だ」

　嗚咽《おえつ》を漏らしながらも、添島はきっぱり言い切った。

「自分は離婚すれば、殺人犯とは他人でいられる。でも広和はそうはいかない。真の母親だ。将来、母親が殺人犯だと知ったら広和はどうなる？　広和はそのレッテルを背負って生きていかなくてはならなくなる。でも過失致死なら、まだましだ。あの偽装は、広和のためだったんだ……！」

綾乃は面パトで、宮城氷川神社へ向かった。

広和と三浦が神社脇の公園ベンチに、ぴったりと寄り添うようにして座っている。街灯に照らし出された大小の背中と、暗闇に浮かぶ赤い鳥居——秋の風のせいか、やけに悲しい光景に見えた。

広和が肩を震わせ、ひっくひっくと泣きながら、三浦に思いの丈をぶつけている。ノースリーブの広和は見るからに寒そうで、三浦が腕を伸ばし、広和の腕をさすり続けていた。広和は昼間にここで話した時よりもずっと素に近い子供の顔と声で、三浦に二人の母についての気持ちを吐露していた。

「栃木の人が本当のママだということは知っているけど、あんな灰色の服を着た人と三か月に一回、何を話せというの。あの建物は暗くて怖いし……」

広和が泣きながら三浦に訴えている。

「ママにもっと会いにきてあげて、手紙を書いてあげてと、刑務官という人に言われるんだけど……あの人は本当にママだったのかな。思い出そうとしても、小さいころ抱っこしてくれて、手をつないで歩いてくれたのが、いまのママなのかあの灰色のママなのか、よくわかんないんだ……」

物心つくかつかないかの微妙な頃に、突然いなくなった母親。その日からは留美が残された広和の世話をしていて、やがて正式な母親になった。三歳の頃のおぼろげな記憶の中にいる紘子という母親が、時と共に留美にすげ替わっていってしまう——まっさらな幼子特有の順応力の高さがもたらす残酷さを、綾乃は感じる。

綾乃は静かに、広和の横に座った。三浦は、去年の十月の最後の面会について尋ねる。それは、初めて行われた無立ち会い面会でもあったようだ。

「広和、と名前を叫んで、あの人は僕を抱きしめたよ。すごいびっくりするような力で、息ができなくなっちゃいそうだった。あの灰色の洋服は病院みたいな匂いがして、ごわごわで固くて……あの人は、僕を見て、え、って感じで……離れて」

「え、って感じ？」

「うん。なんで、という顔をしていた」

広和、なんで喜んでくれないの。なんでそんな他人行儀なの——紘子はそんな風に思ったのではないだろうか。アクリル板越しでは感じられなかった息子の変化。

綾乃は栃木刑務所の資料を捲《めく》る。最後の面会は、去年の十月一日に行われていた。紘子が初めて赤倉に手紙を書いたのは、そのほぼ二週間後の十月十三日。アクリル板を通さない、息子との直《じか》の触れ合いができるはずだった無立ち会い面会で、紘子は身をもって知ったのだ、もう広和は自分を母親と認識していない、と……。

「最後の面会ではランドセルを見せたんだろ？」

「うん。それから、保育園の最後の運動会とか、パパやママのことも聞かれたから、話したよ」

「なにを聞かれたの」

「優しくされてるの、と。血の繋《つな》がりがないから心配だ、って。でも、ご飯もおいしいしきつく叱らないし叩かないから大好きだよと答えたら、あの人は泣いちゃって」

紘子は過去の自分を責めている様子だったという——。

「私が悪い、って何度も言って、いま広和が幸せならよかったと泣いてたんだけど……血のついたタオルの話をしたら、びっくりするほど怖い顔で、肩を摑《つか》まれて」

さも恐ろしい様子で、広和は言う。綾乃と三浦は一瞬目を合わせ、すぐに尋ねた。

「血のついたタオル？　それは何の話？」

「大和が死んじゃった日、僕の血を拭《ふ》いてくれたのは、ママだったから」

「ママ——留美さんのことよね？」

「うん。僕はさ、大和が死んじゃった時のこと、本当にあまり覚えていないんだけど——ただ、血のついたタオルで目を塞《ふさ》がれたことだけは覚えていて、栃木の人とそういう話になって……僕の体についた血を拭いてくれたタオルで」

「——広和、事件の時お前、怪我していたのか」

三浦も驚いた調子で、尋ねる。

「ううん、大和の血だってママは言ってた。それで、見るな、って」

「見るな——何を？」

「大和の方を、見ちゃいけないって」

「それを、栃木の人に話したのね」

「うん。すっごいびっくりしてて、なんか、怒っているように見えた。どうして現場に留美さんがいたの、って……僕は、まずいこと言ったのかなと思って。すごく怖くて。だからもう、会いに行くのはちょっと……」

綾乃は咳払《せきばら》いし——改めて、尋ねた。これ以上踏み込むと、とんでもない真実が出てくるかもしれないことを、覚悟して。

「さっき、私が汽車のおもちゃを出したとき、広和君が言った言葉、憶《おぼ》えてる？」

広和はあからさまに目を逸《そ》らした。叱られるとわかっている、素直な反応だった。

「〝どうやって見つけたの〟だったわね。パパはこのおもちゃ、ゴミに出して捨てたと言っていたけど」

「パパが作ってくれたお気に入りのおもちゃだったんだ。壊れてないのになんでと思って——特に、大和が大事にしていたおもちゃだから」

「パパに内緒で、ゴミ収集車が来る前に拾ったのね？」

「うん。でもおうちに持って帰るとまた捨てられちゃうし、大和に届けたくて」

綾乃は反射的に、後ろ——宮城氷川神社の小さな境内を振り返った。天狗《てんぐ》がいる、天狗が大和を連れて行ったと広和が信じて恐れていた場所だ。

広和は汽車のおもちゃを、段ボール箱に入れて境内の階段の下に隠していた。

境内の階段の下にスペースがあり、床下の板張りが一部腐って中に侵入できるようになっていた。段ボール箱は砂埃《すなぼこり》をかぶってはいたが、風雨に晒《さら》されていたわけでもなく、比較的良い状態で床下から出てきた。

広和は神社の公園に遊びにくるたびに、段ボール箱を取り出して遊んでいたようだが、成長するにつれて興味を失い、最近は放置していたらしい。

鑑識がやってきて、すぐさま指紋や付着物の採取、分析が始まった。

取っ手がある部位とは反対側の、汽車の先頭部分は黒く変色しており、ルミノール反応が出た。まだ分析に時間がかかるだろうが、恐らく大和の血液だろう。他、三十個ほどの指紋が検出され、全ての照合作業が終わったのは午後十時過ぎのことだった。

おもちゃから出た指紋は二人分のみ。

大和の指紋の一部と、大部分が広和の指紋だった。

その時は隣人だった留美の指紋も出ず、子供には外遊びを中心にさせていた満子の指紋も出ない。当時別居中だった尚志の指紋も、出なかった。

そして、紘子の指紋も出なかった。

事件当日、広和は留美に、大和の血を拭いてもらった――。

広和は大和の返り血を浴びていた、ということだ。

尚志が本当に庇いたかったのは、殺人者の息子になった広和じゃない。殺人者そのものの、広和だ。

「残念だが、そろそろお別れの時間だ」

高杉は白のハイブリッド車のハンドルを切りながら、助手席の女に声をかけた。車の性能上、徐行運転中は殆《ほとん》ど音がせず、車内を静寂が支配していた。街灯が殆どない田園地帯で、ヘッドライトに吸い寄せられた虫が車にぶつかるかすかな音までもが聞こえる。

赤倉紘子が、ブローニングの銃口を向けたまま、疲れたように高杉を見た。

そう――と彼女は小さくつぶやいて、ヘッドレストに首をもたれさせた。脱走のため摂食障害のふりをしていた彼女は、ここ数か月ろくに食べていない様子で、すっかりやせ細っていた。ブローニングをこちらに向けてはいるが、発砲する気は毛頭ない――いや、そもそも操作方法を知っているかどうかすら、危うい。すでにカツラや帽子を取っていて、頭はショートカットの軽々とした雰囲気だ。

教場で顔を見たときはずいぶん濃い化粧をしていたが、そのほとんどがもう汗で流れ落ちていた。目尻《めじり》に濃く跳ね上げたアイラインのぼやけ方が、女の特異な精神状態を如実に表している。

「バックミラーにさっきから、黒のセダンが見えているだろ」

高杉に促され、紘子は少し顎《あご》を上げた。

「運転席の男――警察官だ」

とっくに日は落ちて辺りは暗い。しかも辺鄙《へんぴ》な地方都市の狭い生活道路をのろのろと走っている。バイパスなどの主要幹線道路を避けているためだが、とちぎナンバーの車しか走っていない地域で、練馬《ねりま》ナンバーの車が生活道路をぐるぐると回っているのは目立つ。いずれ通報されるだろうと思いながら、右へ左へと忙《せわ》しくハンドルを切る。

運転席の男の顔は見えず、シルエットだけだが、五味だとすぐにわかった。

高杉のすぐ後ろの後部座席では、縄で後ろ手に拘束され、ハンカチで猿轡《さるぐつわ》された警察官友の会会長・乾が芋虫のように転がっていた。七十五歳の元警察官。最後は丸の内署長を務めて定年退職したほどだが、気の小さい男で、トイレだなんだと高杉を外に連れ出しては「早く逃げよう」「早くあの女を警察に突き出そう」と喚《わめ》く。

教場の学生たちは「模擬捜査だ、お前ら人質役だ」で黙らせることができた。しかし老齢の警察官ＯＢは、ブローニングを持ちガリガリに痩《や》せた元主婦が怖くてたまらなかったらしい。警察官としての資質や経験ではなく、政治力で署長にまで上り詰めた人物だろうと、その警察官人生が高杉には手に取るようにわかった。「目的地に到着したら解放してもらえる、ここは下手に抵抗せずに従うべきだ」と進言する高杉の言葉を、乾は端《はな》から否定した。

「女は何をするかわからない。土壇場で、冤罪《えんざい》を晴らせないという結末になったら、俺たちが道連れにされるかもしれないじゃないか！」

あまりにうるさいので、高杉は乾を拘束し、口を塞いで黙らせた。自分に親切すぎる高杉を、紘子の方こそうさん臭く見るほどだった。

乾は決して上官でもキャリア官僚でもないが、警察官友の会会長――ノンキャリ警察官OBの中の重鎮だ。そんな人物を縛り上げてしまった。

――さて今度はどこへ飛ばされるか。

その重鎮は、最初のうちこそもがき、もごもごと高杉を糾弾している様子だったが、午後十時を過ぎるとよほど疲れたのか、瞼《まぶた》が落ちてうとうとと居眠りするようになった。静かでいい。

当初、紘子は「吉野警視総監のハイヤーを乗っ取る」と言ってきかなかった。赤倉がそう計画したのだからと盲信して彼の脱獄計画を遂行している。刑務所に収監中という、手段も情報もない中での脱獄計画で、紘子が赤倉しか頼れなかった故の、従順さだった。

さすがに現役警視総監のハイヤーを乗っ取ることだけはできないと、高杉は代替案を出した。警視総監を始めとする来賓にはハイヤーと専属の運転手がついている。だが、警察官友の会会長だけは、自家用車で自分の運転で警察学校までやってきていた。乗っ取りやすいしバレにくい、と高杉は紘子を説き伏せた。

高杉は練交当番の江口から乾の車の鍵《かぎ》を預かり、運転席で乾が来るのを待った。紘子は後部座席に身を潜めていた。卒業式終了後、校長室でほかの来賓と歓談していたらしい乾が車に戻ってきたのは、十二時五十分ごろのことだ。

本館から出てきた乾が練交へ鍵を取りに行く前に高杉は声をかけ、自分が送りますよと愛想よく声をかけた。乾は面識のない相手の妙な申し出に首を傾げたが、相手は警察制服を着用したれっきとした助教官だ。助手席に乗り込み――そして後部座席に潜んでいた紘子に銃口を突き付けられ、あっけなく人質になった、というわけだ。

高杉は正門練交に立つ江口の敬礼を受けて、警察学校を出た。

それからは緊急配備に引っかからぬよう、高速道路や主要幹線道路を避けて、紘子の最終の目的地に向けて、車を北上させるのみだった。

紘子――いや赤倉勝の思惑通り、立てこもりの現場ではすでに立てこもりが解消されていると気が付くのにかなり時間がかかったようだ。紘子が警察学校に立てこもっていると信じ続けた警察上層部は、府中市内、および界隈《かいわい》に繰り広げていた緊急配備を解除し、大量の警察官を警察学校内部に送り込んでしまっていた。

高杉と紘子はやすやすと一般道を抜け、途中で短い休憩を何度か挟んだり、遠回りをしたりして、午後七時には栃木県惣社町内に入っていた。

紘子が収監されていた、栃木刑務所のある町だ。

地方都市特有の、空が低い町。空に手が届きそうなほど、全く高い建物がない。あるとすれば高圧電線くらいで、あとは稲刈り真っ最中の田園地帯と点在する民家、そして田んぼの真ん中に寄り集まった屋敷墓などがのどかな風景に溶け込んでいる。茶色と緑が入り混じる中で、ふと思い出したように彼岸花の赤が鮮烈に目に飛び込んでくる。

惣社東工業団地地帯に入ると、小規模な工場や運送センターがバイパスの周辺に現れる。栃木刑務所はその工業団地群の中にぽつりとあるが、府中刑務所のような高い外壁はない。低いスチールの柵《さく》に周囲を囲まれた、ベージュの低層の建物が並ぶその外観は、昭和の小学校のように慎ましい雰囲気だ。運送会社の灰色の無機質な壁の方が、よほど刑務所のような威圧感があった。

一方で、房の入る建物はすべてのベランダや窓に頑強な鉄格子が嵌《は》まっている。ベージュのペンキがはがれかけた、古めかしくもいかめしい鉄格子がずらりと並んでいる様は物騒で、どこか治安の悪い発展途上国の、貧民街のような光景だ。

三年前、東京拘置所から移送車で栃木刑務所まで運ばれた紘子は、刑務所の外観をよく見たことがなかったようだ。外周を車でぐるりと回ってやると、興味深そうに窓の外を眺める。そして、敷地内にある官舎で刑務官の制服が干してあるのを見て、渡辺刑務官の心配を始めた。

「まさか先生がまだ府中だなんて。戻ってきてくれていたら……」

先生──渡辺刑務官のことだ。紘子は、彼女に逮捕されることで脱走にピリオドを打つと決めていた。紘子に逃走されてしまった張本人に逮捕の手柄を上げさせることで、渡辺刑務官が負う処分を少しでも軽くしてやるつもりなのだろう。

だが、渡辺刑務官はいまだ府中署で事情を聴かれているようだった。乾から拝借したスマホで栃木刑務所に電話をかけたのだが、不在だったのだ。

紘子はラジオをつけ、チューナーを回したが、ニュースはやっていない。自分の冤罪捜査は果たしてどうなったのか、という不安な表情がある。

「もう解決しているはずだ——後ろの警察官がな」

高杉はバックミラーにぼんやりと浮かぶ五味のシルエットを見ながら、スピードを少し、上げた。万が一騒ぎになって、一般車両や通行人を巻き込んでしまうのはまずい。高杉は車を栃木刑務所の南側の道路に回した。五味を誘導しているつもりだ。相変わらずの阿吽《あうん》の呼吸だ——五味は距離を保って高杉の運転するハイブリッドカーの後ろをついてきた。

この先、栃木県を流れる黒川《くろかわ》にぶつかる。黒川は思川《おもいがわ》の支流で、やがてこの流れは渡良瀬川《わたらせがわ》を経て利根川《とねがわ》となり、太平洋《たいへいよう》に注ぐ。両岸には舗装されていない土手道。車幅ギリギリだったが、鬱蒼《うっそう》と生い茂る木々の枝葉がアーチのようになっている土手道に車を入れた。

ヘッドライトの明かりだけが頼りの暗闇。タイヤが土や砂を巻き上げる音がする。車体が大きく揺れたが、紘子はぐっと嚙《か》みしめるように揺れに耐えている。ヘッドライトの先に大量の虫が飛んでいて、その小さな体が白く輝いていた。

高杉は静かにブレーキを踏み、車を停止させた。

後ろの黒のセダンも、停車する。あちらがエンジンを切ったのがわかった。

五味がやってくるまで、沈黙がおりる。紘子は判決を待つ心境だったのか、ブローニングを持つ手を震わせている。けん銃なんか似合わない、普通の母親の横顔だった。彼女は凶悪犯なのか、聖母なのか。誰に判断できるというのだろう。

高杉は手を出した。

「こっちに寄こしとけ」

指先の動きだけで、ブローニングのことだとわかったようだ。紘子は素直に「うん」とブローニングを高杉に手渡した。手が少し触れたとき、彼女は言った。

「高杉さん。本当は怖くなんかなかったでしょ。私のことも。このけん銃も」

高杉はブローニングを受け取ると、すぐにカートリッジから弾倉を取り外した。

「いやー怖かったよ。やっと銃口から解放された」

我ながら白々しい言い方だと思いつつ、高杉は煙草を胸ポケットから取り出した。

バックミラーには、運転席から降りる五味の姿がはっきりと見えた。助手席からもう一人、出てきた。小柄だからなのか、助手席にもうひとりいることに高杉は気が付かなかった。地味なリクルートスーツ姿の女。綾乃ではない。隣の紘子がバックミラーを見て、「あっ」と目を細めた。

「――先生」

渡辺刑務官のようだ。五味が連れてきた――やれやれ、彼は事件を完璧《かんぺき》に丸裸にしたのだろう。紘子が最後に栃木に向かい何をしたかったのか、理解している。赤倉勝をもう逮捕したはずだ。

紘子が最後の質問をと、高杉に言葉を投げかけてきた。

「その分厚い胸板。太ももみたいな腕。初めてあなたを見たとき、正直怖かったしもうこの計画はこれで失敗すると思った。でもあなたは……。私のことなんか簡単に逮捕できたくせに。どうして黙って協力していたの」

高杉は紘子から視線を外した。こちらに近づいてくるシルエットだけの五味を、バックミラー越しに見る。自分に代わり、娘を育てている男。五味はたぶん、気が付いているだろう。なぜ高杉が紘子を制圧せず、黙って従っていたのか。

「――俺も、親になったばかりなんだ」

紘子は破顔したが、「もう十六歳になってた」という言葉で表情が曇る。

「知らなかったんだ――昔の恋人が、自分の娘を産んでいたこと。十六年間、知らされてこなくて――四か月前に突然知らされた。頭、真っ白だ」

笑ってやった。煙草に火をつける。濃い煙がわっと鼻や口から洩《も》れる。目尻《めじり》に滲《にじ》んだ涙を隠す、いいベールになる。紘子は察したように言った。

「いきなり思春期の娘――大変ね」

「大変、て思えるくらいになりたい。俺たちはまだ全然、他人同士だ」

距離が縮まらない――と、高杉はうなだれた。

この四か月、互いにどういう人生を歩んできたのか、必死に話題を共有しあってきた。丁寧に丁寧に説明してくれる。

「どんな幼少時代を過ごしてきたのか。娘は写真とか動画とか大量に持ってきて、丁寧に説明してくれる。でも――埋まらない。むなしくなる一方だった」

なぜ十六年も引き裂かれる必要があったのか。なぜ、結衣と過ごすことができたはずの十六年を奪われてしまったのか。俺はそこまで悪いことをしたのだろうか。

これは百合の実父であり高杉の当時の担当教官だった小倉からの、最大のペナルティだったことはわかる。不純異性交遊が厳禁という学校のルールの中で、高杉はよりによって教官の娘を妊娠させたのだ。

だが百合本人はどうだ。なぜ、高杉本人にまで妊娠と出産を言わなかったのか――それは、高杉に警察官でいてほしかったからだと、結衣は教えてくれた。「結衣のことを話すとお父さんは警察官でいられなくなっちゃうから」と結衣は父親不在の理由をそう教えられていた。妊娠を知ったら高杉は警察を捨ててでも家族になっただろう。だから彼女は無言で消えた。彼女は高杉に警察官でいて欲しかったのだ。

彼女も、警察官になりたがっていた。

だが高杉は、警察官でいられなくてもよかったから、生まれたての結衣を抱きしめたかった。首が座った、お座りができた、たっちができた、と、その成長の喜びを百合と共有したかった。目を細めてその成長を見守りたかった。おむつを替えて、ミルクをあげたかった。一緒にたくさん遊んで、あちこち連れて行ってやりたかった。ランドセルを買ってやりたかったし、自転車の乗り方も教えてやりたかった。そして、たくさんたくさん、抱きしめてやりたかった――。

いまは触れることに畏怖《いふ》すら感じるほど、娘は女に成長してしまっていた。

「――埋まらないんだ。どうやっても。埋めることは不可能だ。何万枚という写真があ

って も、どれだけ長い映像を見せられたって、埋まらない。俺たちはただの血の繋《つな》がった他人でしかない。どこまで行っても」

母親の善意で奪われてしまった父娘の時間は、もう二度と戻ってこない。そして紘子も――冤罪《えんざい》で、息子との関係が途切れかかっている。

教場の扉を開けた瞬間の衝撃を、高杉は思い出す。

「おうい、点呼始まるからそろそろ――」

目の前はブラインドが降りて真っ暗で、そして中沢、久保田、松島はアルミホイルをそのブラインドの上から垂れ下げていた。久保田は恐怖から、泣いていた。傍らには、ブローニングの銃口を向けている、帽子にサングラスの女。その銃口は即座に高杉に向けられた。咄嗟《とっさ》に身構えた高杉だが――。

「扉を閉めて！　いまからあなたたちを人質に立てこもります。私は冤罪で投獄されてきた、これ以上息子が他人になってしまうのは耐えられない。お願い、協力して」

他人、という言葉が脳髄に突き刺さったようだった。逮捕術で紘子を制圧する気が一瞬で削《そ》がれた。

とにかく落ち着け、銃口を一旦《いったん》下ろせと説得し、紘子から更に事情を詳しく聞いた。冤罪なら脱獄・立てこもりではなく、再審請求をしろと言うと、どの弁護士も引き受けてくれなかった、と紘子は訴えた。

「世間のほとんどの人が知らない子供の過失致死事件なんか、再審請求したって注目されなくて点数稼ぎにならないし、金にもならない。だからみんなやりたくないのよ。二言目には〝死刑でも無期でもなく、あとたったの三年で出られるんだからいいじゃないか〟って。でもあと三年もしたら、広和は十歳よ。これ以上離れていたら、本当にただ血が繋がっただけの他人になってしまう――」

十歳の男の子――母親に触れられることを嫌がり、疎ましく思って反抗し始めるころだ。そうなってからではもう、親子に戻れない。高杉はその事実を、身をもって知っている。親子は血で構成されるものではない。共に生きる日常があって初めて成立する関係だ。そして高杉と結衣はもう、手遅れだった。

だが、紘子と広和は離れ離れになってまだ三年だ。冤罪が晴れれば、まだなんとか親子に戻れる可能性はある。自分が人質役を引き受けることで、一組の親子が救われるのであれば――。

窓をノックする音が聞こえ、現実に戻る。

車の窓のすぐ外に、五味が立っていた。

高杉は窓をほんの少しだけ、開けた。やぶ蚊が入ってくる。五味が静かな視線を車内に滑り込ませた。警察学校の教場を乗っ取り立てこもった前代未聞の凶悪犯を前に、あまりに落ち着いた、穏やかな声音だった。

「怪我はないか」

「ああ。ぴんぴんしている。松島や中沢、久保田は？」

「全員保護している」

よかった――。人質たちがどこにいるのか、監視カメラの電源を切って回った高杉の行動で、五味なら意図を理解したはずだ。

結衣を見守り、育ててきたその穏やかな瞳《ひとみ》が、ちらりと紘子を捉《とら》えた。その瞳に、犯罪者にワッパ掛けしようとする刑事の色はなかった。

助手席側の扉の外には、渡辺刑務官がいた。鼻に大きなガーゼを貼ってはいるが――わざわざ逮捕されに戻ってきた受刑者を前に、胸がいっぱいになっている様子だった。

五味が言う。

「まずは乾会長を解放するぞ」

「――忘れてた」

高杉は後部座席のロックを外した。うたた寝していたくせに、乾会長は目覚めていて、もごもごとなにか訴えている。高杉を糾弾しているようだ。

五味が後部座席の扉を開け、両手の荒縄をほどいて車の外に促し、猿轡《さるぐつわ》を外した。

「この男は警察官じゃない、こいつは……！」

急《せ》いたような糾弾が始まったが、五味が十五度腰を折る敬礼で遮った。

「乾会長、警察官OBとして大変立派なお姿、勉強になりました」

え、と乾は黙り込む。顔を上げ、五味は言った。

「吉野警視総監も感謝の意を示しており、近く、乾会長に感謝状を贈るということで動いています」

「え？　いや、そうなのか……」

乾は、なぜ表彰されるのかよくわからないが表彰されるのはうれしい、と言わんばかりだ。すっかり憤怒の意をそがれたようだ。

「高杉助教の機転が利きましたね」

今度は高杉が驚いて、五味を見る。

「警視総監を拉致《らち》するわけにはいかないから、乾会長に身代わりを頼んだ。そして会長は老齢ながらそれを引き受けた。立派です。警察官ＯＢの鑑《かがみ》です」

五味が横目で、高杉を一瞥《いちべつ》する。話を合わせろ、と言っているようだ。高杉は困惑しつつも「まあ、そういうことです……」とそっぽを向いて言った。乾は違うだろ、という顔をしたが、高杉を糾弾するより、警視総監に表彰される方がおいしいと思ったのだろう。咳払《せきばら》いひとつで答えたのみだった。

五味の奴――紘子と歩調を共にした高杉を庇《かば》うために吉野警視総監を巻き込んだようだ。嘘も方便というが、高杉の心情を理解しているからこそだろう。

黒のセダンの後部座席から、二人の男が出てきた。塩見と、ＳＩＴの黒いベストを着た男だった。五味は男を呼び「岡本係長、乾会長をお願いします」と乾を引き渡した。そして、入れ違いでハイブリッドカーの後部座席に滑り込む。反対側から、渡辺刑務官も乗り込んだ。

しばし、四人で沈黙がある。

「——どうした。逮捕しないのか」

高杉が問う。紘子も困惑した様子で、五味と渡辺刑務官を見る。渡辺刑務官が答えた。

「手錠をかけても、すぐに外すことになりますから」

紘子は——冤罪捜査の結末を良い方に解釈したのだろう、感極まったように目を閉じ、肩を震わせる。

だが、五味が下した判決は、あまりに残酷なものだった。

「あなたは無罪です。真犯人がわかりました。息子の、広和君です」

高杉は目を剝《む》いて、五味を振り返った。指の間に挟んだ煙草の灰が落ちる。一瞬の希望すらも粉々に打ち砕かれた紘子は、愕然《がくぜん》として震え出した。

「そんな——そんな。そんな、そんな馬鹿な！」

「凶器が発見されたんです。大和君はダイニングテーブルに頭をぶつけ、死亡したんじゃない。ブナの角材から作った手作りのおもちゃで殴られて、死亡したんです」

そのおもちゃに記憶があったのだろう。反論しようとしていた紘子がはたと黙り込む。

「凶器を分析した結果、大和君の指紋以外に見つかったのは、広和君の指紋のみでした。添島留美の指紋も、添島尚志の指紋も、添島満子の指紋も。そしてあなたの指紋も、検出されませんでした。そして当時、広和君が返り血を浴びていたこと、それを留美に拭《ふ》いてもらったことなどが、本人並びに留美からの証言でわかっています。以上のことから、真犯人は——」

「私がやりました！」

紘子が絶叫した。

こんなにも痛苦を伴う自供を、高杉は知らない。

「い、いま思い出しました。言うことをきかない大和に腹を立てて、そこに転がっていた——夫の手作りのおもちゃで……おもちゃそのものが、憎しみの対象だったから、それを振り上げて、大和の頭に振り下ろしてしまいました！　私がやったんです、私が大和を殺してしまいました……！」


西新井警察署で再結成された紘子の事件の捜査本部は、混乱状態になった。

広和は未成年で逮捕できないので、児童相談所送りになるだろうが——殺人というより、兄弟喧嘩《げんか》の末の過失致死として警察は送致することになるのか。だが真実を知った紘子は血相を変えて自首。いまは逮捕された栃木県警の取調室で、当時の状況をペラペラと喋《しゃべ》っているらしい。本当に当時のことを思い出したわけではなく、自供は矛盾だらけだという。

本部の方も、この事件の幕引きが、当時三歳の子供の犯行だったとしていいのか、考えあぐねている様子だった。親心を働かせ、このまま母親の犯行でいいのではないか、という空気すらある。現場ではっきりとしたピリオドがつけられぬまま、綾乃は明け方、三浦と共に府中署に戻った。

綾乃が本来捜査すべきは紘子の脱走だ。三年前の大和死亡事件は、いずれ西新井署が結論を出すだろう。

車を降りる。府中市の夜明けの朝日がまぶしい。ごちゃごちゃと商業施設が並び、甲州街道の激しい車の往来で空気は汚いし、京王線の高架橋から聞こえる電車の音がひたすらうるさい。

それでも、自分のシマに帰ってきた、という気がしてほっとする。

署の刑事課に戻ると、その応接ソファで五味と高杉が仮眠を取っていた。

つい一昨日の晩、五味と会ったばかりなのに、一か月――いや、一年ぶりに会えたような、妙な感動があった。

「――五味さん」

その傍らに座り、肩を優しく揺すってやる。

ああ――とまどろんだ五味は、綾乃が顔を覗《のぞ》き込んでいるのに気付き、ちょっと恥ずかしそうに首を竦《すく》めた。高杉も同時に起きて、大きく伸びをする。

「なんだよ、人質になっていたのは俺だぜ、俺に優しくしてくれよ」

二人は紘子が逮捕されたのち、調書作成に協力するため、府中署の刑事課に泊まり込んでいたようだ。

最上階にある道場脇のシャワールームへ顔を洗いに行った五味と高杉は、揃ってひげも剃《そ》り、さっぱりした様子で戻ってきた。綾乃は駅前のベーカリーで朝食のパンやサンドイッチ、コーヒーを買ってきた。

応接スペースで三浦を含め四人で朝食を取った。やはり話は事件の顚末《てんまつ》になる。

「結局、西新井署は三年前の事件にどうけりをつけるんですかね。当時三歳の子供が犯人だなんて――」

三浦が厳しい口調で言う。

「絶対に広和を児相送りになんかしねぇよ。今度は母親だけでなく、父親とも離れ離れじゃねぇか。それに、凶器から子供以外の指紋が出なかったのも、三年の年月で指紋が風化したってだけだ」

「三浦さん。気持ちはわかりますが、大人の指紋だけ都合よく消えるなんてありえませんよ。事実、大和君の指紋は残っていたんですから」

「だからって――」

「このまま紘子が息子の罪をかぶって収監なんて、そんな結末でいいはずがないです」

いやこのままでいい、と断言したのは、五味だった。ベーグルサンドを食べにくそうに口にしながら、手拭《てふ》きで手と口を拭《ぬぐ》うと、五味は更にこう言い切る。

「犯人は紘子で間違いないんだから」

「え」と綾乃は思わず高杉と同時に顎《あご》を突き出し、五味に迫った。

「――どういうこった、広和が犯人だと言ったのはお前だろ」

「ああでも言わなきゃ、紘子は黙って逮捕されなかったろ」

五味はしれっと言って、コーヒーを飲む。

「真犯人はやっぱりあんただよ、なんて言っていたら、失望してその場で暴れたかもしれない。黙って逮捕されたとしても、また脱獄をしかねない。当時の記憶がなく収監に納得していない以上、彼女はまた絶対にトラブルを起こす」

綾乃は反論せずにはいられなかった。広和が犯人だというのは、綾乃が出した結論だ。

「でも、物証は広和が犯人だとはっきり示しています」

「指紋の件は一旦《いったん》置いておいて、本当に汽車のおもちゃで人を殺せると思うか」

「ただのおもちゃではなく、元は角材で重さも一キロ以上ある手作りのものですよ」

「最後まで聞け」

五味は咳払いして、厳しく言った。さっきの寝起きの照れた顔はどこへやら、元捜査一課刑事らしい鋭い眼光がちらりと見えた。

「確かに大人が振り下ろせば致命傷を与えられるだろうが、果たして三歳の子供で致命傷を与えられるか？」

五味は「当時の事件調書、見せて」と手を出した。綾乃はトートバッグから、三年前の調書を取り出した。栗原弥生警部補のサインがある――。

五味は解剖所見から、大和の死亡時の身長・体重をみなに示した。

「大和はこのとき、身長が九十センチ、体重は十五キロ。双子だから、広和とこのときほぼ互角の体格だったはずだ。　ほとんど身長差がない広和が凶器を振り下ろして、大和を殺せると思うか」

「しゃがんでたんじゃないのか、大和の方が」

　高杉が指摘するが、五味は即、却下した。

「だとしても、身長差はせいぜい四、五十センチほどだろ」

　確かに――いやでも、と綾乃は反論する。

「思いきり振り上げれば、それなりに威力は増すと思いますよ」

「だいたい三歳で体重が十五キロしかない子供が、一キロ近くあるおもちゃを頭上まで振り上げられるか？　そもそも子供が子供の頭に何かを振り下ろしたくらいで子供が死んでいたら、毎日全国どこかの保育園や幼稚園で過失致死事件が起こっている」

　綾乃は五味の指摘に納得しそうになり、慌てて反論した。

「それじゃ、紘子の指紋が出なかったのはどう説明するんです？　紘子は凶器に指紋を残さないため、咄嗟《とっさ》に手袋をしたとか。そういうことですか」

　紘子が犯人だとしても、咄嗟の激情に駆られての犯行で、計画性はなかったはずだ。手袋をして凶器を振り上げる冷静さがあるのなら、子供に暴力を働かないだろう。紘子が日常的に虐待をしていた痕跡《こんせき》はないのだ。大和の指紋が残っていたのだから、後から指紋をふき取ったとも思えない。

　五味は綾乃の反論をさらりとかわした。

「その件、添島留美の証言にヒントがある。思い出してみろ」

たくさんありすぎて、どれを思い出せばいいのかわからない。綾乃は口をすぼめて、五味の次の言葉を待った。五味はやれやれという顔で続ける。その目に〝やっぱりまだ三多摩刑事だな〟と呆《あき》れる色があった。

「留美が隣室に合鍵《あいかぎ》を使って入ったのは、換気扇から焦げ臭いにおいがしたからだろう。で、中に入った留美がまず最初にしたことはなんだ」

「揚げ物の鍋《なべ》の火を止めたと言っていました」

「そう。紘子は事件直前まで、揚げ物をしていたんだ」

綾乃はふと渡辺刑務官の言葉を思い出した。

「唐揚げじゃなく、竜田揚げでしょうか。子供たちの大好物だったらしいですし……そういえば雑記帳にも竜田揚げのレシピがたくさん出てきました」

真剣に語る綾乃を見て、五味はちょっと噴き出した。

「瀬山。そこはどうでもいいところだ」

高杉がじれったそうに尋ねてくる。

「で、唐揚げだか竜田揚げで、どうして紘子が犯人だということになるんだ？」

「竜田揚げなら、衣に片栗粉を使うだろ。唐揚げなら小麦粉か」

「うちのかみさんは唐揚げにも片栗粉使うぜ」

三浦が口をはさんできた。

「――いずれにせよ、揚げ物に衣をつけるとき、手が粉だらけになる」

あ！　と綾乃は叫んだ。思わず立ち上がってしまう。

「もし、片栗粉まみれの手で凶器を摑《つか》んだら――」

「指紋は残らない。凶器になった汽車のおもちゃにしばらくは片栗粉が付着していたはずだが、三年の時間経過で取れてしまったんだろう」

綾乃は足に力が入らなくなり、椅子にストンと落ちてしまった。刑事として悔しいけれど、やっぱりこの人にはかなわない――。

三浦は納得しつつも、疑問を口にした。

「ちょっと待て。それじゃ、広和がさんざん、大和の死を〝僕のせい、僕のせい〟って責めていたのはなんだ。彼は返り血だって浴びているんだぞ」

「双子は二卵性で性格が正反対だったと言いましたね。大和は温和でおとなしい、広和は活発でやんちゃ。いつも紘子の逆鱗《げきりん》に触れていたのは広和の方だったはず。その日もたぶん、そうだった」

「でも死んだのは大和――」

「ええ。母親がおもちゃを振り上げたのを見て、温和で優しい大和はとっさに広和を庇《かば》った。だから広和に返り血がかかった」

三浦は全ての謎が解けたと言わんばかりに、大きくため息をついた。

「なんだよ、結局最初の結末通りってことかよ」

そう嘆いたが、広和が真犯人ではなかったことに、ほっとしている様子だ。

納得しかねているのは、紘子に過剰に同情心を寄せていた高杉だ。

「――紘子を大人しく逮捕させるために、一旦広和が犯人だと嘘ついた、ってわけか」

「嘘じゃない、そう交渉したまでだ」

なにせ紘子は警察官と警察官ＯＢを人質に車に立てこもっていた――と意味ありげな瞳《ひとみ》で高杉を見る。

「大人しく投降させるため、ＳＩＴだってこれくらいの交渉をしたはずだ」

五味は臆《おく》することなく言った。真実を紘子が知るようになるのは、娑婆《しゃば》に出てからでいいんじゃないか、と――。

「そうじゃなければ、あの母親はまた脱獄する。事件当時の記憶を取り戻せない限り、ずっとだ。すると母子《おやこ》の時間はいつまで経っても戻ってこない」

息子の罪を代わりに償っている――そういう思いでいれば、大人しく真面目に収監され満期を迎えられるはずだ。高杉は渋々納得した様子で、三つ目のパンに手を伸ばした。

五味がその肩を叩《たた》く。

「もう行くぞ。俺たちは一旦学校に戻ろう」

「そうだけど、せっかく綾乃チャンがパン買ってきてくれたんだぜ、最後まで――」

「学生たちが心配だ。特に人質になった三人は、授業に参加できる精神状態じゃないだろう」

人質となった学生三人は今後、聴取に協力させねばならないし、心のケアも必要だ。五味はあっという間に敏腕刑事から教官の顔になって、立ち上がった。

また来る——と五味は綾乃に言って、高杉と共に刑事課フロアを出た。

エレベーター前まで見送る。戻ってきた綾乃に三浦の冷やかしが飛んでくる。

「視線のやり取りがいちいち熱いんだよ、全く」

一度下がったエレベーターの箱が戻ってきて、再び開く。中から、吉村刑事課長と警察制服姿の見慣れない男が降りてきた。五味と同年代くらいの男に見えたが、朝なのにもう疲れ切った夕方のような空気をまとっている。

吉村は敬礼した三浦と綾乃を見て「いや、ご苦労さまだったな」と一声かけると、連れてきた警察制服の男に言った。

「詫《わ》びなら彼らに」

あとは知らない、という様子で、上座のデスクに座ってしまった。警察制服の男は菓子折りを持っていた。一歩前に出て、まずは名刺を出す。

「突然すいません。私、運転免許試験場の栗原大介《だいすけ》警部補です」

府中市内には運転免許試験場がある。だが警視庁本部交通部直轄の組織であり、所轄署の府中警察署とはほとんど交流はない。三浦も綾乃も初めて会う人物だった。そして『栗原』という苗字《みょうじ》——。

栗原は手に提げていた菓子折りを、恭しい手つきで三浦に手渡した。

「この度は、妻が過去、担当した事件で手抜かりがあったようで、府中署の皆さんには大変ご迷惑をおかけしました」

栗原は深々と頭を下げる。髪の量は多いのに、白い筋が幾重にも黒い髪の間に見える。綾乃は脳内に次々と湧き上がる疑問を、言葉にして口から出すことができなかった。なぜ栗原弥生本人が来ないのか。夫婦で本部捜査一課に所属しているのではなかったか。夫の方は、なぜ運転免許試験場にいるのか。

手土産に対して通り一片の礼の言葉しか出ない。肘《ひじ》からもう一つ菓子折りを提げていた栗原は、そそくさと刑事部屋を辞する。

「すいませんそれじゃ、西新井署の方にも顔を出さなくてはならないので」

栗原は二度、三度と腰を深く折って最敬礼すると、律儀な瞳で三浦と綾乃を一瞥《いちべつ》し、背を向けた。行き場を失ったような寂し気な背中が、エレベーターの扉に消える。

綾乃は言葉もなく、ただ三浦と目を合わせ——吉村を振り返った。

じっと様子をうかがっていた吉村は、部下二人の視線を非難と受け取り、慌てた様子で言った。

「いやいや、お前らだろ。栗原弥生を市中引き回しの刑だとか言っていたのは」

「だからって、まさか旦那《だんな》が頭下げに来るなんて」

三浦が言う。綾乃も重ねた。

「当の本人はどうしたんです。栗原弥生警部補は——」

「彼女はもう捜査一課にはいない」

「――辞められたんですか」

「いや。重度のうつ病で長期療養中だそうだ。復帰は絶望的だと言われている」

寮の個室の姿見の前で、中沢は上半身裸になった。

腰にくっきり残る痣《あざ》を見て、ため息をつく。模擬家屋から咄嗟に飛び降りたとき、着地に失敗して腰を打った。ただの草地だと思っていたのに地面に小さな切り株が残っていたようだ。腰に残る痣は、切り株の年輪までもが転写されているんじゃないかと思うほど鮮やかだ。

事件から二日経った。

一連の出来事を模擬捜査だと思っていた中沢と久保田は、ことの真相を一二九三期の統括係長から聞いていた。やはりあのブローニングは本物であり、黒幕に元マルBがいたというのだから、高杉助教の機転がなく下手に反抗していたらどうなっていたかと、肝が冷えた。

昨日、事件に巻き込まれた中沢と久保田、そして松島は、五味と高杉に連れられて、丸一日聴取に協力した。もう今日から通常モードだが、立てこもり現場となった長田教場は扉が外れ、ガラスも割れたままだ。しばらくは視聴覚教場を臨時の教場に使う、ということだった。

そして、中沢はまだ場長を降ろされたままだ。

事件の際、模擬家屋から飛び降りた中沢の気持ちを、五味はだいたい察しているようだ。呆《あき》れ果ててもう言葉もない、といった様子だった。

「自分で考え、自主的な行動に出た点は評価できるが、その結果がひとりでトンズラとはなんだ。久保田を見捨ててとっとと逃げたということだろ。警察官としてあるまじき行為だ」

それじゃ、どうすりゃよかったんだよクソ、と唾《つば》を吐きたくなる。

結局五味は、自分に難癖をつけたいだけなのだ。

もうすぐ一時限目の情報通信の授業が始まる。中沢はU首の肌着を身に着けて、ワイシャツのボタンを閉めた。紺色のネクタイを首に回す。

ノック音がした。

「中沢君——ちょっといいかな」

松島の声だった。ネクタイで手が空かなかったので、ストッパーの挟まった扉の隙間に制靴の先を差し込んで、引き戸を開けた。

これから座学の授業だというのに、松島はリクルートスーツ姿だった。

「なんだよ。外出か?」

松島だけまた府中署で聴取なのかと思ったが、松島は無表情に言った。

「いや。お別れの挨拶《あいさつ》に来たんだ。俺は今日で退職するから」

中沢は目が点になった。立てこもり事件の直前まで、説得するまでもなく「やっぱり警察官になりたいから、辞めない」と笑顔で言っていたのに。事件を境に、ころっと態度が変わる。中沢は冷淡に答えた。

「――そうか。残念だよ。家を継ぐ決心をしたのか」

「うん。うちの造船所で作った船で、いつか教場会やってよ」

おもしろくもなかったが、中沢は笑ってやる。

「クルーザーで教場会？　公務員が贅沢《ぜいたく》な、って都民からお叱りを受けそうだな」

もう行く、と松島は背中を向けた。引きずった大きなキャリーバッグの上に、スポーツバッグ、リクルートバッグを載せていた。

「待てよ」

キャリーバッグの取っ手を持ち、斜めに構えて歩き出した松島の背中に、中沢は声をかけた。松島は「え」と、ニキビ跡の残る子供っぽい顔をこちらに見せる。

「お前、謝罪はないのかよ」

思いがけない言葉だったらしい。松島は少し目を細めた。

「あの日――お前のために俺や久保田は昼飯の時間を割いて、退職を思い止《とど》まるよう説得をしてやろうと自教場に入った。そして事件に巻き込まれて命の危険にさらされたんだ。それなのに――結局お前は教場を捨てるんだな」

松島は、弱々しく笑った。

「ごめん。迷惑をかけたね」

それだけ言うと頭ひとつ下げず、松島は学生棟の廊下の向こうに消えた。中沢は舌打ちして制服に着替えた。制帽をかぶり、学生棟を出る。

警察制服姿の五味と高杉が、松島を囲んで話をしていた。最後の説得にあたっている、という様子だった。

「学校に残る方に気持ちが傾いたものと思っていたよ」

五味の声はやけに悲壮感が漂う。高杉も続けた。

「あんな事件に巻き込まれた後だ——辞めたい、と思う気持ちはわからなくもないが」

あの教官・助教は馬鹿なのかな、と思った。確かにあの日、松島は退職を撤回していた。そうだね、やっぱり自分がなりたいものになるのが一番だ、と「五味教官に、退職願を捨ててもらう」とまで言っていたのだ。

そして事件が起こり——翻って、松島は辞める決心をした。改めて警察官の職務の危険さが身に染みてわかり、松島は現場に出るのが怖くなったのだろう。まだ船を作っている方が楽だと思ったのだ。そんなやわな人間を、警察学校に引き留める必要はないのに——五味はまだこだわっている。

「本当にいいのか。お前が全ての責任を負う必要はないんだ」

「いえ、本当にそうじゃないです」

と松島は力強く微笑む。

「五味教官。最後に、五味教官が実際にした捜査を府中署の刑事さんから聞いて、なんていうかすごく、自分に納得ができました。やっぱりなにかのプロフェッショナルってかっこいい、って」

　五味は黙り込んだ。

「五味教官は捜査のプロフェッショナルで——そして僕の父親も、造船のプロフェッショナルだったんです……。もう行きます」

　正門まで見送るつもりらしい高杉が、松島の肩に手を回し歩き出す。中沢はその横をすり抜け、教場棟へ向かった。

「中沢」

　五味に呼び止められた。ああ、うざい。顔に出さないように振り返る。

「お前、松島を見送らなくていいのか」

「さっき、別れの挨拶はしましたので」

　高杉と松島は正門の方へ向かい、本館の陰に隠れて見えなくなった。五味はしつこく中沢に絡む。

「ずいぶんとあっさりしたもんだな」

「あっさりもなにも——特に松島と親しかったわけではないですし」

「親しい親しくないの前に、松島に感謝の気持ちはないのか」

　感謝。なんで俺が、と中沢は鼻で笑ってしまった。五味の目が吊《つ》り上がる。

——また怒られる。また難癖をつけられる。

防御に出る暇もなく、胸倉をつかまれた。ここまで五味から乱暴な扱いを受けるのは初めてだった。ただの難癖じゃない。彼は本気で、激怒している。

「——お前。松島がどんな思いでここを去ると思っているんだ！　お前は松島に守られて、いまでも警察官でいられるんだ、わかってるのか！」

なにを言っているのかさっぱりわからない。松島に守られた？

中沢はもうブチ切れて反論した。

「なに言ってんすか、彼を守ったのは俺や久保田ですよ！　あいつのせいで事件に巻き込まれただけでなく、立てこもりの後、結局松島だけが教場に残る役目を買って出て、事実上解放されたも同然じゃないですか。俺や久保田は、高杉助教の機転があったからすぐ解放されましたけど、そうじゃなかったら、あのままけん銃で脅され車で連れ回されるところだったんですよ！」

あの時——赤倉紘子から「ひとりがここに残りなさい」と指示を受けた。

赤倉勝と繋《つな》がる携帯電話を持ち、赤倉勝の合図と同時にブローニングを発砲、赤倉の通話越しの犯行声明を拡声器で流す、しごく簡単な役割だ。正直、中沢は喉《のど》から手が出るほど、その役をやりたかった。それをするだけでいつ火を噴くかわからない黒い銃口から解放されるのだ。

だが手を挙げなかった。臆病《おくびょう》だと、思われたくなかったからだ。

「あの時、松島は誰よりも早く手を挙げたんですよ。早く解放されたいからって、俺が残ります、俺がやります、と。松島は警察官としての責任感もプライドもくそもない、臆病な卑怯者《ひきようもの》で——」

顔面にひどい衝撃を受けた。ガッッという音が頰骨を通じて耳に届き、中沢は尻《しり》もちをついて、倒れた。目がチカチカする。そして焼かれるような痛みが左頰を襲う。

——殴られた。

五味が俺を殴った。

教官・助教が学生に手を上げるのが珍しくもなく、責められもしない警察学校で、五味だけは絶対に暴力に訴えない良心的な教官だと、先輩期から聞いたことがある。この三か月、中沢は長田に蹴《け》られたし、高杉にはどつかれた。だが、殴られたことはない。それなのに、よりによっていま、これまで誰も殴ったことがないと言われる五味に、殴られた——。

「お前、松島がどういう思いでその役目を買って出たのか、まだわからないのか！」

五味は怒りで目を赤くし——その目に涙を溜《た》め、激怒した。

「松島はお前たちが警察官でい続けられるように、汚れ役を引き受けたんだぞ！　現役の警察官が犯人の指示に従い、発砲したことは大罪だ。お前たちはもう一般人じゃない、一般人なら、誰かに命を脅かされての発砲なら情状酌量が与えられるが、警察官はそれが許されない。たとえ脅されていたとはいえ、発砲してしまったとなったら、まだ警察官の卵でしかないお前たちは即、退職だ。そして学生が発砲した責任を、教官・助教、そして警察学校は負うことになる。松島はそれがわかっていたから、自らその汚れ役を買ってでたんだ！　自分なら――すでに退職願を出している自分なら、脅迫の末に発砲したとしても、一般人だから情状酌量を受けられると踏んだからなんだ。本当はあいつ、退職願を撤回したかったはずなのに……！」

五味が発する言葉ひとつひとつが、容赦なく中沢の存在意義をズタズタに切り裂いてゆく。目が回る。

同時に、勝手にこみあげた涙で、激昂《げっこう》する五味の輪郭がぼやけてくる。

「あいつは、自分の警察官という身分と引き換えに、お前や久保田だけでなく、俺や高杉――そして警察学校、警視庁を、守ったんだ！」

自分という人間を彩っていたたくさんの賞状が、ぺらぺらのただの紙切れでしかなかったと痛感する。

松島は、自分に足りないものを全部持っている人なのだと思った。

同時に――自分になにが足りなかったのか、ようやく気が付いた。

遅すぎる。

中沢は立ち上がり、大心寮に飛び込んだ。自教場の学生が集う東側の三階の廊下を走る。これから教場棟に向かおうとする長田教場の面々が、泣いている上に口元が赤く腫《は》れた中沢を見て、目を丸くする。

「みんな、正門に集まれ！　松島を止めるぞ。あいつを絶対、退職させない。全員で止めるんだ……！」

すぐさま久保田に肩を摑《つか》まれた。蒼白《そうはく》なサル顔が顔面に迫る。

「どういうことだよ、え！　松島、退職を撤回するって言ってたじゃないか！」

「俺たちを守るつもりなんだ。だめだ、そんなの絶対……！」

涙が溢《あふ》れて前が見えない。何度も転びそうになり、先へ急ぐ学生たちと絡みあいながら、階段を駆け下りて外に出た。

松島はもう、正門を出た後だった。学生棟沿いの外の道を、大荷物を載せたキャリーバッグを転がし、笑顔でこちらに手を振ってくる。

「みんな、元気でな！」

53教場バンザイ！　とおどけて片手を挙げ、笑う。

「ふざけんなよ、行くな！」

中沢は叫び、全速力で松島の姿が見える垣根の方へ向かった。草木を踏み散らし、フェンスにぶつかる。もう、警察学校の中と外に隔たれてしまったのだと、その背の高い頑強なフェンスが宣告する。

「お前、辞めちゃだめだ。戻ってこい。松島！」

松島は弱々しい笑顔で手を振り、すぐに顔を背けてさっさと歩き出した。

「待てよ、話を聞け！　なあ、松島！」

中沢はフェンス沿いを走りながら、必死に訴えかける。

「ごめん松島、俺はお前のことも全然、わかってなかった。警察官としてあるべき姿も、全然だよ。本当は俺なんかより、お前の方が警察官になるべきなのに。なんで、なんでだよ、松島！」

松島は全く、振り返らない。何かを振り切るような背中だった。他の教場の仲間たちも、必死に松島を説得する。フェンスの、こちら側から。だが、松島の背中にはなんの反応もなかった。どんどん小さくなっていく、その立派な背中――。

「ふざけんなよ。かっこつけやがって、松島」

中沢は号泣し、フェンスに指を絡ませて必死にそれを揺らし、喉を嗄《か》らした。他にも、フェンスにしがみついて松島を呼ぶ声が方々から飛ぶ。

「松島！　戻ってこい、松島ぁぁ……!!」

松島は甲州街道方面へ向から角を曲がって、あっという間に姿が見えなくなってしまった。頽《くずお》れた中沢を、咄嗟《とっさ》に抱き留めた人がいた。包容力ある体――こんなに大きいと思ったことがなかったそれは、五味の胸だった。

「教官……!!」

中沢は五味の胸にしがみつき、ただ号泣した。五味の両腕が、中沢を包む。大嫌いだったのに――。ずっと自分を心配し、見守ってきてくれた人だけが持つ温かさと力強さが、確かにその胸にあった。

エピローグ

教場立てこもり事件から初めての週末になった。

東京は日増しに寒暖差が激しくなり、朝晩はだいぶ冷え込む。秋が深まり、やがて冬へと変化する空気を感じた。警察学校の周囲を彩るケヤキの木も色づきはじめている。

長田はがん摘出手術に成功したが、長期療養が必要と判断された。長田教場は五味が引き継ぐ。すでに学生の間で53教場と呼ばれるようになった新生・五味教場は、月末に卒業査閲を控え、忙しくも充実した日々を過ごしている。

赤倉勝は府中署で、紘子は女子留置施設がある立川市の警視庁多摩分室でそれぞれ身柄を拘束されている。綾乃たちは送検・裏取り捜査に奔走しているころで、脱獄やら銃刀法違反やら立てこもりやら、罪状が多すぎててんてこまいと言った様子だった。しばらく綾乃をデートに誘えないなと思いながら、五味は自宅で粗大ごみの手配をしていた。

酔った勢いで買ってしまったダブルベッドが来週には届く。届いたところですぐ使うこともなさそうなのだが、そう広くもない一軒家に保管場所もないから、キングサイズのベッドとマットレスは捨てるよりほかない。

粗大ごみの手配を終えたところで、キングサイズのベッドを搬出するため、ベッド周りや階段の片づけを始めた。

ふとした瞬間に、中沢を殴った右手の拳《こぶし》が痛む。本当は湿布を貼って大事にしたいが、五味は暴力をふるった側だ。教官として、この痛みを甘受せねばならない。

痛みをこらえながら、置きっぱなしになった私物を仕舞ったり、来客用のスリッパ立てを洗面所の方へ動かしたりする。結衣がスカートの裾《すそ》をひらひらさせて、階段から下りてきた。

「あれ、出かけるの」

「うん。高杉さんとデート」

今週会ったばかりだろうにと苦笑いする。いや、毎日会っても永遠に足りることはないのだろう。

「化学の授業でわかんないとこがあって。高杉さんに教えてもらうんだー。大学、理系だったたっていうから」

京介君は文系だから無理でしょ、という顔で、ショートブーツをシュークローゼットから引っ張りだす。

「京介君も、綾乃チャンとデートでもしてきたら？」

「事件捜査で忙しくてそれどころじゃないだろ」

「ていうか、なんで物動かしてるの」

「ベッドを処分するから。通り道を作っておかないと、壁に傷がついたりしたら嫌だし」

え、と結衣の手が止まる。結衣は五味の顔を、まじまじと覗《のぞ》き込んだ。

「――ベッドって？」

「寝室のベッドだよ」

「まだ全然、使えるじゃん」

「使えるけど――」

五味はその先、言葉が続かなかった。言葉が出ない代わりに、意味もなく手がなにかを説明しようと勝手に動く。結衣は全て悟ったような顔で、つと目を逸《そ》らした。

――結衣にとってあのベッドは、母親の温《ぬく》もりが残る形見なのだ。その事実に今更気づく。結衣は顔を背けたまま、立ち上がった。

「ママがどんどんいなくなっていくね！」

五味の返事を待たずして、結衣は玄関を出ていった。

出ていったというより、飛び出していった、と表現するに近かった。

週明けの月曜日からいきなり、五味は夜勤当番だった。

土曜日、結衣は普通の顔で帰ってきて、五味を責めるような文言は一切なかった。高杉とあれを食べたこれを話したと、明るく振る舞っていた。絶対にベッドの件について触れない。五味もまた、話を繰り返すことはできなかった。

　週明けに高杉と話をしたが、結衣に特に変わった様子はなかったらしい。五味の話を聞いて、げらげら笑い飛ばした。

「うわー。さっすが女だよな、そういうところ」

「女、って……」

「やっぱり悔しいんだよ。お前を綾乃チャンに取られるのが。そして寂しいんだ、死んだママをずっと愛してくれていると思っていた父親の、心変わりが」

「なんでそうなるんだよ。散々恋愛しろと、警務課の婚活パーティに勝手に申し込んだのは結衣なのに」

　そこで五味は、綾乃と出会ったのだ。

「女心と秋の空、複雑にできてんのさ。結衣も複雑なんだ。ふふっ。こじれろこじれろ」

　歌うように高杉は言う。

「まあ心配すんな、俺がいるから大丈夫。俺が結衣をフォローしてやっから。お前は安心して綾乃チャンとニャンニャンしろよ」

　高杉は結衣との距離が埋まらないことに悩んでいた様子だったが、事件を通して吹っ切れたのか。ここが実父の力の見せ所、とでも思っているようだ。

「五味。今日お前、夜勤だろ。結衣はひとりで大丈夫か」

「ひとりで過ごすのはもう慣れているさ」

「俺、顔出しといてやるよ」

夜七時を前に、高杉は残務を全て五味に押し付けて、スキップするような勢いで帰宅していった。あれは絶対泊まっていくつもりだなと思った。実の父娘《おやこ》が良好な関係を築けているようでほっとしているが、やはり五味は五味で、真に血縁の高杉が羨《うらや》ましくもあった。

結局、五味と結衣は他人なのだ。

綾乃との関係が深まるにつれ、どんどん結衣が遠くに行ってしまうような気がして、五味は急に胸が絞られるように痛くなった。

夜の十時半の点呼を前に、客人が立て続けに二人、あった。

本部捜査一課の本村と、綾乃だ。

五味は綾乃を待たせ、校長室でふんぞり返っているであろう本村と先に接見することにした。階級社会だから仕方ない。

本村は立てこもり事件が解決した翌日の朝八時に、事件概要を発表する記者会見を開いた。女囚の脱走も珍しい上、警察官が人質になった前代未聞の案件であり、世間の注目度は高い。しかも記者会見の時間が午前八時――民放各局の朝のワイドショーの生放送開始時刻に合わせた格好だ。本村はそこで、三年前の足立区宮城男児過失致死事件の捜査不備を認め、無数のカメラの前で、頭を下げた。

実際、紘子が犯人だという事実は変わらない。広和が犯人と思っているのは紘子だけだ。それなのに、三年前の捜査に手抜かりがあったことをわざわざ公表し、謝罪する。

——なにが狙いなのか、五味にはすぐわかった。

校長室をノックする。本村はソファから立ちあがり、にこやかに五味を迎え入れた。

「名乗りなんかいいよ」と固く握手をし、肩を叩《たた》く。校長はもう帰宅した後だが、勝手に校長室を使う……本村らしい。ソファに向かい合って座る。何を言われるかはわかっていたので、五味から口火を切った。

「記者会見、見ましたよ。見事なパフォーマンスでしたね」

「パフォーマンス？」

しらじらしく本村は尋ね返す。

「警視庁が三年前の捜査不備を率直に認めたと、あの会見の評価は高かった。株を上げましたね。一方で、出世レースのライバルの株を思いきり下げた」

本村は眉毛《まゆげ》を上げたのち、肩をすくめただけだった。

「怖いな。五味にはなんでも見破られる」

「三年前の事件の責任者——つまり捜査一課長は、米山参事官でしたっけ」

ノンキャリの米山警視正は本村の一期上。現在は、刑事部参事官。ノンキャリは警視正より上に昇進することができないので、彼が定年退職するまで、本村は役職を上げることができないのだ。

「そりゃ、米山参事官には分が悪いでしょう。降格まではいかないまでも、刑事部で参事官を続けることはできない」

本村はあの会見を開くことで、世間に大きく本来の責任の所在をアピールしたわけだ。会見の中で「当時の捜査一課長の指揮の下」という言葉を何度使ったか。

「なら、話が早い。米山は次期、警察庁に出向か方面本部の幹部あたりだろ。次は俺が刑事部参事官だ」

ますます権限が広がる——と本村は剣道で鍛えた胸を張り、ぴしゃりと言い放った。

「五味。捜査一課に戻ってこい」

五味は足を組み、意を含める沈黙を示した。捜査一課長——将来の刑事部参事官の前で取る態度ではない。だが本村は、咎《とが》めなかった。お前のそういう挑発的なところが好きだよ、と昔からよく言っていた。五味は静かに答えた。

「お断りします」

返答をわかっていたように、本村は即座に言い返した。

「最後のチャンスだぞ。俺はもう捜査一課長ではなくなる。これがお前を古巣に戻してやる、最後のチャンスだ」

「学生たちを置いてはいけません」

教官が正式に、長田から五味に変わったばかりだ。ここで五味がさっさといなくなるなんて無責任なことはできない。それに、中沢をそろそろ場長に戻してやらねばならない。彼はこの一週間で日々の態度だけでなく、顔つきまでもが変わってきた。あれはいい警察官になる、という嬉《うれ》しい予感があった。最後まで育てたい。

「いま持っている一二九三期は十二月には卒業だろ。それからでも――」

「いえ。もう少し――」

いや、もうしばらく。

「まだまだ若い巡査たちに、教えたいことがたくさんあります」

今回の立てこもりも、三年前の杜撰《ずさん》な捜査が招いた事件だ。結末は変わらなくとも、逮捕・送検の根拠となる裏付け捜査や実況見分を丁寧に行うことがいかに大事か、多忙な刑事なら誰もが身につまされる事件でもあった。教官として、学生たちに教えたいことがまた増えてしまった。いまはまだ、警察学校を離れたくない。

本村は珍獣を見るような目で五味をいつまでも眺めていたが、そこに頑《かたく》なな意志を感じたのか、あきらめたようにため息をついた。

「残念だよ、五味」

本村が立ち上がる。

「残念ではありませんよ。俺はいずれ必ず、捜査一課に戻ります。でもいまじゃない、それだけだ」

「ほう、自信満々だな」

「だってしばらく本村一課長も安泰でしょう。刑事部参事官――ますます人事権を握れますね」

その時はよろしく、とふてぶてしく手を突き出した。本村は呆《あき》れを通り越して感心したという風情で、五味の手を握った。

「お前は変わったと思ったが――変わらんな」


本村を正門まで見送り、五味は急いで綾乃に電話を掛けた。

本館ロビーはもう明かりが消えてしまっている。綾乃は学生棟の食堂前にあるガラス張りのロビーのテーブルセットに座って、五味を待っていた。

すでに売店は閉まり、夕食の時間もとっくに過ぎている。学生棟一階は閑散としていた。五味は向かいの椅子を引いて、座った。

「済まない、本村一課長が来ていて――どうした」

綾乃はずいぶん深刻そうに視線を床に落としていた。握った両手を膝《ひざ》の上に置いて、どこか追い詰められたような顔だ。裏取り捜査で多忙を極めているときだろうが、表情の険しさは仕事の疲れからくるものではなさそうだった。

なにか深刻な事態があったと感じる。

「瀬山。何かあったか」

彼女の顔を覗《のぞ》き込む。綾乃はやっと五味と目を合わせたが、すぐにまた目を逸《そ》らしてしまった。

飲もうとしない。

は缶コーヒーを二つ買い、テーブルに戻った。綾乃は礼を言って受け取ったが、開けて

自動販売機がすぐそばに並んでいる。何かを飲んで待っていた様子もないので、五味

「何か飲むか」

「――あの、五味さん」

「うん」

「ダブルベッドの件なんですけど」

急にそれかと、飲んだ缶コーヒーを噴きそうになる。五味は飲み口に話しかけるように、ぼそっと答えた。

「ああ……うん、来週には届くと思うけど」

「本当に、買うんですね」

綾乃がなにかに怯《おび》えるように言う。

「本当に買うというか、もう本当に買っちゃったんだよ」

「でもまだ、返品、できますよね」

五味は驚いて、綾乃を見返した。

綾乃はなにかに恐怖心を抱いている。それが五味との未来であることは、彼女の揺れる瞳《ひとみ》と気まずそうな表情から、すぐにわかった。

「――そうか。いや、返品はできると思うよ。まだ注文して一週間経ってないし」

言いながら五味は、結衣の言葉を思い出した。

『ママがどんどんいなくなっていくね！』

結衣のリアクションが綾乃の耳に入ったのか。口の軽い高杉が何か吹き込んだか。まだまだ、綾乃との関係を発展させるべき時期ではなかったのかもしれない。

「すいません」綾乃は俯《うつむ》いて、続けた。「決して五味さんのことを嫌いになったとか、そういうことじゃないんです」

「うん……」

「ただ――」

言い淀《よど》んだのち、綾乃はもう殆《ほとん》ど放心状態だというように、宙を見つめてぼんやりと言った。

「五味さん、私と結婚する気とか、あります？」

「えっ」

いきなりそこまで飛躍するのかと、五味はたじろいでしまった。

ないわけではないが、まだ恋人同士になったばかりで、ろくにデートもしていない。キスどころか、抱きしめたことも手を繋いだこともない。結婚のけの字を出せる段階にない。再婚は絶対に結衣が成人してからだと思っていたし、ベッドを捨てると言っただけであそこまで豹変《ひょうへん》した結衣のことを考えると、とてもいまは無理だと思った。

だが――綾乃は結婚を望んでいるから五味を問いただしている、という訳ではなさそうだった。五味を見る視線に絶望的な色がある。

「――瀬山。一体なにがあったんだ。話してくれ」

綾乃は目を逸らし、空中に向かって言った。

「五味さん、栗原弥生という警部補を知っていますか。捜査一課五係にいた女性警部補です」

「ああ、知っているよ。隣のシマにいたし、夫の栗原大介警部補も捜査一課にいた。夫婦で本部刑事は珍しいからね。いまどうしているのか知らないけど」

「奥さんの方――栗原弥生警部補は、重度のうつ病で療養中だそうです」

五味はただ絶句し、瞠目《どうもく》する。栗原弥生は上昇志向が強く、私生活をなげうって捜査にまい進している女性だった。個人的な付き合いはなかったが、さすがに顔見知りの刑事がうつ病と聞くと、心がざわつく。

「それ、どこから聞いてきた話」

そして、なぜ綾乃がその話を知ることになったのだ。

「彼女、三年前の紘子の事件の捜査責任者だったんです。私はそれで――あんな杜撰な調書を残した彼女に腹が立って、くそみそに文句を垂れて説教してやりたいと思っていたんですよ」

誰でもそう思うだろう、と頷《うなず》く。だが綾乃は「いえ……」と言葉を見つけるのに苦心している様子で、たどたどしく続ける。

「怒って罵《ののし》る以上に、捜査の過程で調書を捲るたびに彼女の印やサインがあって――どこか、彼女に親近感を覚えていたんだと思います。同じ女性として、憧《あこが》れの捜査一課にいる女性。しかも旦那《だんな》さんまで捜査一課にいて――。たぶん会っても罵れないだろうなって思ってました。かっこよくて、うらやましいなって、調書のサインでしか知らない彼女に対して思っていて……」

綾乃はそこではらりと、涙を流した。

――泣いた。

これまで彼女は怒ったり笑ったり、泥酔したり、うたた寝したりと五味にいろんな表情を見せてきたが――泣いたことはない。

ここは警察学校の学生棟だ。五味は訳がわからなくなり、焦った。時計を見る。もう十時十五分を過ぎている。まずいぞ、もうすぐ点呼だ。学生たちが上の寮の部屋から階段を下りてきて、このロビーを通って川路広場に出てくる。

「せ、瀬山。ちょっと場所を変えようか」

腰を浮かせた五味が見えないのか、綾乃は続ける。

「栗原警部補のうつ病の理由、知りたくないですか」

「う、うん――。彼女に一体、なにがあったんだろう。確か俺が去年、捜査一課を去ったときは妊娠中で……お腹が大きかったと思う。幸せそうだったけど」

そうなんです、と瀬山はまた、泣いた。

「彼女、産休を取って半年で復帰したそうです。警視庁では三年の育休が認められていますけど、彼女は三年どころか一年も現場を空けられないと、自分のポジションに固執していたらしいです。結局、両方をうまく回すことができなくなって、追い詰められて、乳飲み子を抱いて飛び降り自殺寸前だった。まだ精神科病棟に入院中で、栗原大介警部補は妻の看病や子供の世話もあり、激務の捜査一課にいられなくなっていまは運転免許試験場で働いています」

そこまで聞いて五味はやっと、綾乃がなにに不安を抱いているのか、理解ができた。それは、身を挺《てい》して子供を宿さなくても『親』になれて、人生の時間のほとんどを子供のために費やせと社会から圧力を受けなくても『親』でいられる男性刑事には、経験することのない種の不安だった。

「その話を聞いて――まるで、自分の未来を見ているようだと。私は、私は」

また、はらはらと綾乃は涙を流す。五味は尻《しり》のポケットからハンカチを引っ張り出し、彼女に渡した。指が触れる。冷えきった指先が頼りなく震えている。

「私は――誰よりも不器用です。こじらせ女刑事とか言われているくらいで、まだまだ捜査も五味さんのように鮮やかにできないし、恋愛ひとつとっても、上手にいろんなことができないです。だけど、刑事として五味さんのようにバリバリと働くのが夢だし、いつかは誰かと結婚して、子供だって産みたいとも思うんです。五味さん――」

綾乃は五味のハンカチに顔をうずめ、号泣しながら言った。

「私は五味さんのことがほんとに大好きです。受け入れてもらえていることとか奇跡だし、私なんかのためにベッドを……奥さんとの大切な思い出の品を捨ててくれるとか、申し訳なく思うくらいで、だから、もう、無理なんです」

五味は静かに何度も頷き、ただ「そうか」と呟《つぶや》いた。

「私では五味さんを幸せにできない」

「…………」

「私はいつか栗原弥生さんみたいなことになって、更に五味さんを苦しめることになります。一度、奥さんに先立たれてものすごく辛《つら》い思いをした五味さんを――」

「瀬山」

五味は綾乃の腕をつかんだ。ハンカチと華奢《きやしや》な手の隙間から、彼女の真っ赤になった、真面目すぎて真っ直ぐすぎる、きれいな瞳が見える。

「俺は、お前が思っている以上にお前のことが好きだよ」

綾乃はびっくりしたように大きな目を見開いた。

「お前との関係はまだまだ始まったばかりで、この先何があるのか、どんな障害があるのか、お前にわからないように俺にだってわからないよ。でもひとつ、わかる、確信していることがある」

話しながら、彼女のこの実直な性格に甘えてきた自分を、恥じた。焦らなくても、しっかり手を引いてやらなくても、何も言わなくても、何があってもずっと自分の後ろをついてきてくれるものだと、過信していた。でもそれではだめだ、ちゃんと言葉にして引っ張ってやらないといけなかった。

「俺とお前で、これまでいくつ、事件を解決してきた？　こないだの立てこもりで、もう三件目だ。捜査の相棒としてこれまでいろんな刑事と組んできたけど――ここまでうまくいった相手は、他にいないよ」

綾乃の瞳《ひとみ》から、とめどなく涙があふれていく。自分でどうして泣いているのかわからないという顔で、綾乃は五味を見ている。指で涙を拭《ぬぐ》ってやる。熱い。

「俺たちはきっとうまくいく。結婚したらそりゃ、些細《ささい》な事で喧嘩《けんか》したり行き違いがあったりするだろうし、もし子宝に恵まれたら、幸せだろうが想像もできない問題が出てくると思う。しかもうちには結衣がいる。俺は絶対に結衣を手放したくない。するともっと複雑で深刻な問題が出てくるんだと思う。でも俺は――」

お前とならうまくやれる気がする、乗り越えられる、という言葉を、五味はすんでのところで引っ込めた。

これ以上言ったら、プロポーズになってしまう。

そこまでは――さすがにそこまでは、いまは言えない。

まだ百合を亡くして、五年しか経っていない。

ふと人の流れ、空気をそばに感じ、我に返る。周囲を遠慮がちに歩き過ぎる学生たちがちらほらいる。点呼のため川路広場へ出る学生たちだ。誰もこちらを見ない。見てはいけないと、顔面を硬直させ、足早に行き過ぎる。だがロビーに出てきたばかりの学生はぎょっとしたように、女の涙を拭う教官と、嗚咽《おえつ》を漏らす女刑事を見ている。

中沢がいた。目が合う――。

その口元に、青い痣《あざ》が残っていた。五味が殴った跡だ。中沢の痣に共鳴するように、右手の拳《こぶし》にぴりっと痛みが走った。人を殴るなんてことがなかった五味が、初めて殴った学生。

変わってほしかったからだ。

――変わらなきゃいけないのは、俺も同じか。

「瀬山」

五味は改めて、綾乃を見た。綾乃は嗚咽で勝手に揺れる上半身を抑えるのに必死で、すがるように五味を見ている。

「結婚しよう」

返事はいつでもいい、今日はもう帰れ、点呼だから、と五味は一方的に言い、慌てて綾乃を促して立ち上がった。彼女の反応を見ることができない。しゃくりあげなのか嗚咽なのか「ひゃっ」というような変な音が彼女の喉《のど》の奥から聞こえてきた。彼女も動揺しているが、五味はそれ以上に動揺していた。

よく言ったと自分を褒め称《たた》えてやりたい一方で、いくらなんでも性急すぎた、やってしまった――と頭を抱えている自分もいる。

まあ、どうにかなるか。

耳が真っ赤になっている綾乃の手を引いて学生棟の外に出し、帰宅を促す。五味はそのまま川路広場に出た。

もう秋が深い。冷えた空気に触れ、火照った体が冷えていく。耳まで真っ赤になっていたのは自分も同じだった。五味は必死に速すぎる鼓動を抑えようと、深呼吸を繰り返した。

「五味教官」

中沢が、困惑した顔で声をかけてきた。

「――どうした、中沢」

さりげなさを装った声が、滑稽《こっけい》に上ずる。

「いや……五味教官、いま、プロポーズしていませんでした？」

「――ああ。まぁ、そうかな」

ええ！　と声を張り上げた中沢の驚愕《きょうがく》の顔が――親密げに歪《ゆが》んでいき、やがて揶揄《やゆ》するような色になった。

「やるじゃないすか、五味教官！　ていうかここ警察学校ですよ」

「うるさい馬鹿野郎、お前、いいから早く点呼してこい！」

「いや、自分は場長ではないので――」

「今日からもう復帰でいいから、早く行け」

「ま、まじすか！」

と中沢の瞳がきらりと光ったが――。

「っていうか、そういう大事な宣告をそんな適当な調子で言わないでくださいよ」

確かに教官のプロポーズほどの深刻さはないですけどね、いい返事が聞けるといいですね、とまた中沢がからかってくる。あっちへ行け、とその背中を教場ごとに集まる列の方へ押した。

五味教場の、点呼が始まる。
1、2、3、4、と続く点呼の数を聞くうちに、火照った体が冷えていく。
迷える滑稽なひとりの男から、警視庁警察学校の教官に戻っていく瞬間でもあった。気持ちがいい。

中沢が五味の下に点呼報告にやってくる頃には、すっかり火照りも動揺も収まった。

五味は教官として気持ちを新たに、中沢の点呼報告を敬礼で受けた。

「一二九三期五味教場、現在員三十九、事故者〇、総員三十九名、点呼、完了しました！」

了

解説

池上冬樹（文芸評論家）

いやあ、面白い。本当に面白い。ミステリとしての謎解きもいいが、人間ドラマも熱く激しくて胸をうつ。人物とともに笑い、怒り、そして大いに泣かされる、まことにエモーショナルな小説だ。本書『聖母の共犯者　警視庁53教場』は「警視庁53教場」シリーズの第三作であるが、それは第一作『警視庁53教場』から変わらない。シリーズは主要人物たち、つまり五味京介《ごみきようすけ》（警視庁53教場の教官。警部補。妻・百合《ゆり》と死別している）、高杉哲也《たかすぎてつや》（同53教場の助教官。巡査部長。五味の妻・百合の元恋人）、瀬山綾乃《せやまあやの》（府中《ふちゅう》警察署刑事課強行犯係。巡査部長）、五味結衣《ゆい》（百合の連れ子。五味の娘）たちのドラマが急テンポで進展していくので、まずは第一作から簡単に紹介しよう。

第一作『警視庁53教場』は、警視庁刑事部捜査一課六係主任の五味京介が、府中署の瀬山綾乃とともに首吊《くび》り死体で発見された警察学校教官・守村《もりむら》の不審死の捜査に乗り出す話である。五味にとって守村は警察学校時代のクラス（教場）の仲間で、かつての仲間たちを調べることになるが、それと並行する形で、十六年前の小倉《おぐら》教場の学生だった高杉、そして同期の神崎《かんざき》百合との交流が綴《つづ》られていく。それも単に過去の回想ではなく、現在の事件と関連する形で過去の出来事が浮上してくるパターンで、この現在と過去の往復が緊張感みなぎり、頁を繰る手に力が入ってくる。

事件の追及もさることながら、強烈な印象を与えるのは、癌で若くして亡くなる結衣の母親である神崎百合のキャラクターだろう。何とも奔放で、官能的で、激しく勝気な性格が時に疎ましく映るところもあるけれど、それさえ愛おしさに変えてしまうほど熱き心を持ち続けて、男たちを魅了してやまない。どのように五味と百合が出会い、高杉の存在のために深く捩《ね》じれていくのかが詳しく書かれてある。五味が嫉妬《しっと》にかられてサイコパスに近い同期の仲間に情報を流して、五味、高杉、百合、そして百合の父親である小倉教官などの人生を危機的状況に追い込んでしまうのも読ませる。

吉川英梨の優れた点は、メインの事件の謎解きに紆余曲折《うよきょくせつ》をもたせてミステリファン（警察小説ファンのみならず本格ミステリファン）を唸《うな》らせるだけでなく、事件捜査というメイン・ストーリーを裏側から支えるようにしてサイド・ストーリーを多彩に織り込むところにある。成長小説・青春小説・恋愛小説としての要素を持ち込み、警察官たちのドラマを沸騰させていくのである。五味は過去を振りかえり、〝紙一重なんだ、どんな人間も〟と告白する場面があるけれど、それほど善と悪の境界線上を歩む困難な道が若き日にあったことが鋭く劇的に捉《とら》えてあり、読者ははらはらしながら読むことになる。百合との別れも、十年後の再会も、そして小学生の結衣とのはじめて出会いも

（！）何とも忘れがたい。

そう、結衣が実に魅力的である。母親に似てストレートな、でも小学生らしい可愛い結衣の物言いが微笑ましい。おそらく警視庁53教場シリーズでもっとも人気を誇るのは五味京介だろうが、それに次ぐ（いやそれと並ぶ、あるいはそれを超える？）のが結衣のキャラクターかもしれない。遠慮のないずけずけとした、でもどこかに愛嬌《あいきょう》があって憎めないのである。

そんな結衣の魅力がいちだんと出るのが、シリーズ第二作『偽弾の墓　警視庁53教場』である。五味京介は『警視庁53教場』の件で上層部に嫌われ、警察学校へと飛ばされてくる。教官の五味京介が受け持つクラス〝53教場〟にはそれぞれの事情を抱えた個性豊かな学生が集まってきて、五味は「53教場四十名、全員卒業」を目標に掲げるものの、ある殺人事件の容疑者として五味が受け持つ学生が浮上してきて、五味は彼を守るべく真相に迫って行くという話である。

警察学校を舞台にした作品というと長岡弘樹《ながおかひろき》の名作『教場』を思い出すだろう。長岡はアイデアに富む巧緻《こうち》なプロットに重きを置き、ときにアイデア優先で人物が役割の域を出ないときがあるけれど、吉川にはそれがない。プロットも巧みだし、伏線の回収も見事で、謎解きは興趣に富んでいる。何よりも、性格造型が優れていてドラマ構築が秀逸で、人間ドラマはどこまでも白熱化していく。五味は妻・百合に死なれ、その連れ子結衣と暮らしているが、結衣の父親が五味の同期の高杉哲也であり（という事実は第一作の最後に語られる）、その事実を高杉も結衣も知らない。いくら何でも作りすぎだろうと思う部分もあるけれど、その家族関係の事実の露呈を、事件追及の進展と並行させていくからたまらない。ラストは号泣ものの劇的場面を迎えるのである（結衣の切々たる告白には、読者はもう涙・涙・涙だろう）。

ということで、第三作『聖母の共犯者　警視庁53教場』である。

前二作を読んできた読者でも、プロローグにはいささか面食らうだろう。三十一歳の巡査部長瀬山綾乃が初デートで緊張している場面であり、そのデートの相手が十歳上の警察学校教官の五味京介。五味の同僚で、四十五歳の警察学校の教官高杉哲也もまた、初デートを迎える。相手は娘の結衣。十六歳の女子高校生で、五味の娘であるが、生物学上の父親は高杉で、高杉は十六年間、その事実を知らされていなかった……。

これはシリーズ第二作までの結末を踏まえての、第三作の冒頭となるのだが、それでも話の展開が早すぎる。もちろん作者はそれを知っていて、人間関係を短いながらも丁寧に整理して語り、読者に混乱を与えない。二つのデートをコミカルに、ほとんどラノベ風の軽さで描き、読者はニヤニヤしながら読んでいくことになる。しかし当然のことながら事件が発生して、そこどころではなくなる。

ひとつは女囚の脱走事件だった。あと三年我慢すれば晴れて出所となるのに、女囚は何故突然脱走を決意したのか。しかも計画的で巧妙、協力者がいることは間違いなかった。瀬山綾乃は五味の助言を入れながら事件を追及していく。

五味京介は、前作の事件で逮捕者を出したこともあり、長田《おさだ》教場の補助教官を務めていた。もともと長田の指導は警察官の卵たちを徹底的なパワハラで追い詰め、警察官不適格者としてあぶりだし退職させることを第一義にしていた。一方の五味は、警察官という職務に高いモチベーションを保ち続けられるように指導し、ひとりの漏れもなく卒配先に送り出すスタイル。このスタイルの違いは摩擦をよび、教官室で二人が怒鳴り合いの喧嘩《けんか》をしたこともあるし、長田教場の学生がボイコット騒動を起こしたこともあるが、いまでは互いに指導スタイルの長所・短所を理解し、長田教場の今期のスローガンは「四十人全員卒業」だった。しかし、入校から三ヵ月、自主退学者が出る危機が訪れる。教場の中で誰よりも警察官になることに熱意を抱き成績優秀な松島《まつしま》が退職の意思を伝えてきたのだ。

そんな時に警察学校内で大きな事件が起きる……。

どんな事件かは読んでのお楽しみだが、ひとつだけいえるのは女囚脱走と警察学校での事件がつながり、人物たちのそれぞれの生き方が激しく問われることになる。とくに女囚脱走の裏にある過去の過失事件の真相をめぐる二転三転ぶりと悲劇的な真実は胸をつくだろうし、絶対に人を殴らないことを信条にしてきた五味京介が初めてある者を殴りつける場面は、激しく読者の胸をかきたてるだろう。父親となった高杉の予想外の苦悩も、読者の興味をひく。

正直言って、事件捜査以外の五味、綾乃、高杉、結衣のやりとりは、少しラノベ風にコミカルに傾き、いささか軽すぎるのではないかと思う場面もある。また、シリーズ三作目なのに私生活の進展が早すぎて、おいおい、もうそういう話になるの？　と驚く場面もある。海外のテレビ・ドラマなら十数話のワン・シーズンでもたせる展開なのに、吉川英梨は無駄にひっぱることなく毎話ごとに次の段階へと進めていく。

毎話ごとに秘密が明らかになるので、できたら第一作から読まれることを勧めたいが（それが無理なら第二作からでもいい。僕は第二作から読んだ）、第三作からでもいいだろう。一作ごとに大いに進展のあるシリーズなので、第三作から読むとその秘密があらわになる驚きが減ってしまうものの、それでも第三作の本書のあと第一作に戻れば、若き日々の五味の青さ・醜さ・未熟さなどが逆に新鮮に映るし、死者として語られるだけだった結衣の母親の百合が溌剌《はつらつ》と登場してきて魅せられることだろう。大いに傷つけ、大いに傷つき、挫折《ざせつ》して苦しむだけの日々なのに、青春小説としての輝きに満ちあふれていて眩《まぶ》しくなる。若き日々の熱気が瑞々《みずみず》しく綴られてあるのだ。

いったいシリーズは今後どういう展開をたどるのだろう。少し展開が早すぎてどうなるのか不安を覚えるところもあるけれど、吉川英梨ならきちんと読者の要望にこたえ、そしてさらに読者の一歩前をいくだろう。なぜなら警視庁53教場シリーズは、警察小説なのに、本格ミステリの面白さをもち、人間ドラマも多彩で、なおかつ驚きをいくつも秘めているからである。これほどネタのぎっしりとつまったシリーズも珍しいし、高い完成度を保っているものもない。いまもっとも期待を抱かせる傑作シリーズといっていいだろう。

参考文献

『All Color ニッポンの刑務所30』 外山ひとみ 光文社
『別冊宝島 刑務所のタブー』 宝島社
『護身術・護衛術・逮捕術』 井久保要 文芸社
『塀の中のイラスト日記 府中刑務所のすべて イラスト監獄事典PART2』
野中ひろし 日本評論社
『図説 銃器用語事典』 小林宏明 早川書房
『女子刑務所 知られざる世界』 外山ひとみ 中央公論新社
『実録! 刑務所のヒミツ』 安土茂 二見書房
『実録! 女子刑務所のヒミツ』 北沢あずさ 二見書房
『女子刑務所 女性看守が見た「泣き笑い」全生活』 藤木美奈子 講談社

協力:アップルシード・エージェンシー

本作は書き下ろしです。

聖《せい》母《ぼ》の共《きよう》犯《はん》者《しや》

警《けい》視《し》庁《ちよう》53《ゴーサン》教《きよう》場《じよう》

吉《よし》川《かわ》英《え》梨《り》

平成30年 11月25日　初版発行

発行者●郡司 聡

発行●株式会社KADOKAWA
〒102-8177　東京都千代田区富士見2-13-3
電話　0570-002-301（ナビダイヤル）

角川文庫 21284

印刷所●旭印刷株式会社
製本所●株式会社ビルディング・ブックセンター

表紙画●和田三造

ISBN 978-4-04-107223-3　C0193

◇◇◇